Knaur

Über den Autor:

Bernard Clavel wurde 1923 in Lons-le-Saunier, Frankreich, geboren. Er veröffentlichte mehr als 50 Bücher, darunter auch Gedichte und Kinderbücher, die in rund 20 Sprachen übersetzt wurden. Er erhielt zahlreiche literarische Auszeichnungen, u. a. den Prix Goncourt für den Roman *Les fruits de l'hiver*. In den Jahren 1971 bis 1977 war er Mitglied der Académie Goncourt. Mehrere seiner Bücher wurden verfilmt.

Bernard Clavel

Wo der Ahorn Früchte trägt

Roman

Aus dem Französischen von
Barbara und Silke Evers

Knaur

Die französische Originalausgabe erschien unter dem Titel
»Harricana« bei Editions Albin Michel, S.A., Paris

Besuchen Sie uns im Internet:
www.droemer-knaur.de

Vollständige Taschenbuchausgabe Juli 1999
Droemersche Verlagsanstalt Th. Knaur Nachf., München

Umschlaggestaltung: Agentur Zero, München
Umschlagfoto: J. Lathion/Ausschnitt aus dem Gemälde
Landscape von Lars Jorde/Nationalgalerie Oslo
Satz: Ventura Publisher im Verlag
Druck und Bindung: Elsnerdruck, Berlin
Printed in Germany
ISBN 3-426-61160-0

2 4 5 3 1

1

Aufbruch ins Ungewisse

1

Im Norden des Temiskaminggebiets senkt sich die weite Hochebene, um gegen die Wasserscheide hin sanft wieder anzusteigen. Der schwarze, gezackte Gebirgskamm, dessen felsiger Boden mit Rottannenwäldern bestanden ist, erstreckt sich wie ein unüberwindlicher Wall von Osten nach Westen. Die Flüsse streben dem Süden zu. Durch natürliche Staubecken und durch Stromschnellen bahnen sich die oft schlammigen Fluten ihren Weg in das breite Tal des Sankt-Lorenz-Stroms. Manche der Seen, deren zerklüftete Ufer sich in der Ferne des niedrigen Himmels verlieren, scheinen so groß wie Ozeane. Stürme brausen über sie hinweg, und bei Tagesanbruch steigen violette Nebelschwaden auf, die bald vom gleißenden Sonnenlicht durchdrungen werden. Andere Seen liegen, kaum größer als Weiher, inmitten von Wäldern und Wiesen verborgen.
Ein Weg durchquert fast parallel zu den Höhenzügen das Gebiet in ost-westlicher Richtung. Eine Weile wird er von einem Bach begleitet, der friedlich dahinfließt zwischen Schilfbüscheln und Zwergweiden, die sich teils mit bloßen Wurzeln an das Ufer klammern oder mühsam am Bachkies festkrallen, teils tief und sicher im schwarzen Humus stecken.
Zur Linken des Weges, nur wenige Schritte zurückgesetzt, steht ein aus groben Holzplanken gezimmertes, mit Dachpappe gedecktes Haus. Sein schmales Fenster, das wie ein viereckiges Auge weit ins Land hinausblickt, spiegelt die letzten Strahlen der Sonne.
An jenem Septemberabend zu Anfang dieses Jahrhunderts lag ein warmer, rötlicher Schimmer über der Ebene. Der Tag ging zur Neige, und der glänzende Bach zerteilte die

Dämmerung wie ein flammendes Schwert, dessen Spitze in die Ferne wies, dorthin, wo die Bäume den Himmel zu berühren schienen. Der Abend war mild und ruhig. Nur am bläulichen Rauch, der schräg aus dem eisernen Schornstein des Hauses stieg, war zu erkennen, daß ein leichter Ostwind wehte.

Auf einer alten Kiste saß ein Junge von etwa dreizehn Jahren. Er lehnte mit dem Rücken an der derben Bretterwand, die noch warm war von der Nachmittagssonne. Seine Blicke folgten dem Weg bis zu jenem Punkt, wo er sich im violetten Leuchten des Horizonts verlor. Im schwindenden Tageslicht konnte der Junge immer weniger erkennen. Die Welt schien zweigeteilt zu sein: Oben herrschte Helligkeit, unten eine von geheimem Leben erfüllte Finsternis. Ein Käuzchen streifte mit weichem Flügelschlag dicht über das Dach, hob sich einen Augenblick lang vom Himmel ab und war gleich darauf verschwunden. Der Junge schrak zusammen. Dann senkte sich von neuem die Stille herab und legte sich schützend über die Erde; nur das geheimnisvolle tausendfache Geflüster, das auch nachts nie ganz verstummt, war zu hören.

Nach einer Weile wurde die Haustür geöffnet. Von dem hellen Rechteck, dessen Widerschein auf den sandigen Vorplatz fiel, hob sich der Schatten eines Mannes ab.

»He, Steph! Bist du da?« rief er. Seine Stimme war angenehm und sanft.

Der Junge drückte sich dichter gegen die Wand, und dabei knarrte die Kiste, auf der er saß.

»Stéphane! Versteck dich nicht, ich hab keine Lust, dich zu suchen. Wenn du jetzt nicht mit uns ißt, gibt's heut abend nichts mehr.«

Aus dem Innern des Hauses drang eine lachende Kinder-

stimme. »Wir lassen dir nichts übrig, Steph, keinen einzigen Bissen!«
Stéphane seufzte. Er stand langsam auf und suchte mit den Augen noch einmal den Weg ab, der in der Dunkelheit nur noch am glänzenden Lauf des Baches zu erkennen war.
»Schon gut. Ich bin ja da«, murrte er unwillig.
»Wartest du denn immer noch?« fragte der Vater behutsam.
»Allerdings.«
»Ich hab dir doch gesagt, daß es zu früh ist. Er hat eine Menge zu erledigen – das geht nicht von heute auf morgen. Selbst wenn er sich beeilt, kann er nach meiner Schätzung erst in einer guten Woche hier sein.«
Der Junge lachte. »Der kommt heut abend noch. Wollen wir wetten? Vielleicht kommt er auch erst in der Nacht, aber auf jeden Fall ist er vor morgen da. Ganz sicher.«
»Komischer Kerl bist du!«
Der Vater legte die Hand auf den Nacken seines Sohnes, schob ihn ins Haus und schloß die Tür. Die zärtliche Berührung schien Stéphane lästig zu sein.
Der Vater war von mittlerer Statur. Über der leicht fliehenden Stirn begann er schon kahl zu werden. Seine kastanienbraunen Augen blickten sanft und freundlich. Der Junge mit seinen dichten blonden Locken war groß für sein Alter und so dünn, daß man die langen Muskelstränge unter der hellen Haut erkennen konnte. In seinem ebenmäßigen Gesicht, das schmal und schon etwas kantig war, fielen die großen graublauen Augen auf, in denen freudige Erwartung und eine gewisse Unruhe lag. Der Vater trug ein blauweiß gestreiftes Hemd und eine ausgebleichte, mehrmals geflickte Arbeitshose mit angeschnittenen Trägern, der Sohn eine Hose aus verschossenem braunen Tuch und ein ärmelloses,

gelbliches Hemd, das ihm zu eng geworden war. Die Küche wurde von einer Petroleumlampe beleuchtet, die an einer Messingkette vom Deckenbalken hing. Über der Lampe und dem Küchenherd aus Gußeisen, der mit seinen langen, geschwungenen Beinen einem seltsamen Insekt mit glühendem Schlund glich, war die Holzdecke schwarz vom Ruß. Wohltuende Wärme, der kräftige Geruch des Holzfeuers und ein Duft nach Suppe und Speck erfüllten den Raum.

An einem Tisch aus Tannenholz, dessen dunkle Astlöcher sich wie riesige Augen von der helleren Fläche abhoben, saßen ein Knabe und ein sechsjähriges Mädchen. Der Junge, der jünger war als Stéphane, hatte die braunen Haare und den sanften, etwas ängstlichen Blick des Vaters, das Mädchen glich eher Stéphane, obwohl sie dunklere Augen hatte, wie ihre Mutter. Diese stand, den Schöpflöffel in der Hand, wartend vor dem Herd; trotz ihrer Ungeduld hatte sie ein Lächeln auf den Lippen. Als sich die Tür schloß, geriet der Dampf, der von der Suppe aufstieg, in Bewegung, und sekundenlang schien die hochgewachsene blonde Frau wie in einen Schleier gehüllt. Die beiden Jüngsten, deren Teller schon gefüllt waren, bliesen eifrig ihre Suppe kalt. Mit einem Lappen in der Linken ergriff die Mutter den roten Emailtopf, hob ihn mit Schwung vom Herd und füllte auch den Teller ihres Mannes und den Stéphanes. Sie bewegte sich mit geschmeidiger Anmut, und man sah, daß sie nichts Einengendes trug unter dem kleingeblümten blauen Baumwollkleid. Als sie sich auf ihren Platz am Tischende setzte, sah sie Stéphane an, der sie die ganze Zeit beobachtet hatte. Der Blickwechsel glich einem Kräftemessen.

»Du wartest auf Raoul, stimmt's?« sagte sie mit einem kehligen Lachen, bei dem ihre Zähne blitzten. »Weit ist er nicht, ich kenne meinen Raoul. Ich brauch gar nicht die Tür aufzumachen, brauch gar nicht rauszuschauen, um zu wissen, wo er steckt.«

Sie aß ein paar Löffel von der Suppe und deutete dann mit einer leichten Kopfbewegung zum Fenster. Plötzlich wurde es still; alle wandten ihre Blicke zum Fenster, in dem sich das zarte Flackern der Öllampe spiegelte.

Feierlich, mit übertriebenem Ernst fuhr die Mutter fort: »Jetzt ist er am äußersten Ende des Weges angelangt, bei dem Wald, den man bei klarem Wetter sieht, ihr wißt doch, da, wo die beiden Pfade zusammenführen, nicht weit von der Quelle.«

Stéphane hatte zu essen begonnen. Sein wütendes Schnauben brachte den Dampf, der aus der Suppe aufstieg, in stürmische Bewegung. Er warf seiner Mutter einen zornigen Blick zu.

Sie lachte. »Am liebsten würdest du mir jetzt an die Gurgel springen!«

Die anderen lachten mit. Stéphane zuckte trotzig mit den Schultern und hatte sichtlich Mühe, sich zu beherrschen.

»Ganz im Ernst«, begann seine Mutter von neuem, »ich kann ihn vor mir sehen, den Taugenichts, so deutlich, wie ich dich hier sitzen sehe. Du nicht?«

»Ich kann ihn sehen«, behauptete das kleine Mädchen.

»Halt du den Mund, dumme Gans!« fuhr Stéphane sie an.

Die Mutter richtete sich auf und wandte sich nach rechts, um das Fenster besser im Auge zu haben.

»Eben ist er bei den Rottannen angekommen«, fuhr sie fort. »Da, jetzt stürzt sich eine Bande Indianer auf ihn. Herr im Himmel, mein armer Bruder!«

Ihr Gesicht verfinsterte sich, besorgt zog sie die Brauen zusammen und schien im Begriff, aufzuspringen. Die beiden

Kleinen hatten aufgehört zu essen und saßen mit angehaltenem Atem da, den Löffel in der Luft.
»Vielleicht solltest du ihm zu Hilfe kommen, Alban!« sagte sie.
»Dann wird doch meine Suppe kalt«, murrte der Vater, der sich das Lachen kaum verbeißen konnte.
Das kleine Mädchen konnte nicht mehr an sich halten und krähte: »Schnell, Vater, hol dein Gewehr!«
Die Mutter hob die Hand. »Nein, nicht nötig. Wer hätte das gedacht! Jetzt packt Raoul doch tatsächlich den Größten der Bande bei den Füßen und schwingt ihn wie eine Axt zweimal über seinen Kopf, so schnell, daß die anderen zu Boden geschleudert werden. Ha, ihre Köpfe krachen aneinander, daß man es meilenweit hört, und die Männer purzeln wie die Kegel.«
»Das ist nicht recht, Mutter«, rief Stéphane mit hochrotem Kopf, »hör auf damit, hör sofort auf!«
Dann steckte das allgemeine Gelächter auch ihn an.
Übermütig schrie sein kleiner Bruder: »Bumm, bumm, Onkel Raoul läßt die Köpfe knallen!«
Er geriet dermaßen außer sich, daß die Mutter mahnte: »Laß das sein, Georges, du wirst noch deine Suppe verschütten. Eßt jetzt, Kinder, sonst gibt es nachher keinen Speck.«
Während der Kleine folgsam wieder zu essen begann, sagte der Vater, der mit seiner Suppe schon fertig war: »Laß sie doch, Catherine! Kinder mögen nun mal solche Geschichten. Du setzt ihnen ja selbst diese Flausen in den Kopf und hast deinen Spaß daran.«
Eine Zeitlang wurde schweigend weitergegessen, dann ging die Mutter mit ihrem leeren Teller zum Herd und fischte mit der Gabel ein dampfendes Stück Speck aus der Suppe,

an dem noch ein paar Bohnen hingen. Sie schüttelte sie ab, ließ das Fleisch abtropfen und trug es auf ihrem Teller zum Tisch. Während sie es zerteilte, schnitt der Vater dicke Scheiben von einem dunklen Brotlaib.

Als Brot und Speck verteilt waren, sagte der Vater: »Je größer unser Steph wird, desto mehr ähnelt er Raoul. Die zwei werden ein gutes Gespann abgeben und den Karren für uns aus dem Dreck ziehen!«

»Ich lass' mich aber von Steph nicht herumkommandieren«, rief die kleine Louise, »ich bin sechs Jahre alt und lasse mir nichts mehr gefallen.«

»Da hast du recht, mein Schatz«, bestärkte sie Catherine. »Bloß weil wir Frauen sind, brauchen wir noch lange nicht nach ihrer Pfeife zu tanzen. Aber jetzt iß deinen Speck, sonst wird er kalt, und dann bekommt er dir nicht.«

»Unterwegs wird sie viel kälteren Speck essen müssen«, warf Stéphane grinsend ein.

»Ich werde essen, was ich mag.«

»Nein, du wirst essen, was man dir gibt. Außerdem wirst du weit laufen und schwer tragen müssen.«

Die Stimmen wurden immer lauter.

»Schluß jetzt«, rief die Mutter ärgerlich, »wir werden alle weit laufen müssen, und der Größte wird mit gutem Beispiel vorangehen.«

»Das will ich ja gern tun, aber nur, wenn ...«

»Dann tu's gleich jetzt: Halt den Mund!« schnitt Catherine ihm mit scharfer Stimme das Wort ab.

»Deine Mutter hat recht«, meinte der Vater in beschwichtigendem Ton. Er war es nicht gewohnt zu befehlen.

Jetzt war nur noch das Klirren des Bestecks gegen die Teller zu hören.

Mehrmals hielt Stéphane inne, um zu horchen, sah verstoh-

len zum Fenster hinüber. Die Dunkelheit hatte sich auf das Haus gesenkt und lastete schwer auf allem. Durch die Deckenbalken drang die Kälte herein, die Nägel zogen sich zusammen, das Holz knarrte.
Der Vater stand auf, um zwei Scheite auf die Glut zu legen, und der Herd begann aufs neue zu fauchen. Von Zeit zu Zeit warfen sich Stéphane und seine Mutter einen Blick zu. Man spürte das stille Einverständnis zwischen ihnen.
Als Catherine eben begonnen hatte, den Tisch abzuräumen, wurde draußen eine Veränderung spürbar. Irgend etwas näherte sich kaum hörbar der Haustür.
Stéphane fährt zusammen.
Er springt so ungestüm auf, daß er seinen Schemel umwirft. Dieser stößt gegen die Eisenkübel, die auf dem Spülstein mit dem kupfernen Pumpenschwengel stehen. Der ohrenbetäubende Lärm läßt die beiden Kleinen zusammenfahren.
»Was ist denn los?« schreit Louise auf.
Doch Stéphane ist schon an der Tür und öffnet sie im selben Augenblick, da eine große Hand nach der Klinke greift. Ein hochgewachsener Mann mit flachsblondem Haar schließt ihn lachend in die Arme.
»Ich hab's gewußt«, stammelt Stéphane erregt. »Ich hab's ihnen ja gesagt. Aber sie haben mich ausgelacht ...« Der Mann hebt den Jungen hoch und drückt ihn an seine Brust.
»Keine Angst, mir ist nichts geschehen, gar nichts. Aber ich hab trotzdem viel zu erzählen!«
Er setzt den Jungen ab, tritt ins Zimmer und schnuppert wie ein Hund.
»Das riecht verdammt gut! Hoffentlich habt ihr mir was übriggelassen, ausgehungerte Bande!«
Alle drängen sich lachend und glücklich um ihn, umgeben ihn wie ein wärmendes Feuer.

2

Nachdem er sein Gewehr und seinen großen Rucksack in einer Ecke abgelegt hatte, war Raoul Herman mit Heißhunger über die Suppe und den restlichen Speck hergefallen. Dann hatte Catherine unter Aufbietung all ihrer Autorität die Kleinen ins Bett gesteckt, während Stéphane den Tisch abräumte und mit einem feuchten Tuch nachwischte.
Eine bläuliche Rauchwolke schwebte über den Köpfen. Raoul war das genaue Gegenteil seines Schwagers, den er um einige Haupteslängen überragte. Sein Neffe dagegen, der voll Bewunderung an seinen Lippen hing, glich ihm sehr. Die langen Beine übereinandergeschlagen und weit in seinen Stuhl zurückgelehnt, saß der Trapper da und erzählte, während er an einer kleinen, elegant geschwungenen Pfeife zog.
»Der Bonneterre-Hof ist das letzte Gebäude, ganz am Ende, danach kommt nichts mehr, nur noch Wasser. Es steht nun schon fast eineinhalb Jahre leer. Und von wegen ›bonne terre‹ – gute Erde! Wahrscheinlich hofften die Leute, die den Hof so genannt haben, die Natur zu überlisten. Drei kümmerliche Rottannen wachsen dort am Felsen, weiter nichts. Und es wird fünfzehn Jahre dauern, bis die Stämme auch nur so dick wie eine Männerfaust werden.«
Stéphane hatte sich neben den Onkel gesetzt, seine Eltern saßen gegenüber, die Arme auf den Tisch gestützt. Die Mutter hielt ihre schlanken, nervösen Hände, die nie so recht zur Ruhe kamen, gefaltet, während der Vater von Zeit zu Zeit die noch warme Asche in seiner Stummelpfeife zurückstopfte. Der dicke, gebogene Nagel seines schaufelförmigen Daumens war mit Kerben und Dellen übersät.
»Bis zum Ende der Hochebene kommen wir vielleicht

durch«, meinte er fast schüchtern. »Aber danach, das ist heller Wahnsinn, das schaffen wir nie.«
»Natürlich schaffen wir es«, gab Raoul zurück. »Ich kenne die Strecke wie meine Westentasche, genauso gut, wie du dein Land hier kennst. Ich habe sie zwanzigmal zurückgelegt.«
»Mein Land«, murmelte Alban. »Ich hab nie die Zeit gehabt, es wirklich kennenzulernen.«
Raoul nahm einen glimmenden Zweig und zündete seine Pfeife wieder an. Gebannt verfolgte Stéphane jede seiner Bewegungen. Ein Stück Glut löste sich vom Zweig und fiel auf das dicke, rot-schwarz karierte Flanellhemd. Der Onkel zerdrückte es zwischen den Fingern.
»Ich will ja gern glauben, daß du die Strecke schon oft gemacht hast«, sagte Alban, »aber mit ausgewachsenen Männern, die sich auskennen, so wie du. Oder ganz allein. Nicht mit einer Frau und Kindern und dem ganzen Haushalt auf den Booten und so viel Vorräten, daß man nicht weiß, wohin damit.«
Die Züge seiner Frau verhärteten sich. Sie preßte die Lippen zusammen, und ihre gerade Nase wirkte noch schmaler.
»Sei still«, sagte sie mit bebender Stimme. »Zuerst hast du dich gesträubt, als sein Brief kam, aber dann warst du einverstanden. Und du hast doch selber gesagt, mit vierunddreißig ist man noch nicht alt, da kann man noch mal von vorn anfangen. Hast du das gesagt oder nicht?«
Alban Robillard zuckte mit den Schultern.
»Ja, ich hab's gesagt«, gab er müde zu. »Aber seither …«
»Na also, dann hör auf damit«, unterbrach sie ihn. »Es bleibt dabei, wir fangen noch mal von vorn an.«
Ihr Mann gab sich geschlagen. Zusammengesunken, mit düsterer Miene saß er da und starrte auf seine Pfeife mit

dem verkohlten Rand. Seine Haare waren zerrauft, und eine einzelne Strähne klebte auf dem kahlen Oberkopf. Die Frau neben ihm war auch im Sitzen ein gutes Stück größer als er. Sie musterte ihn mit kaltem Blick, der sogleich freundlicher wurde, als sie zu ihrem Bruder und ihrem Sohn hinübersah.
»Das wäre jetzt schon das vierte Mal, daß wir von vorn anfangen«, seufzte Alban.
»Aber dieses Mal wird es gelingen«, versicherte Raoul mit Bestimmtheit. »Das kannst du mir glauben. Als du dich damals hier niederlassen wolltest, hab ich dir abgeraten, weißt du noch? Du hast es trotzdem versucht und hast bald begriffen, daß ich recht hatte. Dies ist kein Ackerland, die Erde taugt nichts.«
»Hör auf ihn, Vater, bitte hör auf ihn«, drängte Stéphane. »Du darfst jetzt nicht kneifen.«
»Jetzt, wo alles vorbereitet ist, kannst du keinen Rückzieher machen«, sagte Catherine scharf. »Seit fast zwei Monaten stricke ich nun schon, nähe warme Kleidung und packe Sachen zusammen. Wenn du jetzt nicht mittust, lass' ich dich mit den zwei Kleinen hier sitzen und mache mich mit Steph und meinem Bruder allein auf den Weg. So, du bist gewarnt. Ich meine es ernst!« Alban führte mit der Rechten seine Pfeife zum Mund, während er die Linke mit gespreizten Fingern gegen die Tischplatte preßte, daß die Knöchel weiß hervortraten.
Er wußte, daß er verloren hatte, brummte aber noch: »Wer weiß, ob der Boden dort etwas hergibt ...«
Catherine schlug mit der Faust auf den Tisch.
»Wie oft soll ich es dir noch sagen, es ist uns ganz egal, wie der Boden dort ist! Wir haben etwas anderes vor, und das bringt mehr ein. Es kommt nur darauf an, daß wir dort die

ersten sind, dann müssen wir nur zugreifen. Und daran lass' ich mich nicht hindern!«
Alban sah erst seinen Schwager an, dann seinen Sohn. In seinem Blick lag Ergebenheit, als wollte er sagen: Also gut, von mir aus, dann ziehen wir eben fort. Ich verlass' mich auf euch.
Stéphane sah unschlüssig zu seiner Mutter hinüber. Dann wandte er sich dem Vater zu.
»Ich bin doch schon ein Mann, Vater«, sagte er liebevoll. »Das sagst du ja selbst jedesmal, wenn ich eine Dummheit mache. Ich bin bald dreizehn. Glaub mir, ich werde dir bestimmt helfen, Vater ... Aber die Feldarbeit, das ist nichts für mich.«
Er hatte unmerklich gezögert, dann aber die letzten Worte mit Nachdruck gesprochen.
»Bist ein lieber Kerl, Steph«, sagte sein Vater lächelnd. »Aber wie willst du dir denn dein Brot verdienen, später? Das weißt du nicht, stimmt's?«
Catherine hatte sich beruhigt. Zärtlich betrachtete sie ihren Sohn, und ihre Stimme war wieder friedlich, als sie zu Alban sagte: »Das hast du in seinem Alter auch nicht gewußt.«
Als er sich ihr zuwandte, sprach sie rasch weiter: »Ja, ich weiß, du hast schon damals hinter dem Pflug gestanden. Schön und gut, aber du hattest dir diese Arbeit nicht ausgesucht. Das Land war nun mal da, und dein Vater hat dich nicht um deine Meinung gefragt.«
»Ich hätte auch nichts anderes gewollt.«
»Dieses Glück hat nicht jeder.«
Raoul hatte während des Gesprächs seinen langen, hageren Körper bequem zurückgelehnt und die Beine übereinandergeschlagen. Nun richtete er sich auf, nahm die Pfeife aus

dem Mund und spuckte in hohem Bogen in den Aschenbehälter unter dem Herd.

»Mir scheint, ihr wißt gar nicht, worum es geht«, sagte er. »Ihr redet, als ob ihr die Wahl hättet. Das ist doch Unsinn. Der Boden hier ist keinen Pfifferling wert. Du kannst zehn Jahre lang im Schweiße deines Angesichts schuften und kommst doch zu nichts. Wir müssen endlich den Tatsachen ins Gesicht sehen. Hier gibt es für euch keine Zukunft, und im Süden genausowenig – da sind schon zu viele. Wo noch kein Mensch ist, da liegt die Zukunft! Und wenn dann die Eisenbahn hinkommt, werden die Städte wie Pilze aus dem Boden schießen.«

Gebannt hing Stéphane an seinen Lippen. Von Zeit zu Zeit zwinkerte sein Onkel ihm von der Seite zu. Catherine nickte zustimmend und warf ihrem Mann gelegentlich einen Blick zu, um sich zu vergewissern, daß er nicht eingeschlafen war. Als Raoul abbrach, wandte sich Stéphane an seinen Vater, der trübsinnig dasaß. »Vater«, sagte er entschlossen, »wenn der Boden dort wirklich gut ist und du roden willst, dann helfe ich dir, das schwöre ich. Ich werde alles tun, was du mir sagst, ohne Widerrede.«

»Wenn gerodet werden muß, helfen wir alle zusammen«, sagte Raoul. »Aber das tun wir nur, wenn alle Stricke reißen. Und ich sage euch, wenn wir dort nicht haufenweise Geld scheffeln, gehe ich als Nonne ins Kloster.«

Alle lachten. Eine längere Stille trat ein. Der Abendwind pfiff um das Dach.

»Der kommt aus Nordost. Es bleibt trocken«, meinte Raoul.

Er hatte die Pfeife auf den Tisch gelegt, neben seinen Tabakbeutel, der aus einer Schweinsblase gefertigt war. Nun suchte er in den Taschen seiner Lederjacke, die über der Stuhllehne hing, und förderte vier weitere Pfeifen von unterschiedlicher Form zutage, zwei gebogene und zwei kerzengerade, schlanke, die gut zu ihrem Besitzer paßten. Er ordnete sie wie Spielfiguren auf dem Tisch an. Das glatte Holz und die Mundstücke aus Horn schimmerten matt.

»Seht ihr, ich habe gleich fünf gekauft, und entsprechend viel Tabak«, erklärte er mit Nachdruck. »Das bedeutet, daß ich nicht vorhabe, bald dorthin zurückzukehren.«

»Das heißt aber auch, daß es noch eine Weile dauern wird, bis es in deiner gottverlassenen Gegend einen Gemischtwarenladen gibt«, neckte ihn seine Schwester. »Ich hab's ja in meinem Brief geschrieben: Packt euch warm ein und sorgt für Vorräte. Wenn wir es geschickt anstellen, können wir vielleicht selber einen Laden aufmachen.« Er lachte. »Wenn wir es nicht tun, kommen uns die Pfeifen zu teuer! Je weiter der Weg ist, desto mehr muß man zahlen.«

Eine Weile sagte niemand ein Wort. Plötzlich stand er ihnen vor Augen, der Gemischtwarenladen, zum Greifen nahe, als habe ihn Raoul mitten auf den Tisch gelegt, wie ein Stück Teig, das jeder nach seiner Vorstellung zurechtkneten konnte. Selbst Alban ließ sich auf das Spiel ein.

»Wir werden eine große Werkzeugabteilung brauchen«, meinte er. »Ich muß an Philipon schreiben. Er kann mir einen Großhändler in Montréal empfehlen. Der kennt sich aus. Er hat immer gute Ware gehabt.«

»Wir werden auch verschiedene Samen brauchen und Sachen fürs Vieh«, sagte Catherine.

Raoul schlug Stéphane lachend auf die Schulter.

»Hör dir das an, mein Junge! Jetzt sind sie Feuer und Flamme. Ich wette, deine Mutter weiß schon genau, wo sie die Kleidung und die Kurzwaren herkriegt!«

Catherine tat beleidigt. »Und ob ich das weiß! Ich kenne eine kleine Näherei, die solide, warme Arbeitskleidung herstellt, mit vielen großen Taschen.«
Stéphane lächelte verträumt. »Das ist genau das, was wir brauchen, Jacken mit großen Taschen, die man zuknöpfen kann.«
»Wie hieß doch dieser Fluß, wo wir hin sollen?« fragte Alban. »Wir haben den Namen in deinem Brief nicht richtig lesen können.«
»Harricana.«
Langsam, fast ehrfürchtig wiederholten sie alle den Namen.
»Und er fließt nach Norden«, murmelte Alban.
»Ja, jedes Wasser, das jenseits des Gebirgskamms entspringt, fließt auf die Hudson Bay zu.«
Noch immer saß Alban zusammengesunken auf seinem Stuhl und drehte die erloschene Pfeife bedächtig zwischen den rauhen Fingern hin und her. Raoul sah zu Catherine hinüber. Sie machte eine ratlose Bewegung, als wollte sie sagen: Noch ist er nicht überzeugt. Ihr Bruder zögerte. Dann holte er tief Luft, wie vor einem Sprung ins kalte Wasser, und beugte sich vor.
»Hör mal gut zu, mein Lieber«, begann er. »Ich habe mir alles sehr genau überlegt. Ich weiß, was das für euch bedeutet. Ich bin doch nicht verrückt und ziehe euch in eine Sache rein, die von vornherein aussichtslos ist. Du kennst das Land um den Abitibisee nicht. Aber ich hab gehört, was die Fachleute darüber sagen.«
Als er sich unterbrach und nach Worten suchte, spöttelte Alban: »Ja, ja, die Fachleute!«
»Laß ihn ausreden!« fuhr Catherine ihn gereizt an.
»Bisher haben nur Menschen wie ich diese Gebiete genutzt, und die Indianer, wegen der Pelze. Und jetzt tauchen plötz-

lich Leute auf, die nach Erz schürfen. Wie in Ontario und in den Vereinigten Staaten. Anscheinend ist der Boden noch reicher als in Kalifornien. Er steckt voller Metall: Gold, Silber, Kupfer. Noch ist nichts abgebaut worden. Es ist einfach zu weit weg. Da trauen sich die Teilhaber nicht ran. Aber wenn erst einmal die Eisenbahn durchfährt, wird das anders, das könnt ihr mir glauben. Dann geht der Ansturm los.«

»Aber für unsereins ist das Bergwerk …«, versuchte Alban einzuwenden.

»Wer spricht denn vom Bergwerk, Herrgott noch mal! Wir müssen nur vor dem Bergwerk da sein und alles vorbereiten. Dann warten wir einfach auf den großen Andrang und machen ein Gasthaus, ein Tanzlokal oder eine Gemischtwarenhandlung auf! Die Arbeit im Bergwerk macht krank. Ich bin wie du, Alban. Wir zwei brauchen frische Luft. Ich lass' mich nicht lebendig begraben, und ich will nicht, daß Steph oder sein Bruder später mal dazu gezwungen sind. Darum dürfen wir nicht warten, bis die guten Plätze weg sind. Ich weiß, wie das ist, wenn die Meute hereinbricht. Dann geht das große Gedränge los. Wir müssen unter den ersten sein, die vor der Mine warten und das Gold einsammeln, nach dem die anderen da unten graben. Man muß sich eben die Rosinen aus dem Kuchen holen.«

Jetzt hatte er auf alle Gesichter ein Lächeln gezaubert. Hoffnungsvoll sahen sie ihn an, begierig nach weiteren Einzelheiten, die ihren Träumen neue Nahrung geben konnten. Würde er am Ende gar einen riesigen Goldklumpen aus der Tasche ziehen mit den Worten: »Hier, das ist für den Laden«?

Raoul sagte nichts mehr. Aber der Gemischtwarenladen hatte schon Gestalt angenommen, so sehr, daß der Duft der verschiedenen Waren, die sich auf nagelneuen Regalen bis zur Decke stapelten, den kleinen Raum zu erfüllen schien. Alle vier sahen das bemalte Holzschild über der Tür deutlich vor sich: »Gemischtwarenhandlung Herman, Robillard und Söhne«.

»Und wann brechen wir auf?« erkundigte sich Alban.

»Wenn ihr alles vorbereitet habt, können wir morgen mit dem Tragen beginnen. Das müßte an einem Tag zu schaffen sein. Dann können wir übermorgen in aller Frühe in die Boote steigen.«

Am liebsten wäre Stéphane jubelnd auf den Tisch gesprungen. Mit leuchtenden Augen sah er von einem zum anderen und zwinkerte seiner Mutter übermütig zu.

»Guter Gott«, stöhnte Alban, »dir kann es wohl nicht schnell genug gehen.«

»Wir haben immerhin schon den sechsten September«, hielt Raoul ihm entgegen. »Wenn wir länger warten, werden wir hier noch überwintern müssen. Ich will euch ja nicht kränken, aber die Aussicht, den Winter hier zu verbringen, ist nicht gerade verlockend.«

Seine Blicke wanderten durch den Raum. Auch Alban betrachtete das Haus, das er mit seinen eigenen Händen gebaut hatte. Beide nahmen dieselben Gegenstände wahr, aber jeder sah sie mit anderen Augen.

Alban seufzte tief auf. »Wir müssen schlafen gehen«, sagte er und klopfte seine Pfeife am Herd aus, wo das Feuer schon niedergebrannt war. »Morgen werden wir all unsere Kraft brauchen.«

3

Dreimal schon waren die Robillards weitergezogen, weil sie mit den Leuten, die ihnen die Siedlerstellen verpachteten, nicht zurechtkamen. Dann waren sie ein viertes Mal aufgebrochen und hatten sich hier niedergelassen, um endlich unabhängig zu sein, um Land zu bestellen, das ihnen gehörte. Als von dieser Gegend die Rede gewesen war, hatte man ihnen den Himmel auf Erden versprochen. In Wahrheit war sie ärmer und karger als der Rest der Welt.
Dieses Land im Norden der großen Gewässer ist nur mit kümmerlichen Nadelbäumen bestanden und mit einer Schicht von Moos und Flechten bedeckt. Die eisigen Winde, denen es ausgesetzt ist, haben stellenweise die dünne Schutzhülle abgetragen und das darunterliegende Granit- und Basaltgestein freigelegt.
Es wäre vernünftiger gewesen, wenn die Robillards sich weiter südlich niedergelassen hätten. In der Senke des Temiskamingsees, auf den Terrassen, die über den spiegelnden Tiefen der riesigen Wasserfläche liegen, wird schon seit langem Weizen angebaut. Ein Bruder des Ordens »Oblats de Marie-Immaculée« erntete hier im Hochsommer des Jahres 1879 die erste Handvoll Korn. Es waren schwere, goldfarbene Getreidekörner, noch warm von der Sonne, prall vom Saft der Erde, die hier, über Jahrhunderte gemästet vom verrottenden Unterholz, besonders fruchtbar war. Gemeinsam mit den Männern, die die Wälder erschlossen, gründete damals Bruder Moffet die erste landwirtschaftliche Gemeinde der Baie-des-Pères, der Mönchsbucht. Schon hatten einige große Handelsgesellschaften mehrere Dutzend kräftige Männer an den Kipawasee geschickt, wo nun die Wälder von Axtschlägen widerhallten. Von hier aus

waren Bauern bis zu den Ufern des Temiskamingsees vorgedrungen.
Weiter hatten sie sich allerdings nicht vorgewagt, denn jenseits davon begann ein sehr rauhes, unwirtliches Gebiet, die Taiga.
Doch die Robillards, die nicht wußten, was sie erwartete, waren weitergezogen, um endlich für sich zu sein und genügend Land zur Verfügung zu haben. Sie hatten ihr Holzhaus in einiger Entfernung von zwei anderen Familien errichtet, die jedoch schon nach einem Jahr aufgaben und nach Westen weiterzogen.
In der bildhaften Sprache der Algonkin-Indianer bedeutet Temiskaming soviel wie »tiefe Wasser«. Der See, der scheinbar regungslos daliegt, fließt langsam in südlicher Richtung ab. Hier staut sich der Ottawastrom mit seinen vielen Ausbuchtungen zu einem kuhmagenähnlichen Gebilde. Die Indianer und Trapper haben ihn »Rivière des quinze« getauft, »Strom der Fünfzehn«, denn fünfzehnmal müssen dort kaskadenartige Stromschnellen überwunden, fünfzehnmal die Kanus mühsam bergauf getragen werden.
Die Menschen haben sich dieses Land noch nicht zu eigen gemacht, dennoch kommen schon seit langer Zeit immer wieder welche hierher. Seine Grenzenlosigkeit zieht all jene in ihren Bann, die sich nach unerschlossener, unermeßlicher Weite sehnen. Seit Jahrhunderten haben Waldläufer und Händler, Geschäftsleute, Jäger und Entdecker das Gebiet auf dem Wasserweg durchquert. Die Überreste des alten Forts, das die Soldaten des »Sieur de Vaudreuil« 1720 in La Passe errichteten, sind inzwischen von Brombeergestrüpp überwuchert.
Doch was ist ein Menschenalter angesichts der jahrmillionenalten Erde! Die vulkanische Rinde, die hier aus dem

Magma auftauchte, birgt ihre Erinnerungen, trägt noch die Spuren der langsam dahinkriechenden Gletscher. Hier hat sich das zurückweichende Eis verewigt, als es versuchte, die vulkanische Schicht auszuhöhlen, und an der Härte dieses Panzers scheiterte.

Die Erde vergißt nichts. In diesen Breiten scheint sie stets den Winter herbeizusehnen.

Auch in jener Herbstnacht erwartete sie ihn, als die Robillards zum letzten Mal in ihrem Heim schliefen und von einem weniger kargen Leben träumten. Im undurchdringlichen Dickicht, im Schatten der skelettartigen aufragenden, düsteren Rottannen, im Schutze verkrüppelter Sträucher bereiteten sich unzählige, winzig kleine Lebewesen auf die lange Ruhezeit vor. Tausende und Abertausende von Insekten vergruben sich in den Humus unter den Schachtelhalmen, zwischen den wurmähnlichen Wurzeln von Algengewächsen und Moosen. Tausende und Abertausende von Zweiflüglern tauchten ins warme Dunkel, aus dem sie bald verwandelt hervorgehen würden, und suchten sich einen Weg zwischen Geißblatt und Wasserahorn. Millionen von Sechsfüßlern gruben ihre unterirdischen Gänge zwischen Kieseln, verbargen sich unter Steinbrocken, durchdrangen den Schutt von Moränen und wühlten im duftenden Torf, der mal fest und schwarz, mal weich und schlammig war. Sie setzten den gerillten Leib, die Flügeldecken und die Zangen ein, um auf verschlungenen Wegen ganze Schätze aus Körnern, Blattkrumen, tierischen Überresten und Sand zu transportieren. In dieser scheinbaren Einöde, die vom Menschen gemieden wird, die die Bauern als totes Land betrachten, wo sich das Pflügen nicht lohnt, bearbeiteten Myriaden unvorstellbar kleiner Lebewesen das Erdreich, um sich zu vermehren. In dieser kalten Septembernacht stellte sich schon alles auf das kommende Frühjahr ein.

In den Wäldern aus Rot- und Balsamtannen, Lärchen und anderen Nadelhölzern, die sich an der Wasserscheide entlangzogen und zum Horizont hin von Spindelbäumen begrenzt wurden, breitete sich ein dichter Teppich von Bärlapp aus. Unter seiner Oberfläche, die vielfach mit Nadeln bedeckt war, verbargen sich Legionen winziger Larven von Fliegen und Mücken verschiedenster Art. In den lehmverkrusteten Felsspalten vollendeten ganze Kolonien von rötlichen Wühlmäusen, von Lemmingen und Bisamratten ihren Bau, schichteten in den Kammern mit ihren glatten Wänden die Streu, das Lager für die kommende Brut. Wenn sie ihre Ernte eingebracht hatten, würden all diese Nager in monatelangen Schlaf versinken, der ihre Atmung verlangsamte und ihre Kräfte schonte. In Seen und Flüssen tummelten sich Schwärme junger Saiblinge, die ihre Beute vor sich hertrieben: Libellenlarven, die sich von Mückeneiern nährten.

Befreit von der Plage der Stechmücken im kurzen, heftigen Sommer machten sich Füchse, Wölfe, Schwarzbären und Dachse mit verstärktem Eifer auf die Pirsch. Karibus und Elche durchschwammen, von der Strömung hin und her getrieben, in langen Reihen die Flüsse. In ihrem trüben Kielwasser stiegen neugierige, gefräßige Fische an die Oberfläche.

Der Wind gönnte sich noch lange Atempausen. Nichts war zu ahnen von der Betriebsamkeit, von der die Tierwelt erfaßt wird, wenn die endlosen Monate voll Eis und Schnee herannahen, nichts von dem unaufhaltsamen, wimmelnden Treiben, von jenem Fieber, das die Geschöpfe von Natur aus in sich tragen.

In tiefen Schlaf versunken oder Wachträumen nachhängend, trieben die wenigen menschlichen Bewohner dieser Gegend im selben geheimen Rhythmus auf die langen Wintermonate zu. In der Dunkelheit hatten sie etwas von dem Frieden angenommen, der von diesem Himmel ausging, an dem sich scheinbar nichts bewegte, obwohl die Gestirne unbeirrt ihren Weg um die Erdkugel fortsetzten.
Während der vergangenen Stunden hatte jeder Bach, jeder See, jeder Sumpf, jeder Fluß das letzte Licht des Tages eingefangen. Der Abend hatte seine streifigen Schatten über den Wald gebreitet. Dann schien sich ein schwarzer Schleier über das Land zu legen, der alle Konturen verschmelzen ließ, und nur das hellglänzende Fenster des Hauses blickte, einem menschlichen Auge gleich, in die Nacht. Sobald dieses Licht verloschen war, herrschte dichte, vollkommene Finsternis und umhüllte das öde Land, das so viel unsichtbares Leben barg. Sanft und traurig sang der Nachtwind sein Lied.

4

Stéphane wurde durch das Knarren der Tür wach. Hinter dem schweren Vorhang aus Sackleinen, den die Mutter genäht hatte, war schon heller Tag. Der Junge lauschte: Sein Bruder schlief noch. Louise lag im Nebenzimmer in ihrem Bettchen am Fußende der elterlichen Schlafstatt. Raoul hatte die Nacht auf dem Boden zwischen Georges' Pritsche und der Tür verbracht. Stéphane richtete sich halb auf und sah um sich, aber es war zu dunkel im Raum, um etwas zu erkennen. Lautlos stand er auf. Mit bloßen Füßen tappte er über den eiskalten Boden. Raouls Schlafsack war leer. Stéphane faßte hinein und spürte, daß er noch warm war.

Mit einem Satz war er am Fenster und hob den groben Vorhang, der stark nach Heu und Erde roch. Raoul ging gerade auf den Bach zu und näherte sich der Stelle, wo die Kiesböschung sanft abfällt bis zu einem flachen, glatten, leicht abgeschrägten Stein, den die Mutter immer zum Schlagen der Wäsche benutzte. Raoul war barfuß, und das weiße Handtuch, das ihm über die nackte Schulter hing, leuchtete im Morgenlicht ebenso hell wie sein zerzaustes, flachsblondes Haar. Die Lederhose, deren Bänder lose am Boden schleiften, schien ihm zu groß zu sein.

Stéphane ließ den Vorhang los, griff nach seiner kurzen Hose, die auf dem Bett lag, und kehrte wieder an seinen Aussichtsposten zurück. Verlegen schlug er die Augen nieder. Raoul hatte seine Beinkleider ausgezogen und breitete sie auf dem mit Rauhreif bedeckten Gras aus. Darauf legte er das Handtuch und einen kleinen Beutel, den er bei sich trug. Stéphane fröstelte, als der Trapper bis zu den Knien in den Bach stieg, der im Morgenlicht rosig dampfte. Raoul begann, sich von oben bis unten abzuwaschen.

»Donnerwetter, der schreckt vor nichts zurück«, murmelte Stéphane vor sich hin.

Raouls Schultern, sein Rücken und seine Brust dampften jetzt noch stärker als der Bach. Sein hochgewachsener Körper glänzte im Licht des anbrechenden Tages und hob sich vor dem schwärzlichen Hintergrund im Nordwesten, wo über den Wäldern noch Nacht herrschte, deutlich ab. Der Himmel im Osten schien schwer auf dem geraden Horizont zu lasten, über den violette Wolkenfetzen dahintrieben.

Raoul war schön. Bei jeder Bewegung konnte man das Spiel seiner Muskeln unter der glatten Haut beobachten. Die dichte Körperbehaarung, nur wenig dunkler als sein blonder Schopf, begann gleich unterhalb des Halses, bedeckte den Oberkörper in seiner ganzen Breite, wurde dann schmaler zwischen den kräftigen Brustmuskeln mit ihren bläulichen Brustwarzen, verlief in gerader Linie bis zum Nabel, dessen sanfte Mulde sie umrahmte, und verbreiterte sich dann wieder, um in dichter Fülle das Geschlecht zu umgeben.

Raoul hatte sich auf die Steinplatte gesetzt und rieb seine Füße energisch mit Flußsand ein, fuhr mit den Fingern zwischen die Zehen und massierte seine Fersen mit den Handflächen. Dann stampfte er im Bach stehend mehrmals kräftig auf, daß es spritzte. Er rieb sich trocken und zog seine Hose an, warf seinen Lederbeutel übermütig in die Luft und fing ihn wieder auf. Mit dem Handtuch um die Schultern kam er dann auf das Haus zu. Ein paar feuchte Haarsträhnen klebten an seiner Stirn, und er lächelte, als hätte er gerade mit jemandem gesprochen.

Sobald der Onkel aus seinem Blickfeld verschwunden war, schlüpfte Stéphane in Hemd und Stiefel und lief in die Stube.

»Da bist du ja, alter Bursche!« rief Raoul.

»Du warst schon draußen?«

»Ich hab mich gewaschen, und dir täte das auch ganz gut.«

»Aber nicht da draußen«, sagte der Junge. Er zog unter dem gußeisernen Spülbecken eine blaue Schüssel hervor, deren Email stellenweise abgesprungen war.

»Du wirst dir doch nicht wie eine Frau nur die Fingerspitzen naß machen!«

Stéphane mußte lachen. Aus dem großen Kessel, der noch im warmen Rohr stand, goß er Wasser in die Schüssel.

»Und dann auch noch mit warmem Wasser!« schimpfte

Raoul. »Paß nur auf, wenn wir erst unterwegs sind, werfe ich dich immer splitternackt in den See.«
Während der Junge mit der Hand Wasser schöpfte und sich das Gesicht wusch, zog Raoul aus dem Lederbeutel einen kleinen, runden Spiegel mit Metallfassung hervor und hängte ihn an einen Nagel am Fensterkreuz. Dann hielt er den Rasierpinsel unter die Pumpe und begann sich einzuseifen. Der Junge beobachtete ihn. In den Bewegungen des Mannes, in der Art, wie er Arm und Hand hielt, lag konzentrierte Ruhe und Gelassenheit, eine natürliche Souveränität.
Als sein ganzes Gesicht mit dichtem weißem Schaum bedeckt war, hielt Raoul seinem Neffen die Schließe des breiten Ledergürtels hin.
»Halt das mal. Solide Arbeit, wie?«
Stéphane griff mit beiden Zeigefingern in die Schnalle und schloß die Hände zur Faust.
»Genau verkehrt herum! So kann ich doch nichts damit anfangen, du Kindskopf.«
Raoul tat, als wäre er ärgerlich. Er packte mit der Linken das andere Ende des Gürtels, zog ihn stramm und begann, sein Rasiermesser daran zu wetzen. Pfeifend fuhr die bläulich schimmernde Klinge über das Leder und blitzte jedesmal auf, wenn sie mit rascher Hand umgedreht und zurückgeführt wurde.
»Gib acht! Wenn du nicht fest genug anziehst, ist dein Finger ab.«
Lachend versuchte Stéphane, seine Kräfte mit denen des Onkels zu messen. Das Spiel dauerte eine Weile, dann seifte Raoul sich noch einmal ein, spannte mit den Fingern die Haut und fuhr mit der Klinge darüber.
Als er fertig war und sein Rasierzeug unter der Pumpe

wusch, die Stéphane betätigte, traten die Eltern aus ihrem Zimmer. Die Mutter hatte eine blauweiß karierte Bluse über das rosafarbene Nachthemd gezogen, das ihr bis zu den bloßen Füßen reichte. Der Vater war schon angekleidet, nur sein Hemdkragen stand noch offen. Er ging zum Spülstein.

»Morgen, ihr zwei. Na, ihr habt ja einen ganz schönen Wirbel gemacht!«

Raoul trat zur Seite, und Stéphane pumpte weiter, während der Vater den Kopf unter den kalten Wasserstrahl hielt und sich laut prustend wusch.

»Euer Stéphane wäscht sich nur die Nasenspitze«, sagte Raoul. »Und dazu braucht er auch noch warmes Wasser, wie eine feine Dame.«

Der Junge ließ die Pumpe los und stürzte sich auf den Onkel, der gerade sein Rasierzeug verstaute. Eine Zeitlang kämpften die beiden miteinander. Stéphane bot all seine Kräfte auf, während Raoul sich einen Spaß daraus machte, seinen Angriffen auszuweichen.

»Schluß jetzt!« rief Catherine. »Sonst geht noch was zu Bruch.«

»Wir hören schon auf«, lenkte Raoul ein. Er packte Stéphane an einem Arm und einem Bein, so daß der Kopf des Jungen herunterhing. »Mach die Tür auf, Alban«, rief er, »ich werfe ihn ins Wasser, das wird ihn beruhigen!«

Stéphane, der sich an der Hose des Onkels festklammerte, wehrte sich heftig.

»Nein! Nein, nicht ins Wasser!« brüllte er.

Als der Vater die Tür öffnete, kamen die beiden jüngeren Geschwister ins Zimmer. Sie lachten aus vollem Hals.

»Ja, in den Bach mit ihm«, schrien sie. »In den Bach!«

Auf der Türschwelle setzte Raoul seinen Neffen ab, fuhr

herum und packte die beiden anderen mit einem einzigen Griff.
»So, ihr wollt wohl auch ein Bad? Das könnt ihr haben!«
Es folgte ein ohrenbetäubendes Geschrei und Gelächter, das manchmal übertönt wurde von den warnenden Zwischenrufen der Mutter: »Paßt doch auf! Mein Herd! Meine Töpfe!«
Aber sie mußte mitlachen, erst recht, als ihr Bruder von den Kindern abließ, sie selbst auf die Arme nahm und übermütig vorschlug: »Und jetzt kommt eure Mutter dran!«
Stéphane und Louise waren gleich einverstanden und drängten den Onkel zur Tür, während Georges mit aller Kraft an ihm zerrte und ihn anflehte: »Nein, nicht die Mutter, bitte nicht! Nimm lieber mich, aber laß sie los!«
Da setzte Raoul Catherine ab, hob den Kleinen hoch und umarmte ihn fest.
»Du lieber Bub«, sagte er ein ums andere Mal, »du bist der Tapferste! Du bist der Beste!«
Als wieder Ruhe eingekehrt war, schüttelte Alban besorgt den Kopf.
»Wenn das mit den Späßen unterwegs so weitergeht, dann werden die Boote oft umkippen!«
Raoul wurde ernst. »Nein. Gescherzt wird erst, wenn wir angekommen sind«, sagte er mit Entschiedenheit. »Die Bootsfahrt ist kein Kinderspiel. Ich und Steph nehmen das Kanu mit der größeren Ladung und fahren voraus. Ihr zwei folgt uns mit den Kindern im zweiten. Wenn das Wasser nicht zu unruhig ist und der Wind auf den Seen aus der richtigen Richtung bläst, denke ich, daß wir es in zwanzig Tagen schaffen können.«
»Und das Tragen der Boote über Land, hast du das mitgerechnet?« fragte Alban.

»Ja, das ist dabei.«
Raouls helle Augen blickten prüfend von einem zum anderen, als wollte er die Kräfte jedes einzelnen abschätzen und zugleich allen etwas von seiner Stärke und Zuversicht übermitteln.
»Bei den Fußmärschen wird jedem soviel zugeteilt, wie er tragen kann. Ich kann keinen Faulpelz in meiner Truppe brauchen … Wer nichts tut, kriegt auch nichts zu essen und muß selbst sehen, wie er weiterkommt. Das war schon immer so.«

5

Der Pfad, der oberhalb der Stromschnellen zum Rivière des Quinze führte, war etwa zwei Meilen lang und verhältnismäßig leicht begehbar. Er verlief fast gerade auf diesem Gelände, das nur hier und da eine leichte Bodensenkung aufwies, stieg dann ein wenig an, um auf halber Strecke wieder sanft abzufallen und in ein dichtes, mit vertrockneten Ranken überwuchertes Erlenwäldchen zu münden.
Raoul, der die Gruppe anführte, hatte sich den schwarzen Herd aufgeladen. Er hielt ihn an den eisernen Beinen fest und balancierte das schwere Gehäuse auf dem Kopf, den er mit einem zusammengelegten Sack geschützt hatte. Dabei ging er so aufrecht, als würde er nichts als einen Rucksack tragen. Ihm folgte Stéphane. Auf seiner Schulter trug er einen alten Lederkoffer mit verrosteten Schließen, der mit dicken Stricken zusammengebunden war. Hinter ihm ging Georges, mit einem Stoffballen bepackt, den er häufig von einer Schulter auf die andere lud. Alban war der letzte in der Reihe. Sein Rücken krümmte sich unter einer unförmigen Last: eine verschnürte Matratze, die um ein zusammen-

gelegtes Klappbett gebunden war. Mit der Linken hielt Alban das Bett im Gleichgewicht, in der Rechten trug er einen großen Korb mit Kochtöpfen.
Bedächtig setzten sie einen Schritt vor den anderen, schwer atmend und gelegentlich aufstöhnend, wenn sich ein Stein unter ihrem Tritt löste. Am wenigsten angestrengt wirkte Raoul, und so gab er auch erst spät das Zeichen zum Anhalten.
Er bückte sich, bis der Herd mit zwei Beinen den Boden berührte, und kroch vorsichtig darunter hervor. Dann richtete er sich auf, streckte sich, bewegte den Kopf hin und her, legte ihn in den Nacken zurück und drückte das Kinn wieder auf die Brust. Die anderen beobachteten ihn.
»Wollen wir tauschen?« fragte Alban.
»Auf keinen Fall. Der Körper gewöhnt sich an eine Last. Prägt euch genau ein, was ihr zu tragen habt. Wir werden auf der ganzen Reise dieselben Sachen tragen, und zwar in derselben Reihenfolge. Und das will ich nicht zweimal sagen müssen.«
Die beiden Jungen, die sich auf ihr Gepäck gesetzt hatten, hörten ihm mit ernsten Gesichtern zu. Stéphane stand auf.
»Und die Boote?« fragte er. »Bist du auch sicher, daß sie da sind?«
»Ganz sicher. Ich habe sie bezahlt, und wenn man die Indianer im voraus zahlt, lassen sie sich lieber vierteilen, als ihr Wort zu brechen.«
»Sind es gute Boote?«
»Die besten, die es gibt«, versicherte Raoul.
Er bückte sich, kippte den Herd so weit nach vorn, daß er sich darunterschieben und die eisernen Beine packen konnte, richtete sich langsam auf und machte sich wieder auf den Weg.

Als sie aus dem Dickicht heraustraten, das den Fluß säumte, entdeckten sie die Kanus. Nur ein paar Schritte vom Ufer entfernt lagen sie nebeneinander in einer kleinen Bucht, in der das angestaute Wasser in trägen Strudeln kreiste.
Der Fluß, der hier fast eine halbe Meile breit war, floß langsam dahin. Stromaufwärts, wo eine Biegung zu erkennen war, schien er noch breiter zu werden.
Sie kletterten die steile Böschung hinunter und legten ihr Gepäck so nah wie möglich bei den Booten ab. Als sie sich umwandten, standen zwei Indianer mit undurchdringlicher Miene vor ihnen.
Raoul redete mit ihnen in der Sprache der Algonkin, die die anderen nicht verstanden. Der ältere der beiden Indianer war klein und ausgemergelt, der jüngere war hoch aufgeschossen und schlank und mochte etwa so alt wie Stéphane sein. Beide waren mit schmutzigen Lumpen bekleidet, und ein beißender Geruch ging von ihnen aus.
Als die Unterredung in der Stammessprache beendet war, sagte der jüngere auf französisch: »Wir wünschen euch Glück. Der Vater sagt, er würde gern mit euch fahren. Aber er ist zu alt. Er will nicht weit von seinem Dorf sterben.«
»Und du?« fragte Stéphane. »Willst du nicht mitkommen?«
Der Indianer lächelte. Ein sehnsüchtiges Leuchten trat in seine Augen.
»Ich bleibe beim Vater.«
Vater und Sohn sagten noch ein paar Worte in ihrer Sprache, schulterten dann ihre Bündel, die neben der erloschenen Feuerstelle gelegen hatten, und entfernten sich stromaufwärts. Bald waren sie im Dickicht verschwunden.
»Ein alter Freund«, erklärte Raoul. »Ein sehr anständiger Kerl. Der beste Kanu-Bauer weit und breit.«

Er zog seine Stiefel aus, stieg ins Wasser, untersuchte die Boote und prüfte sorgfältig die Paddel. Dann öffnete er einen langen, flachen Beutel, der mit dicken Stricken zusammengebunden war.
»Was ist da drin?« wollte Stéphane wissen.
»Alles, was wir zum Ausbessern brauchen, falls wir auf einen Felsen auflaufen.«
»Wie steht's?« fragte Alban, während Raoul seine Stiefel wieder anzog. »Sind die Boote in Ordnung?«
»Wir können uns auf sie verlassen.«
Den größten Teil des Rückwegs trug Raoul den kleinen Georges auf den Schultern. Man müsse die Muskeln warm halten, behauptete er.
»Ich verstehe nicht, wie du das machst«, sagte Alban. »Ich bin ja auch harte Arbeit gewöhnt, aber das könnte ich nicht durchhalten.«
Es wurde immer wärmer, und ihre Erschöpfung wuchs mit jedem Marsch, den sie zwischen Haus und Fluß zurücklegten, bis sie nur noch dumpf vor sich hintrotteten. Der Schweiß rann ihnen von der Stirn, das Haar klebte an ihren Schläfen. Zu Hause tranken sie jedesmal große Becher voll Wasser und hielten ihren Kopf unter die Pumpe.
»Wartet's nur ab, das ist noch gar nichts«, meinte Raoul lachend. »Die Strecke ist zwar lang, aber leicht zu gehen. Wenn ihr euch erst mal zwischen Dornengestrüpp und Felsen durchkämpfen müßt, dann habt ihr Grund zum Jammern!«
Als die Männer das vierte Mal zurückkehrten, war Catherine mit dem Packen fertig und machte sich mit ihrer Tochter ebenfalls auf den Weg, um beim Tragen zu helfen. Für Louise hatte sie ein paar kleinere Bündel bereitgelegt.
Trotz aller Anstrengung neckte Stéphane seine Schwester:

»Ich hab dir ja gleich gesagt, daß du schwer tragen mußt. Morgen wirst du den Küchenherd schleppen, und später packen wir dir dein Bett auf den Rücken.«
Die Kleine trippelte ohne ein Wort zu sagen vor ihrer Mutter her. Ihre Händchen umklammerten den Riemen, mit dem das Bündel auf ihren Schultern zusammengehalten wurde. Oft machte sie schwer atmend halt und trat zur Seite, um die anderen vorbeizulassen. Dann versuchte sie ihre Last anders zu halten und lief von neuem los, mal vornübergebeugt, mal in schiefer Haltung seitwärts geneigt.
Auf dem Rückweg sang sie ohne Unterlaß vor sich hin. Raoul trug sie auf den Schultern und verfiel sogar dann und wann in einen fröhlichen Galopp.
Ihre restliche Habe, die in kleinere Bündel verschnürt war, trugen die beiden Männer, Stéphane und Catherine nach Indianerart: mit Hilfe eines breiten Lederriemens um die Stirn.
Als sie noch zwei Wege vor sich hatten, gingen Catherine und die Kinder prüfend durch alle Räume, während Raoul und Alban die kupferne Pumpe abbauten.
»Die ist das Reisen schon gewohnt«, sagte Alban.
»Ist auch ein gutes Stück.«
»Ich habe sie aus Montréal kommen lassen, damals, als wir bei den Trois Rivières wohnten.«
Mit seinem breiten Daumen fuhr Alban über den glänzenden Zylinder, wo die Worte »Imperial Pitcher Pump« eingraviert waren.
»Siehst du«, sagte Raoul lachend, »bis jetzt hat immer sie Wasser herbeigeschafft, jetzt schaffst du sie übers Wasser!«
Vor dem endgültigen Aufbruch blieben alle noch einen Augenblick auf den Holzbänken sitzen und stützten die Arme auf den Tisch, den sie nicht mitnehmen konnten.

Louise und Georges waren erschöpft am Fluß zurückgeblieben.
Alban blickte in dem großen Raum umher. Die Möbel aus Holz, die er Stück für Stück zugeschnitten und zusammengefügt hatte, mußten sie zurücklassen. Düster blickte er vor sich hin, zog an der längst erloschenen Pfeife und kaute auf dem Mundstück herum. Ein nervöses Zucken lief über seine rechte Wange. Der Hut, den er abgelegt hatte, und der Tragriemen hatten Striemen auf seiner Stirn hinterlassen.
»Es bricht mir das Herz, so vieles hierlassen zu müssen«, seufzte er. »Als wir mit dem Wagen umgezogen sind, konnten wir wenigstens alles mitnehmen.«
»Aber ich sag dir doch, die Boote sind auch so schon schwer genug beladen«, erwiderte Raoul.
»Ja ja, ich weiß ja selbst, daß es nicht geht ...«
Die letzten Worte waren kaum zu hören, und niemand reagierte. Sie waren alle unendlich erschöpft. Stéphane hielt den Kopf in beide Hände gestützt und starrte auf die Tischplatte, die durch die weit geöffnete Tür von der Sonne beschienen wurde. Dort, wo der Herd gestanden hatte, waren vier rostige Druckstellen zu sehen. Die halbkreisförmigen Spuren an der Wand verrieten, wo die Töpfe gehangen hatten. Die Planken neben der Spüle wiesen Streifen von herabrinnendem Wasser auf, und darunter war alles voller Spritzer. Durch die halboffenen Türen sah man in die beiden ausgeräumten Schlafkammern, wo zerknülltes Papier und ein paar Stoffreste auf dem Boden lagen. Die sackleinenen Vorhänge waren dazu verwendet worden, die Matratzen zu umhüllen.
»Wir können nicht ewig hier sitzen bleiben«, sagte Raoul und erhob sich.

Catherine folgte wortlos seinem Beispiel. Ihr Gesicht wirkte verschlossen, fast hart. Stéphane stand ebenfalls auf, und schließlich auch der Vater, der als letzter hinausging und die Tür hinter sich zuzog.
»Es ist besser so«, murmelte er, wie um sich selbst zu trösten. »Vielleicht können andere es noch brauchen.«
»Du hast recht«, meinte Raoul, »dann verrottet es nicht so schnell. Selbst wenn niemand hier einzieht, als Unterschlupf für eine Nacht werden es viele brauchen können. Das ist ein Segen, wenn man bis auf die Haut durchnäßt ist.«
Catherine hatte sich schon auf den Weg gemacht. Ihr Gang wirkte nicht so federnd wie sonst, ihre Gestalt war etwas gebeugt, obwohl die beiden Säcke, die sie schleppte, nicht schwerer waren als das, was sie bisher getragen hatte. Aber nun, da es galt, für immer Abschied zu nehmen von ihrem Heim, fühlte sie jenen stechenden Schmerz, gegen den sie sich bisher immer gewehrt hatte.
Raoul und Stéphane nahmen die letzten Bündel auf und folgten ihr. Alban zögerte noch. Er konnte seine Augen nicht losreißen von diesem Flecken Erde, den er unter so großen Mühen der Wildnis abgetrotzt hatte. Ein paar mächtige Baumstümpfe, die ihm widerstanden hatten, ragten schwarz und verkohlt in die Luft.
»Was ist, kommst du?« rief Raoul ihm zu.
Ergeben schulterte Alban sein Bündel, rückte den Tragriemen zurecht, setzte seinen Hut auf und beeilte sich, die anderen einzuholen.
Als sie das erste Mal anhielten und zurücksahen, stieg schon die Dämmerung wie trübes Wasser aus den Bodensenken. Der Himmel hatte sich fast unmerklich bezogen, und das fahle, farblose Abendlicht kündigte den Winter an. Die

Umrisse der Nadelbäume und Sträucher, in denen sich der Wind verfing, waren kaum mehr voneinander zu unterscheiden. Die Pflanzen duckten sich zur Erde nieder, als wollte alles, was da mühselig wuchs, sich den letzten Lichtstrahlen entziehen. Nur das Haus mit seinen scharfen Kanten bewahrte seine Konturen in dieser Welt ohne Formen und ohne Grenzen, so als sei es unwandelbar, für alle Ewigkeit in diesem schwärzlichen Ozean verankert.
Alban stieß einen tiefen Seufzer aus. »Ich weiß, wie das ist. Wenn erst einmal zwei Winter darüber hingegangen sind, bleibt nicht mehr viel davon übrig.«
Weit oben am Himmel zog eine Schar Wildgänse wie eine Pfeilspitze nach Süden, in umgekehrter Richtung wie Raoul und die Robillards. Die Tiere flohen vor der drohenden Kälte. Hoch über der Dunkelheit flogen sie dahin, in strahlendes Licht getaucht.

6

Als sie den sandigen Uferstreifen erreichten, wo ihre aufgetürmte Habe sie erwartete, hing die Abenddämmerung schon schwer über dem Land. Die Linien, die das Wasser säumten, traten schärfer hervor, und auf seiner tanzenden Oberfläche spiegelte sich der Himmel.
Die Erschöpfung der Kinder war plötzlich wie weggeblasen. Georges und seine Schwester hatten ein Spiel begonnen. Der Bub deutete auf die gestapelten Kisten und Möbel.
»Keinen Schritt weiter«, rief er, »das ist unser Fort!«
Jetzt hatte auch Stéphane seine Müdigkeit abgeschüttelt. Auf einem imaginären Pferd reitend, preschte er in wildem Galopp vorwärts.

»Ich schieße mit brennenden Pfeilen auf euch, ihr werdet in euren Hütten bei lebendigem Leibe geröstet!«
»Das darfst du nicht«, kreischte Louise, »nicht wahr, Mutter, das darf er doch nicht!«
Raoul sah lachend seine Schwester an.
»So ist das also, du bestimmst hier das Kriegsrecht!«
Georges versuchte, die Angriffe seines Bruders abzuwehren, und zielte mit ausgestrecktem Arm auf ihn.
»Peng, peng!« schrie er aus Leibeskräften. »Ich hab dich getroffen. Los, wirf dich zu Boden!« Ärgerlich stampfte er mit den Füßen. »Er ist getroffen! Mutter, sag's ihm doch!«
Die Erwachsenen sahen den Kindern eine Weile zu, angesteckt von ihrer Fröhlichkeit, die keinen Platz ließ für traurige Gedanken. Sie schienen fest entschlossen, diesen Tag bis zum Ende auszukosten. Doch das Dunkel breitete sich unaufhaltsam aus und erreichte schon das gegenüberliegende Ufer, wo die mächtig aufragende Steilküste das Wasser überschattete und das Leuchten des Herbstlaubs sich verdüsterte.
»Hört mal her«, rief Raoul, »begrabt das Kriegsbeil. Wir wollen etwas anderes spielen!«
Die Schlacht wurde noch eine Zeitlang halbherzig weitergeführt, als wüßten die beiden feindlichen Lager nicht recht, ob sie dem Waffenstillstand trauen sollten, doch dann jubelten sie einstimmig: »Hurra! Der Onkel übernimmt das Kommando!«
»Einverstanden«, sagte Raoul. »Wir sind jetzt Trapper im hohen Norden und müssen das Zelt aufbauen und Feuer machen, bevor die Wölfe uns angreifen.«
Er zog sein Gewehr unter der Plane hervor und legte es auf das Klappbett.
»Hier liegen unsere Waffen«, erklärte er, »sie müssen im-

mer griffbereit sein. Was ist mit deinem Gewehr, Alban, worauf wartest du?«
Alban folgte seinem Beispiel.
»Du und Georges, ihr kümmert euch ums Feuermachen. Catherine hat Küchendienst und gibt euch die Befehle. Mein Partner und ich sorgen für die Unterkunft.«
»Und ich?« fragte Louise.
»Du? Na ja, du hilfst deiner Mutter. Und hältst Wache. Wenn die Wölfe kommen, schreist du laut.«
Alles wurde zum Fest. Bald flammte das Feuer auf wie eine goldene Blume zwischen Zelt und Fluß. Auch der letzte Schimmer des Tages, der sich noch über dem Wasser gehalten hatte, war verschwunden. Die beiden Boote lagen still im Wasser. Vom Gebüsch drang ein leises Bellen herüber.
»Wir haben einen Fuchs aufgestöbert«, sagte Raoul. »Morgen wird er hier herumschnüffeln, sobald wir das Lager geräumt haben.«
»Ich fürchte mich nicht vor den großen schwarzen Hunden«, behauptete Louise stolz. »Ich hab ganz nah am Haus welche gesehen.«
»So nennt sie die Bären«, erklärte Catherine. »Man muß aufpassen bei ihr, sie würde sie ohne weiteres am Kinn kraulen.«
»Also, denkt dran«, mahnte Raoul. »Nachts müssen die Vorräte zugedeckt werden und so nah wie möglich am Zelt liegen. Die Bären packen alles, was man rumliegen läßt. Die können einem wirklich Ordnung beibringen.«
Der Schrei der Nachteule ertönte, und vom anderen Ufer kam Antwort. Stromaufwärts rückte die schwarze Masse des Waldes näher, als neige sie sich dem Wasser zu, und schien die immer schwerer werdende Dunkelheit auf sich herabzuziehen.

Louise faßte nach dem Rock der Mutter.
»Ich hab doch keine Angst, Mutter, oder?«
»Natürlich nicht, wovor solltest du dich auch fürchten?«
Die Kleine zögerte und sah um sich.
»Vor der Nacht, ein bißchen.«
»Vor der Nacht kann man sich nicht fürchten, mein Schatz. Nachts sind die Dinge genau wie am Tag, nur daß man sie nicht sieht.«
»Du schläfst neben dem Zelteingang, schließlich mußt du ja Wache halten«, neckte Stéphane sie.
Alban hatte zwei große Steine zur Feuerstelle geschleppt. Als er in der Glut stocherte, sprühten die Funken knisternd auf und hingen kurz in der Luft, bevor sie sich wie reife Ähren zur Seite neigten und vom Wind davongetragen wurden. Sekundenlang ließen die auflodernden Flammen die Boote aus dem Dunkel treten und erhellten die Steine am Ufer, dann senkte sich die Finsternis herab. Das Aufflackern des Feuers hatte die Abenddämmerung endgültig besiegt. Die Nacht rückte näher, umkreiste die Familie.
Catherine hatte zu Hause heimlich eine große Portion Ragout zubereitet und in einem hochwandigen Topf, dessen Deckel mit einem Riemen festgehalten wurde, mitgebracht. Als sie das Gefäß, das über dem Feuer hing, öffnete, um umzurühren, schien der Duft nach saftigem Schweinefleisch und Zwiebeln das ganze Tal zu erfüllen. Alle kamen herbei und schnupperten begierig.
»Wann hast du das gekocht?« fragte Alban.
»Gestern früh.«
»Und du hast es versteckt?«
»Allerdings.«
»Um es mitzunehmen?«
»Ja.«

Alban sah hilflos seinen Ältesten an, dann Raoul, der still vor sich hin lächelte, und schließlich wieder seine Frau.
»Dann habt ihr also tatsächlich gewußt, an welchem Tag er kommen würde?« fragte er.
»Natürlich«, erwiderte Catherine.
»Verdammt! Ich hab doch den Brief dreimal durchgelesen – da stand nichts von einem Datum.«
»Nein, aber ich hab's trotzdem gewußt«, erklärte Catherine. »Einfach so … Ich hab's gespürt. Und Stéphane auch. Wir haben nicht darüber gesprochen, aber ich wußte, daß er es weiß …«
»Und ich wußte, daß du es weißt«, warf Stéphane ein. Alle brachen in fröhliches Lachen aus, dessen Echo vom stillen Wasser des Flusses zurückgetragen wurde.
»Aber mein Essen hätte ich auch an den Mann gebracht, wenn er nicht rechtzeitig dagewesen wäre«, bemerkte Catherine. »Ich kenne da welche, die hätten mir die Teller blankgeleckt!«
Die Männer hatten zwei Weidenstämme, die vom Hochwasser ans Ufer geschwemmt worden waren, ans Feuer gezogen. Als alle saßen, wurden die Schüsseln verteilt, die Catherine mit dem dampfenden Ragout füllte.
Sie begannen zu essen. Lange wurde kein Wort gesprochen. Die Stille wurde nur von dem Krachen feuchter Äste im Feuer unterbrochen, die rote Funken spien; kleine Dampfwölkchen liefen an der Rinde entlang und legten sich wie liebkosend um das Holz. Das prasselnde Feuer schien mit tausend rotglühenden Augen auf die Menschen zu blicken, die jetzt, von der Erschöpfung übermannt, mit schweren Gliedern dasaßen.
Kaum hatte Louise ihre Schüssel geleert und etwas Wasser aus der Feldflasche getrunken, schmiegte sie sich eng an den

Vater. Er zog sie auf seinen Schoß. Sie barg den Kopf in seiner Armbeuge, legte die gefalteten Hände wie ein Kissen unter ihre Wange und war gleich eingeschlafen.

Raoul hatte sein Eßgeschirr beiseite gestellt und holte nun seine Pfeife hervor, die er bedächtig stopfte und mit einem Zweig ansteckte.

»Wo hast du deine Pfeife, Alban?« fragte er. »Ich stopfe sie dir.«

»Später, das hat Zeit.«

Es tat gut, so dazusitzen, von Stille umgeben, im Schutz des Feuers, das ihre Gesichter erhitzte.

»Morgen machen wir uns in aller Früh auf den Weg«, sagte Raoul. »Ich will sehen, wie weit wir mit all den Sachen an einem Tag kommen. Und abends kann ich euch dann fast auf den Tag genau sagen, wann wir am Ziel sein werden.«

Nach einer Weile zog er eine kleine Mundharmonika aus der Tasche, die im Feuerschein silbrig glänzte wie ein Fisch, und schlug damit ein paarmal gegen seine Handfläche, um Staub und Tabakkrümel zu entfernen. Er legte die Pfeife weg, setzte das Instrument an die Lippen und begann erst ganz leise, dann ein wenig lauter zu spielen. Er schickte ein zartes Lied in die Nacht hinaus, die es in ihr samtenes, sternbeglänztes Dunkel hüllte. Es war, als hätte sie sich lange nach dieser Melodie gesehnt und wollte sie nun mitnehmen auf ihre Reise ans andere Ende der Welt.

7

Als der zweite Morgen anbrach, fühlten sie sich noch immer ganz zerschlagen von den Strapazen des Vortages. Die beiden Kleinen lagen noch im Zelt, in dem sie alle eng anein-

andergedrängt geschlafen hatten, die Männer außen, die Kinder in der Mitte, Stéphane dicht neben dem Onkel.
Die beiden Männer und Stéphane waren als erste aufgestanden. Das Feuer war noch nicht erloschen.
»Na, großer Waldläufer, wie oft hast du denn heute nacht Holz nachgelegt?« fragte Raoul.
»Zehnmal, mindestens.«
Raoul packte seinen Neffen am Genick und schüttelte ihn.
»Laß dich nicht noch mal beim Lügen erwischen, sonst werfe ich dich ins Wasser.«
»Und du? Bist du denn aufgestanden?«
Raoul zeigte auf die Feuerstelle und warf ein paar Zweige hinein, um die Glut anzufachen. Graublauer Rauch stieg in Wirbeln auf, und hohe rote Flammen züngelten, vom Wind getrieben, in alle Richtungen empor.
»Glaubst du etwa, das Feuer wartet auf dich?« spottete er.
»Aber wie schaffst du es, von selber aufzuwachen?«
»Das ist Instinkt, mein Junge. Ein Trapper, dem dieser Instinkt fehlt, wird nicht alt. Ich schlafe genauso fest wie du, aber irgend etwas rüttelt mich jedesmal wach, wenn das Feuer niederbrennt. Ich gehe hinaus und lege Holz nach, ich vergewissere mich, ob nicht ein Tier an meine Vorräte gegangen ist, und werfe noch einen Blick auf die Boote. Dann lege ich mich wieder hin.«
»Wenn du allein unterwegs bist, hast du mehr Platz im Zelt.«
Raoul lachte.
»Wenn ich allein bin, muß es schon in Strömen regnen, damit ich das Zelt aufbaue. Biwakieren ist gesünder. Diesmal habe ich bei euch drinnen geschlafen, damit dir nicht zu kalt wird, du verwöhnter Lausebengel, sonst hätte ich draußen übernachtet.«

»Ich will auch draußen schlafen. Gleich heut nacht, ja?«
Raoul sah nach Osten, wo rötliche Wolkenstreifen über den Himmel zogen und sich langsam auflösten, während die Nacht allmählich zurückwich und aus fernen Ländern der erste Schimmer des Tages nahte. Er prüfte den Wind.
»Ich gehe jede Wette ein, daß wir heut nacht froh sein werden, ein Dach über dem Kopf zu haben.«
Während Catherine die Kinder ankleidete und einen Grießbrei mit Äpfeln und Pflaumen zubereitete, begannen die anderen mit dem Beladen der Boote.
Mit nackten Beinen stiegen sie in den eiskalten Fluß. Stéphane mußte das Kanu in die richtige Position bringen. Raoul gab ihm Anweisungen: »Links, rechts, weiter vor. Gut so!«
Zuerst hoben die Männer die schwersten Stücke auf die Weidenmatten, die den Boden der Kanus bedeckten. Der Herd streckte alle viere in die Luft wie ein schwerfälliges Tier, das im Kampf umgeworfen wurde und nicht mehr auf die Beine kommt. Die Betten nahmen viel Platz ein mit ihrem eisernen Skelett und dem unförmigen Stoffleib, den ein Hanfseil wie ein Gürtel zusammenhielt.
Der Junge hielt das Boot fest, das unter jeder neuen Last tiefer ins Wasser sank. Seine Fußsohlen schmerzten von dem Geröll und dem Kies am Grunde des Flusses. Die Männer stöhnten, glitten immer wieder im Schlamm aus, fanden fluchend ihr Gleichgewicht wieder.
Dann fing Alban wieder davon an, daß er Angst vor der Reise habe, daß er das ganze Unternehmen für Selbstmord halte.
»Wart's nur ab«, erwiderte Raoul gelassen, »wenn wir das zehnmal gemacht haben, geht's wie von selbst.«
Nachdem die schwersten Stücke verstaut waren, half auch

Stéphane beim Beladen mit. Jedesmal, wenn er aus dem Wasser stieg, hüpfte er von einem Bein aufs andere, um sich aufzuwärmen.

»Weiter nördlich ist das Wasser viel kälter«, meinte sein Onkel. »Wenn wir dort sind, bist du entweder tot, oder du hast dich dran gewöhnt.«

Sie brauchten lange, um für jedes Gepäckstück den richtigen Platz zu finden, damit es nicht verrutschen konnte. Das eine oder andere mußten sie wieder hochheben, es mehr zur Mitte oder zum Rand hin rücken, um das Gleichgewicht zu halten.

»Das dauert nur beim ersten Mal so lang«, erklärte Raoul. »Hauptsache, wir merken uns, wo jedes Ding hingehört. Das müssen wir im Kopf haben.«

Als sie die Ladung im ersten Boot untergebracht und mit einer Plane bedeckt hatten, lag nur noch etwa ein Viertel ihres Gepäcks am Ufer.

»Du wirst weniger Fracht, aber mehr Passagiere befördern«, sagte Raoul zu Alban.

»Ja, aber könnt ihr denn mit dem Gewicht …«

»Mach dir um das Gewicht keine Gedanken«, sagte Raoul und zeigte auf Stéphane. »Ich habe ja meinen Herkules dabei, der mich zieht. Ich glaube, ich werde die ganze Reise über wie ein Fürst untätig dasitzen und meine Pfeife rauchen.«

Sie gingen zur Feuerstelle zurück. Die Kinder saßen verschlafen und reglos in ihren unförmigen Winterkleidern auf einem Weidenstamm. Raoul schüttelte sie.

»Ihr müßt euch bewegen, euch die Füße vertreten! Schlafen könnt ihr noch den ganzen Tag. Los, wir gehen beim Frühstück alle auf und ab. Der Kreislauf muß in Schwung kommen, bevor wir losfahren.«

Catherine füllte die Teller mit dem dicken Brei, danach gab es für jeden eine große Scheibe Brot mit kaltem Speck. Alle folgten Raouls Beispiel und gingen stampfend um das Feuer herum, während sie aßen. Die Kinder wurden jetzt richtig wach und freuten sich über das neue Spiel.
»Jeder bekommt zwei Äpfel und zwei Kekse«, sagte Raoul zu Catherine. »Das reicht als Mittagessen. Und die Feldflaschen müssen voll sein. Da, wo wir heute entlangfahren, kann man das Wasser nicht gut trinken. Der Lehmboden macht es trüb.«
Bis Catherine ihr Küchengerät zusammengepackt hatte, war auch das zweite Kanu beladen. Alban brachte die Kinder hinüber, Raoul trug seine Schwester. Sie schlang die Arme um seinen Hals.
»Weißt du noch, als du klein warst, hast du immer gesagt, daß du mich heiraten willst, daß du keine andere Frau magst als mich«, flüsterte sie ihm zu.
»Ich werfe dich gleich ins Wasser«, drohte er und tat, als wollte er sie loslassen.
Beide lachten.
Catherine setzte sich ihrer Tochter gegenüber, die mit dem Rücken zum hohen Bug saß.
»Ich komme mir vor wie in einem kleinen Haus«, sagte das Mädchen.
Der Onkel hielt ihr eine Ecke der Plane hin.
»Damit deckst du dich zu, wenn wir in den Regen kommen«, sagte er.
Dann wies Raoul auf den zwei Meter hohen Mast, der zwischen den Querbalken aufragte, und erklärte seiner Schwester, wie sie das kleine, quadratische Segel hissen mußte. Alban kniete im hinteren Ende des Kanus und Georges vor ihm. Zwischen ihnen und den Frauen stapelte sich das Ge-

päck. Als alles bereit war, löste Raoul die Leinen und stieß das Boot mit voller Kraft vom Ufer ab, so daß der Bug sich langsam stromaufwärts drehte.
»So, jetzt rudert los, so fest ihr könnt«, rief Stéphane ihnen nach, »wir haben euch im Nu überholt!«
Raoul und Stéphane standen neben ihrem Boot und sahen zu, wie das andere gleich einem langen, buckligen Ungetüm davonglitt. Als Catherine und Alban ihre Paddel in die Strömung tauchten und losruderten, schaukelte das Kanu einen Augenblick von einer Seite zur anderen. Georges, für den man ein eigenes kleines Ruder angefertigt hatte, half mit, so gut er konnte. Auf dem Fluß, der jetzt in rötliches Morgenlicht getaucht war, hinterließ das Boot zwei lange, sich öffnende Bugwellen. Die eine endete am Ufer, die andere verlor sich zwischen den Strudeln in der Mitte des Flusses. Wie ein zerrissener Schleier hing der Dunst im Dickicht der Brombeersträucher. Schon erglühten die Spitzen der Balsampappeln. In ihrem lichten Schatten duckten sich fröstelnd einige blasse, von Geißblatt umschlungene Weiden.
»Jetzt sind wir an der Reihe!«
Mit einem Schwung hob Raoul seinen Neffen in den vorderen Teil des Bootes.
»Dir brauche ich wohl nichts zu erklären«, sagte er.
»Ich hoffe, du weißt noch alles. Vor allem übernimm dich nicht am Anfang. Die Muskeln müssen langsam warm werden.«
»Die holen wir gleich ein, oder?« fragte Stéphane lachend.
»Das will ich meinen! Aber mach keine Dummheiten unterwegs. Es wird nicht herumgespritzt, hörst du?«
»Unsere Ladung ist doppelt so schwer, stimmt's?«
»Da könntest du recht haben.«
Der Trapper band das Boot los und ließ es langsam an sich

vorübertreiben. Als das Heck auf seiner Höhe war, sprang er mit einem geschmeidigen Satz hinein und ließ sich so sacht auf die Knie nieder, daß das Kanu kaum ins Schwanken geriet. Die Schultern zurückgenommen, begann er mit weit ausgreifenden Bewegungen zu rudern, so daß das Boot wie ein Pfeil vorwärtsschnellte. Eine Handbreit unter dem Rand glitt die Wasserfläche vorüber und nahm die Tropfen wieder auf, die vom Paddel spritzten.
»Lehn dich zurück! Du mußt dich nach meinem Rhythmus richten. Nicht umdrehen! Du mußt ein Gefühl dafür entwickeln. Das kommt schon mit der Zeit. Eins – zwei – drei – los, zeig, was du kannst!«
Stéphane legte sich so weit wie möglich zurück und versuchte, sich dem Rhythmus des Onkels anzupassen. Zu Anfang wirkten seine Bewegungen noch etwas ungelenk, doch dann wurden sie zusehends lockerer.
»So ist's gut!«
Vor ihnen, kaum zwanzig Faden entfernt, tauchte, gefolgt von seinem verzerrten Spiegelbild, schwarz und massig das andere Kanu auf. Wie die Schnauze eines Tieres, das seine Fährte sucht, ging der Bug hin und her. Raoul schwenkte zur Flußmitte hin, um die anderen von rechts überholen zu können, ohne sie zu gefährden.
Da die Strömung hier kräftiger war, wurde das Boot abgebremst.
»Leg dich ins Zeug, bis wir sie überholt haben«, befahl er.
Als sie auf gleicher Höhe mit den anderen waren, keuchte Stéphane: »Beeilt euch, ihr lahmen Enten, gleich haben wir euch abgehängt!«
Sofort begann Georges rascher zu paddeln, aber Raoul warnte: »Macht keinen Unfug! Wir überholen euch nur, weil wir vorausfahren müssen. Das soll kein Rennen sein ...

Wenn wir uns überanstrengen, schaffen wir unsere Tagesstrecke nicht.«
Die kleine Louise, die wie eine Prinzessin auf ihrem Platz thronte, schnitt eine fürchterliche Grimasse und streckte ihrem Bruder die Zunge heraus.
»Warte nur, du kleines Biest«, schnaubte Stéphane wütend.
»Bleibt dicht hinter uns«, rief der Onkel ihnen zu. »Wenn ich zur anderen Seite steuere, tut es mir nach!« Kaum waren die anderen überholt, lenkte er das Boot so, daß sie etwa zwei Ruderlängen vom Land entfernt dahinfuhren, und verminderte die Geschwindigkeit. Bei ihrem Herannahen wurde das Ufer lebendig. Bisamratten flüchteten zwischen Baumwurzeln, manche ließen sich ins Wasser fallen. In einiger Entfernung, zur Mitte des Flusses hin, schnappten Fische nach Fliegen. Hechte jagten im Zickzack hinter ihrer Beute her, wie Blitze fuhren sie über die glatte Wasseroberfläche. Schwärme silbriger Fische suchten ihren Verfolgern durch eine Reihe schneller Sprünge zu entkommen.
Eine Weile herrschte Ruhe, dann erhob sich eine Schar Trappen flügelschlagend aus den aufwirbelnden Fluten. Als hätte sie nur auf dieses Zeichen gewartet, brach nun hinter den Pappeln die Sonne hervor, und der Wind schien Kraft aus diesem Glanz zu schöpfen. Das Wasser kräuselte sich, und alles war in funkelndes Licht getaucht.

8

Das Land ist es, das den Menschen prägt. Das Land und alles, was dort fließt, im Wind rauscht, was lebt und atmet. Die eisigen Stürme und die sengende Sonne des Nordens haben den Waldläufer geprägt.

Der Waldläufer bewohnt die unendliche Weite wie andere Menschen eine Stadt, ein Dorf oder einen Hafen. Nicht Québec oder Kanada, sondern die Wälder, die Ströme, die Flüsse, die endlosen Wegstrecken und die unermeßlichen Schneefelder sind seine Heimat. Er besitzt nichts als sein Zelt, eine Axt, ein Gewehr, das, was in seinem Rucksack Platz hat, und manchmal ein Kanu aus Baumrinde. Selbst der reichste Siedler kann kein solches Stück Land sein eigen nennen, wie es sich die Waldläufer teilen und zu dessen Grenzen sie noch nie vorgestoßen sind. Auf der einen Seite der Atlantische, auf der anderen der Pazifische Ozean, im Süden die Vereinigten Staaten und gegen Norden zu jene nie erforschten Regionen, die nach und nach im ewigen Eis verschwinden. Diese Männer sind zu jeder Jahreszeit unterwegs, in glühender Sommerhitze wie im Schneesturm, in dessen weißen Wirbeln man sich so leicht verirrt.
Sie, die in ihrem Hunger nach Weite ungeheure Entfernungen zurücklegen, haben unter den Indianern oft mehr Freunde als unter Menschen ihrer eigenen Herkunft. Ihre Regeln und Gesetze stehen nirgendwo geschrieben, und keine Ordnungsmacht sorgt dafür, daß sie eingehalten werden. Viele von ihnen haben in jungen Jahren in Montréal, im Hafen von Lachine gearbeitet, haben Ballen mit Pelzen in die riesigen Lagerräume geschleppt, die überquollen von Waren für den Tauschhandel. Alle haben sich beim Anblick der untergehenden Sonne nach den fernen Gegenden gesehnt, aus denen der Ottawafluß und der Sankt-Lorenz-Strom zu ihnen kamen, um sich zu vereinigen. Sie haben bei der Vorbereitung von Expeditionen geholfen und den Alten zugehört, die in allen Einzelheiten von der Route, vom Tauschgeschäft, von den Indianerfrauen, von der Jagd und dem Fallenstellen berichteten, von einem Leben, das

von grausamer Härte und zugleich beglückend frei war. Es leben Kinder in den Städten, die den Wald in ihrem Herzen tragen, bevor sie ihn je betreten haben. Das sind Dinge, die sich nicht erklären lassen. Manchmal wachsen zehn Geschwister in einer Familie auf, dasselbe Blut fließt durch ihre Adern, sie werden alle gleich erzogen, und plötzlich befällt einen von ihnen das Fernweh wie eine Krankheit.

Dann streift er durch die Handelsviertel, wo Männer für Expeditionstrupps angeworben werden. Wie viele seiner Altersgenossen lauscht er fasziniert, wenn von den dreißig Tagesmärschen mit schwerem Gepäck die Rede ist, die zwischen Montréal und dem Nipissingsee liegen. Bewunderung und Neid packen ihn angesichts der Heldentaten der alten Männer. Sie haben sich in Gebiete vorgewagt, die noch keines Menschen Fuß betreten hat, und Lasten geschleppt, die selbst einem Ochsen zu schwer wären.

Die altersschwachen Helden schildern ihren staunenden Zuhörern das Land im Norden in den leuchtendsten Farben, und selbst die Nüchternsten können sich dem berauschenden Klang ihrer Worte nicht entziehen. Die magische Nähe der großen Flüsse, ihre leuchtende Klarheit, ihre aufgewühlten Fluten, die Eismassen oder der milchige Dunst, der an lauen Morgen aus ihnen aufsteigt – dies alles verführt die Jungen dazu, in unbekannte Fernen aufzubrechen. Und wenn im Frühjahr die Eisdecke gebrochen ist, wenn die ersten Boote sich flußaufwärts bewegen und zwischen den Eisplatten mit ihren jadefarbenen Bruchstellen hin und her lavieren im gleißenden Sonnenlicht, das sich im Wasser spiegelt, dann sehnen sie alle den Tag herbei, an dem sie sich endlich einschiffen können.

Im Hafen, bei den Indianern und Fallenstellern, herrscht lebendiges Treiben. Hier lernt man fremde Sprachen sprechen und Handel treiben. Hier ist die Schule für künftige Trapper. Hier wird der Körper auf seine Aufgabe vorbereitet, werden die Muskeln für das Tragen schwerer Lasten ausgebildet, lernen die Hände den Umgang mit dem Paddel. Mit fünfzehn schließlich unterschreiben die Jungen ihren ersten Arbeitsvertrag. Meist werden sie einem Trupp von zwölf Ruderern zugeteilt und gehen an Bord eines der großen, sechs Faden langen Rabaskas, die eine Ladung von vier Tonnen fassen. So gelangen sie stromaufwärts bis zum Lake Superior, wo sie die Ware umladen auf kürzere und leichter lenkbare Boote mit vier Ruderern, wie sie im Norden üblich sind.

Nur die Kräftigen, die Zähen und Ausdauernden, die Kälte, Wind und harte Arbeit nicht scheuen, halten dieses Leben aus. Der reichliche Lohn wird nach der Rückkehr gleich am Spieltisch, mit den Dirnen von Montréal und in den Hafenkneipen verpulvert.

Es ist ein Leben, in dem alles mit Freude geschieht. Denn diese Arbeit, so hart sie auch sein mag, bleibt ein Spiel. Der Weg durch die Wälder ist wie eine lange Freundschaft mit Himmel und Wasser, mit Baum und Wind, deren Geheimnisse erforscht, deren Sprache erlernt werden müssen. Jedes Jahr kommen Männer um, hoch im Norden, wo selbst der Alkohol in den Feldflaschen gefriert. Aber jede einzelne Stunde ist erregend, bei jeder Bewegung bräunt die Haut, wird der Körper trainiert. Die Männer, die solch ein Leben überstehen, sind die wahren Fürsten. Sie sind ohne Vermögen, aber reich, denn sie können von tausend Abenteuern berichten und besitzen Kenntnisse, die kostbarer sind als alles, was für Geld zu haben ist. Man schätzt sie wegen ihrer Zuverlässigkeit und ihrer Fähigkeit, im Lebenskampf zu bestehen.

Nach jeder Expedition begegnen die jungen Männer Frauen, nehmen sie, überhäufen sie mit Geschenken – und dann machen sie sich erneut auf den Weg. Denn keine Geliebte kann sich mit der einen messen, mit der unendlichen Weite der Natur. Der Weg zu ihr ist voller Verführungen, sie lockt durch Wiesen und Wälder, beugt sich keiner Regel, kennt nur das eigene Gesetz. Sie ist widerspenstig und gefährlich, aber auch anmutig und hingebungsvoll zärtlich, wenn jemand sie liebt. Ob Fluß oder Wasserfall, Stromschnelle oder See, ob Steppe, dichter Wald oder Sumpf, diese Geliebte ist seit Jahrtausenden unverändert. Generationen von Jägern und Fallenstellern haben sie vergöttert, ohne jede Eifersucht, nur in der Furcht befangen, daß man ihr etwas antun könnte. Im Frühling lockt sie mit ihrer Sanftmut, im Sommer peinigt sie mit betäubender Hitze und wilden Unwettern. Im Herbst, wenn ihre flammende Haarpracht leuchtet, raubt sie den Männern den Atem. Aus allen Himmelsrichtungen ruft sie die Stürme herbei und läßt sie nächtelang zum Tanz aufspielen. Und schließlich begräbt sie alles unter ihren Schneemassen. Dann verfluchen die Männer sie mit jedem mühseligen Schritt.

Aber am Ende singen sie doch ihr Loblied, wenn sie über die Stromschnellen zurückkehren, glücklich, sich mit dem mächtigen Fluß messen zu können.

Die gleiche Weite und Einsamkeit ist es jedoch auch, die sie nach Lachine zurücktreibt, nachdem sie der heiligen Anna, der Schutzpatronin des hohen Nordens, ihr Dankgebet entrichtet haben.

Als von der Eisenbahnstrecke die Rede war, die vom äußersten Westen bis zum äußersten Osten führen sollte, da verwünschten die Waldläufer die Schienen, die ihre Wälder bedrohten, die Arbeiter, die Gräben aushoben, Bäume fällten, Schwellen zimmerten, Geleise legten und Bahnhöfe bauten. Die älteren unter ihnen lachten über die Ingenieure und prophezeiten ihnen, sie würden jämmerlich scheitern bei dem Versuch, die Natur zu erobern. Wie konnten Maschinen, Lokomotiven und riesige Waggons jene Berge bezwingen, die sie selbst nur unter größten Strapazen überwanden?

Aber die Leute von der Eisenbahn verfügten über Hilfsmittel, die den Waldläufern unbekannt waren. Bald zerteilte ein grausamer Schnitt den Wald. Verstohlen beobachteten die Trapper die Trupps bei ihrer Arbeit. Einige nannten es Mord und drohten mit der Waffe, aber es fiel kein einziger Schuß. Die wildesten Gesellen unter ihnen zogen sich in die noch unberührten Gebiete zurück, überzeugt, daß diese Verrückten mit ihren Dampfmaschinen das ganze Land in Brand stecken würden. Andere – vor allem die jüngeren – waren wie hypnotisiert von dem glänzenden Schienenband. Denn auch die Schienen führten ja durch den Wald, genau wie ihr eigener Weg. Und wenn im Grunde ihres Herzens auch ein Rest von Mißtrauen blieb, der unversehens in Haß umschlagen konnte, so wollten sie doch mit eigenen Augen sehen, was hier geschah. Noch war die Neugier stärker als die Angst. Einige sprachen schon darüber, daß sie von einem Meer zum anderen fahren würden, erzählten einander von den unvorstellbaren Reichtümern, die mit Hilfe der Eisenbahn erschlossen werden sollten und von denen sie sich ihren Teil zu sichern gedachten. Alle redeten vom Gold, von den unermeßlichen Bodenschätzen, die man jetzt endlich zutage fördern würde.

9

Der erste Tag auf dem Wasser verlief ohne Schwierigkeiten. Sie mußten bei mäßiger Gegenströmung nur knapp zwei Meilen zurücklegen, um den See zu erreichen, und das war bald geschehen. Ort und Stunde trugen zu dem Glücksgefühl bei, das die Reisenden erfüllte. Die kräftigen Sonnenstrahlen hatten die Nebelschwaden rasch aufgelöst. Der Ostwind machte es zwar unmöglich, die Segel zu setzen, konnte aber die gute Stimmung nicht beeinträchtigen. Es war im Gegenteil aufregend zu spüren, wie er an ungeschützten Stellen übermütig brausend an ihnen zerrte. Mal blies er mit aller Kraft drauflos und ließ die Wellen tanzen, als müßte er beweisen, daß so ein See kein Dorfteich ist, mal drehte er sich winselnd wie ein Hund um sich selbst, kreiste über dem unruhigen Wasser, um plötzlich nachzulassen, als hätte er genug von dem Spiel. Nun machte er sich über die Böschung her, entriß ihr ungestüm ganze Wolken roter und goldener Blätter und blies sie in hohen Wirbeln in die Luft. Bald ließ er gelangweilt von ihnen ab, um seine Kräfte anderswo auszutoben. Als die Blätter herabschwebten, sah es aus, als hätte irgendwo hoch oben ein riesiger bunter Vogel seine Federn verloren.

Während sie so vor sich hin ruderten, stimmte Raoul ein Lied an, um den Takt vorzugeben:

»Am Ende des Flusses, da wartet die Stadt.
Da waschen die Mädchen und singen ihr Lied.
Wohlan, mein Freund,
Trag deine Last,
Geh deinen Weg
Immer bergauf.

Bald ist es Winter,
Bald kommt der Schnee.
Am Tresen der Schenke, da wartet dein Schatz –«

»He, du bist hier nicht mit deinen Trappern unterwegs«, rief Catherine ihm zu. »Ich kenne das Lied. Hör lieber auf, der Rest ist nichts für die Kinder!«
»Dann laß du dir eins einfallen!«
Er hörte zu rudern auf, bis das andere Boot auf gleicher Höhe war. Catherine und die Kinder sangen schon mit klarer Stimme:

»Der Mai ist gekommen, die Bäume schlagen aus,
Da bleibe, wer Lust hat, mit Sorgen zu Haus!
Wie die Wolken dort wandern am himmlischen Zelt,
So steht auch mir der Sinn in die weite, weite Welt.«

Die Männer fielen mit kräftigen Stimmen ein.
»Wir müssen in Longue Pointe übernachten!« rief Raoul.
»Warum liegt dir bloß soviel an Longue Pointe?« fragte Catherine. »Da wartet wohl eine Freundin auf dich?«
»Da drüben ist sie, meine Freundin, auf der anderen Seite, man kann schon ihre Nasenspitze sehen. Longue Pointe ist ein guter Lagerplatz, da kenn ich mich aus. Der Boden ist schön fest und hat gerade so viel Neigung, daß das Wasser gut ablaufen kann.«
Im Osten zeigte sich die erste bucklige Wolke, doch war sie von so strahlendem Licht umgeben, daß sie eher harmlos wirkte.
»Die sieht ja gar nicht so schlimm aus«, meinte Catherine, »fast wie ein Kuchen mit Schlagsahne.«
»Du wirst schon sehen. Wenn wir es schaffen, bevor es losgeht, können wir von Glück sagen!«

Raoul ruderte mit ganzer Kraft.
»Bleibt hinter uns, in unserem Windschatten«, befahl er.
Er sah häufig zurück, um sicherzugehen, daß das Boot auch wirklich folgte, und achtete darauf, daß die Entfernung zwischen den beiden Fahrzeugen nie zu groß wurde.
Da sie die Anstrengung zu spüren begannen und Catherine gewisse Bedürfnisse nicht so einfach vom Boot aus erledigen konnte wie die Männer, steuerten sie gegen Mittag eine mit Erlen bestandene Landzunge an. Hier war das Wasser sehr tief. In einer winzigen Bucht mit feinem Sandstrand konnten sie anlegen, ohne die Boote zu gefährden. Als sie an Land gingen, schmerzten ihre Beine, und ihre Rückenmuskeln waren verspannt. »Wenn ihr schon früher mit dem Onkel das Paddeln geübt hättet, so wie ich, würden wir doppelt so schnell vorwärtskommen«, prahlte Stéphane.
Während sie im Schutz der belaubten Sträucher saßen und die mitgebrachten Äpfel verzehrten, wurde der Wind stärker und trieb die aufgetürmten Wolken, die große Schatten auf die Wasserfläche warfen, in ihre Richtung. Die Wellen klatschten schwer gegen die Felsen und führten Herbstlaub mit sich, das wie ein bunter Teppich auf und nieder wogte.
»Weiter geht's, wir dürfen keine Zeit verlieren«, mahnte Raoul.
»Laßt uns doch hier das Zelt aufschlagen«, schlug Louise vor.
»Na hör mal, du bist doch die einzige, die nicht rudern muß!« empörten sich die anderen.
Raoul packte sie und hob sie hoch in die Luft.
»Wenn du jammerst, überlassen wir dich einfach dem Wind.«

»Der würde sich schön bedanken für so ein Geschenk«, spöttelte Stéphane, der schon wieder an seinem Platz im Boot saß.
Die Fahrt ging weiter, doch diesmal hatten sie zu kämpfen. Ein Windstoß jagte den anderen, trieb wütend die Gischt vor sich her, schlug ihnen ins Gesicht. Stéphane lachte laut auf. Es schien, als liebe ihn der Sturm, ihn allein. Mit gesenktem Kopf und zurückgenommenen Schultern stürzte sich der Junge in das wilde Element wie ein Schwimmer in aufgewühlte Fluten.
Er wandte sich nach dem Onkel um und rief, ohne mit dem Rudern aufzuhören: »Du hast es gut, du bist ja im Windschatten hinter der Ladung!«
»Leg dich nur ins Zeug und laß dir den Wind richtig um die Ohren pfeifen! Und halt den Schwamm bereit! Wenn der Regen kommt, müssen wir sofort das Boot ausleeren – wir liegen sowieso sehr tief im Wasser.«
Der Regen ließ noch auf sich warten, aber der Sturm war so heftig geworden, daß sie den Schwamm gut brauchen konnten. Hohe Wellen klatschten gegen das Boot, die höchsten schwappten über den Rand.
»Schöpfen, schöpfen!« schrie Raoul.
Stéphane hatte aufgehört zu paddeln und schöpfte nun unaufhörlich mit der hölzernen Kelle das Wasser heraus oder saugte es mit dem Schwamm auf.
»Bis Longue Pointe schaffen wir es nicht mehr«, rief Raoul zum hinteren Kanu, wo Georges ebenfalls unermüdlich Wasser schöpfte.
»Was sollen wir denn tun?« Catherines Stimme verriet Angst.
»Wir müssen eine Bucht zum Landen finden!«
Raoul lenkte zum Land hinüber, fuhr so nah wie möglich

ans Ufer heran und suchte angespannt nach einem geeigneten Landeplatz.
Es wurde zusehends finsterer. Die Wolken hingen tief herab und bedeckten fast den ganzen Himmel. Immer höhere Wellen bedrohten die schwer beladenen Kanus, und mit einem Mal brach der Regen über sie herein. Sie sahen ihn auf sich zukommen, beobachteten, wie die Tropfen auf die stahlgraue Fläche des Sees einhämmerten, doch da war es schon zu spät. Catherine hatte nicht einmal mehr Zeit, ihre Tochter zu schützen. Ein jäher Windstoß riß ihr das Ende der Plane aus den Händen, das nun knatternd gegen den Bug schlug.
»Laß das, das ist jetzt unwichtig«, schrie Raoul. »Rudert, so fest ihr könnt!«
Er hatte soeben eine schmale, längliche Bucht gesichtet, die genug Platz für beide Fahrzeuge bot. Hier war das Wasser völlig mit Laub bedeckt, und ringsum wucherte dichtes Gestrüpp aus Brombeersträuchern und Zwergweiden.
»Wir werden durchs Wasser waten müssen, aber habt keine Angst!« rief Raoul.
Mit einem letzten kräftigen Paddelschlag drehte er das Boot parallel zum Ufer und sprang ins Wasser.
»Halt es dort fest, Stéphane«, befahl er. »Und du, Alban, geh ganz dicht dran – aber vorsichtig!«
Das Wasser reichte ihm bis zum Bauch. Er hatte Mühe, sich auf dem glitschigen Untergrund aus Schlamm und Wurzelwerk aufrecht zu halten. Mit Hilfe der beiden Masten hielt er sein Boot in sicherem Abstand vom Ufer und band es dann an einigen verkrüppelten Birken fest. Der Regen prasselte schmerzhaft auf sie herab. Louise drückte sich weinend an ihre Mutter, die das Kind mit der Plane zu schützen versuchte. Alban, der ebenfalls ins Wasser gesprungen war,

mußte erst ein paar Züge schwimmen, bis er Boden unter den Füßen fand.

»Verdammt, ganz schön tief hier!« fluchte er hustend und spuckend.

Stéphane konnte sich das Lachen kaum verbeißen. Das Wasser rann ihm über Rücken und Gesicht, und das Haar klebte an seiner Stirn, obwohl er einen Hut trug. Raoul streckte ihm den Arm entgegen und ließ ihn auf seine Schultern steigen.

»Halt dich gut fest, Himmel noch mal!«

»Du wirst auch gleich ins Wasser fallen!« rief der Vater.

»Nehmt die Äxte und die Spitzhacken mit, wir werden sie brauchen«, befahl Raoul.

Er trug Stéphane ans Ufer, dann watete er zu den Booten zurück, nahm Georges hoch, der vor Kälte schlotterte und kein Wort herausbringen konnte, und trug auch ihn an Land. Louise brüllte verzweifelt.

»Nimm zuerst die Kleine, dann hat sie weniger Angst«, sagte Catherine, als Raoul wieder bei ihnen war.

»Dafür hab ich keine Zeit mehr, ich nehm die ganze Ladung auf einmal!« Er versuchte zu scherzen, aber sein Blick verriet Besorgnis.

Er nahm Mutter und Tochter, die sich eng umschlungen hielten, auf die Arme und trug sie zum Ufer hinüber.

Alban und die beiden Jungen waren damit beschäftigt, ein behelfsmäßiges Schutzdach zu errichten; sie befestigten dicht über dem Boden ein Stück Plane zwischen den Erlen.

»Kriecht da drunter, wir bauen inzwischen das Zelt auf«, befahl Alban. »Du auch, Georges …«

»Aber ich kann doch mithelfen, Vater!«

Von Albans schwarzem Hut liefen dunkle Rinnsale über sein Gesicht.

»Laß ihn ruhig mitmachen«, sagte Raoul, »wenn er sich bewegt, wird ihm warm.«
Catherine schlang dem Jungen rasch ein Tuch um den Kopf und schlüpfte dann unter die Plane zu Louise, die sie angstvoll am Rockzipfel zog.
Die Männer kletterten durch das Unterholz bergauf. Sie klammerten sich an den Zweigen fest und glitten doch immer wieder in dem tiefen Morast aus. Oft mußten sie sich ihren Weg mit der Axt freischlagen.
»Unser ganzes Zeug wird aufgeweicht … Damit ist nichts mehr anzufangen …« murrte Alban.
Raoul tat, als hätte er nichts gehört, und kämpfte sich stumm voran.
Oben auf der Anhöhe fanden sie eine freie Stelle, die von Balsam- und Rottannen umgeben war.
»Hier bleiben wir. Wir müssen nur die Steine wegräumen«, sagte Raoul. »Du sammelst Holz und häufst es hier auf, Georges. Ich mache dann Feuer. Jetzt muß ich runter zu den Booten, um Wasser auszuschöpfen, sonst gehen sie unter.«
»Das kann ich doch machen«, schlug Stéphane vor.
»In Ordnung, wir gehen zusammen runter, und ich trage das Zelt hoch.«
Raoul schien den Regen gar nicht zu spüren. In Sturzbachen floß ihm das Wasser vom Hut auf Schultern und Rücken. Stéphane beobachtete ihn verstohlen, ahmte seine Haltung und seine Bewegungen nach. Wie sein Onkel hatte er den Hut tief in die Stirn gezogen, damit der Wind ihn nicht fortreißen konnte. Das letzte Stück schlitterten sie auf dem nassen Lehmboden hinab und kamen kurz vor dem Wasser zum Stehen.
»Irgendwie muß man ja runterkommen«, meinte Raoul.

»Ja, macht ruhig Witze! Das wird euch schon vergehen, wenn wir alle tot sind!« rief Catherine aufgebracht.
»Du läßt dich doch sonst nicht kleinkriegen«, gab Raoul zurück.
Louise hatte sich inzwischen beruhigt. Mutter und Tochter waren kaum zu erkennen, wie sie so unter der flatternden Plane kauerten.
Raoul hob Stéphane hoch und tauchte dessen schlammbedeckte Füße ins Wasser.
»Die Boote dürfen nicht schmutzig werden«, erklärte er.
Das Kanu mit der schweren Ladung war so vollgeregnet, daß der Rand nur noch wenige Zentimeter aus dem Wasser ragte. Raoul setzte Stéphane in das andere Boot. »Los, jetzt wird geschöpft. Gib acht, daß du nichts kaputt machst. Wenn du am Boden angelangt bist, nimmst du den Schwamm.«
Er sah prüfend nach den Gepäckstücken.
»He, Catherine!« rief er plötzlich wütend zum Ufer hinauf.
»Was ist?«
»Deine verdammten Betten! Ich hab ja gleich gesagt, daß das zu viel wird. Schwer wie Sandsäcke sind die Dinger, ganz vollgesogen. Wenn wir sie nicht loswerden, ist die ganze Ladung beim Teufel!«
»Mach doch, was du willst, du Mistkerl! Du bringst uns sowieso noch alle ins Grab mit diesem blödsinnigen Abenteuer!«
»Schrei nur, dann wird dir wenigstens warm!«
Raoul wandte sich wieder dem Boot zu und rückte einige Packen beiseite, um an die Klappbetten mit ihren vollgesogenen Matratzen zu gelangen. Es waren drei Stück, zwei große und ein kleineres. Zornig knirschte er mit den Zähnen und nahm all seine Kraft zusammen. Dreimal mußte er

zum Ufer waten, um die Betten, die er hoch über dem Kopf hielt, an Land zu bringen. Dort legte er sie auf den vorspringenden Baumwurzeln ab, die in den See hinausragten. Catherine beobachtete ihn halb ärgerlich, halb bewundernd.

»Was bist du für ein Schuft!« rief sie. »Die habe ich mir damals von Eaton's kommen lassen. Sie haben mich mit Fracht mehr als zwanzig Dollar gekostet!«

»Ich werfe sie ja nicht ins Wasser. Die Stricke und die Überzüge können wir noch brauchen.«

Bevor er sich mit der Zeltplane auf der Schulter wieder auf den Weg zu den anderen machte, blieb er bei seiner Schwester stehen.

»Glaubst du, mir macht es Spaß, eure Möbel wegzuschmeißen? Ich wußte von Anfang an, daß es nicht gutgehen kann, wenn die Matratzen erst mal naß sind.«

»Jetzt kommt's auf die Betten auch nicht mehr an. Das wird schließlich nicht das erste Mal sein, daß ich auf dem Boden schlafe ...«

»Und ich habe das Gefühl, daß es auch nicht das letzte Mal sein wird!« erwiderte er und lachte ihr liebevoll zu.

10

Als die Männer das Zelt aufgebaut hatten, machte Raoul rasch Feuer, und Alban ging hinunter, um Frau und Tochter zu holen.

Der kleine Georges saß völlig entkräftet neben seinem Onkel und klapperte vor Kälte und Erschöpfung mit den Zähnen. Der beißende Rauch, der vom feuchten Tannenholz aufstieg, brachte ihn zum Niesen und Husten. Raoul, der alle Geheimnisse des Lebens in der freien Natur kannte, gelang es, selbst in diesem sintflutartigen Regen ein schönes, helles Feuer zu entfachen, und wenn der Wind einen Augenblick nachließ, drang die Wärme bis ins Zelt hinein.

Als das Feuer brannte, fragte Raoul seine Schwester, in welchem der Ledersäcke die Kleidung für die Kinder steckte, und kletterte dann wieder zu den Booten hinunter. Wenig später kam er, gefolgt von Stéphane, wieder zurück. Beide waren mit mehreren Säcken beladen, die sie unter das Zeltdach schoben.

»Jetzt mußt du die Kinder ausziehen, sie fest mit Alkohol abreiben und ihnen trockene Kleidung anziehen. Und du«, er wandte sich an Alban, »du kommst mit und hilfst mir. Wenn wir die Boote so stehen lassen, sind sie morgen versunken.«

»Was hast du vor?«

»Ausladen.«

»Was? Alles ausladen? Aber wir fahren doch auf dem Wasser weiter!«

»Es muß sein – sonst verlieren wir alles.«

Alban stöhnte auf. Sein Schwager lachte.

»Wart's nur ab, wir werden noch ganz andere Sachen erleben.«

»Du machst einem ja richtig Mut!«

Raoul schien dieses Unwetter, diese zusätzliche Anstrengung als willkommene Herausforderung zu empfinden, fast als Spiel, obwohl zum Wüten des Himmels bald auch die Gefahren der Nacht kommen würden. Schon stieg Dämmerung aus der Tiefe der schlammigen Fluten, die im Zwielicht bleigrau schimmerten.

Die Männer machten sich an die Arbeit. Das Ausladen

nahm viel Zeit in Anspruch. Als sie die Boote schließlich an Land zogen und mit dem Kiel nach oben auf die Böschung legten, konnten sie einander in der Dunkelheit kaum mehr erkennen. Der Sturm war etwas abgeebbt, doch der Regen schien nicht nachlassen zu wollen. »Das gefällt mir gar nicht«, meinte Alban. »Sieht so aus, als ob es weiterregnen wird.«

»Morgen bestimmt noch. Aber das macht nichts. Ich habe damit gerechnet, so ist das eben um diese Jahreszeit. Und jetzt haben wir uns einen guten Schluck verdient.«

Als sie beim Zelt angelangt waren, ließ er sich die Flasche geben und tat einen kräftigen Zug, bevor er sie seinem Schwager reichte.

»Ihr habt das Feuer versorgt, das ist gut«, lobte er.

»Das war Stéphane«, berichtete Catherine. »Der hat genug für heute. Jetzt schläft er wie ein Stein.«

Im Hintergrund war die schlaftrunkene Stimme des Jungen zu hören: »Ich bin noch wach … brauchst mir nur zu sagen, was ich tun soll.«

»Schlaf du nur.« Raoul lachte. »Wir wecken dich, wenn die Suppe heiß ist.«

Während Alban seine durchnäßten, schlammbedeckten Kleider auszog und zu den anderen ins Zelt schlüpfte, machte sich der Waldläufer wieder am Feuer zu schaffen. Er brachte Wasser zum Kochen, schüttete Grieß hinein und rührte mit einem großen Holzlöffel um. Als der Brei dicklich wurde, schnitt er dünne Streifen Stockfisch hinein.

Catherine und Alban beobachteten ihn schweigend vom Zelt aus. Seine Gestalt hob sich scharf vor dem hellen Schein des Feuers ab, und seine knappen, gezielten Bewegungen schienen wie einstudiert für diese Szenerie.

»Der hält was aus, alle Achtung«, murmelte Alban.

»Das kann man wohl sagen«, bestätigte Catherine nicht ohne Stolz.
»Bärenkräfte hat er ja, aber irgendwie ist er auch verrückt. So wie es aussieht, kommen wir nie ans Ziel …«
»Unsinn! Halt den Mund.«
»Und wenn wir es doch schaffen, dann kommen wir mit leeren Händen an. Geld haben wir ja sowieso keins mehr.«
Sie schwiegen. Eine Zeitlang war nichts weiter zu hören als das Trommeln der Regentropfen auf dem Zeltdach und hin und wieder das Krachen eines Holzscheits, das in der Hitze zerbarst.
»Was willst du denn mit Geld anfangen an einem Ort, wo kein Mensch wohnt? Mir ist es lieber, alles dabeizuhaben, was wir brauchen, als einen Sack Münzen mitzuschleppen.«
»Den Zucker und das Mehl kannst du jedenfalls abschreiben«, meinte Alban.
»Mach dir mal keine Gedanken«, warf Raoul ein, »schließlich habe ich das Einpacken selbst überwacht. Auch wenn die Vorräte den ganzen Winter im Freien bleiben, sind sie im Frühling noch völlig in Ordnung.« Ganz nackt stand er vor dem Zelteingang, so ungeniert, als wäre er allein. Sein Körper glänzte im Widerschein des Feuers, in das er gerade wieder ein Bündel Reisig geworfen hatte.
»Komm rein, du hast dich heute schon genug im Wasser herumgetrieben«, sagte Catherine.
»Das tut gut, auf der einen Seite Wasser, auf der anderen Feuer!«
»Du wirst dich nie ändern, du verrückter Kerl. Wie oft hat dich die Mutter mit Gewalt aus dem Fluß ziehen müssen! ›Immer mit dem Hintern im Wasser‹, hat sie gesagt. ›Der Kerl wird noch mal ersaufen oder erfrieren!‹«
Sie lachten beide. Stéphane kam dazu und lachte mit.

»Genau dasselbe hast du zu mir auch immer gesagt, als wir noch in Trois Rivières wohnten, Mutter!«
»Na und? Glaubst du etwa, ich bin froh darüber, daß du ihm ähnlich bist?« erwiderte sie mit gespieltem Zorn.
»Komm doch endlich rein«, sagte Alban mißmutig zu Raoul.
»Ich will mich nicht zweimal abtrocknen müssen. Ich komme erst rein, wenn das Essen gar ist.«
Raoul ging zum Feuer zurück, dessen Hitze immer stärker wurde und in Wellen bis in den hintersten Winkel des Zeltes drang. Es war wie ein schöner, warmer Wind nach den eisigen Stunden des Nachmittags.
Und als Raoul schließlich mit dem dampfenden, verlockend duftenden Brei ins Zelt trat, waren Finsternis und Kälte vollends vergessen. Den beiden Kleinen lief selbst im Schlaf das Wasser im Mund zusammen.

11

Der Regen hielt die ganze Nacht, den darauffolgenden Tag und noch eine halbe Nacht an. Die beiden Kleinen blieben die ganze Zeit über im Zelt, während ihre Mutter versuchte, die Kleider trocken zu kriegen. Alban schleppte große Steine ans Feuer, erhitzte sie in der Glut und wärmte damit das Zelt.
Catherine konnte Stéphane nicht daran hindern, Raoul bei seinen Ausflügen durch den Wald zu begleiten. Die beiden krochen durch das dichte, feuchte Gestrüpp und gelangten an einen kleinen Fluß, der dem See gelbliche, aufgewühlte Fluten zuführte. Bei der Mündung, wo sich das Wasser

staute, warf Raoul seine Angel aus und zog bald einen Fisch nach dem anderen heraus. Dann schoß er zwei Ringelgänse.
»Davon hättest du ruhig noch mehr fangen können«, meinte Louise, als sie die Fische sah.
»Man tötet nur soviel, wie man zum Essen braucht«, antwortete Stéphane, »es darf nichts verschwendet werden.«
Nachdem alle satt waren, salzte Raoul die restlichen Fische und das Fleisch ein, um sie als Wegzehrung mitzunehmen.
Als der Abend kam, wurde der Wind, der vom Ozean den Regen mitgebracht hatte, wieder stärker und schürte das Feuer. Der Rauch duckte sich zu Boden, umhüllte das Zelt und die Sträucher ringsum. Der Regen prasselte mit solcher Kraft nieder, daß sie den Zeltvorhang fest verschließen und die Pflöcke erneut befestigen mußten.
Eine gute Stunde lang raste der Wind über den See und seine Ufer. Und plötzlich kam ein zweiter hinter dem Wald hervor, so daß die Pappeln, die die Erlen überragten, mächtig zu rauschen begannen. Der Neue wehte aus dem Westen. Vielleicht stammte auch er ursprünglich vom Meer, doch er hatte sich über so viele Länder hinweggewälzt und an so vielen Gebirgen gestoßen, daß er keinen einzigen Tropfen Wasser mit sich führte. Er war so trocken, daß es knackte, als er zwischen den Erlen hindurchfuhr.
Eine Zeitlang ließen die beiden Winde nach, als würden sie sich belauern. Raoul verfolgte ihr Treiben aufmerksam.
»Das macht der Sonnenuntergang«, sagte er. »Jetzt geht es dem verdammten Sturm an den Kragen. Morgen haben wir klares Wetter.«
Der Ostwind sammelte alle seine Kräfte und versuchte einen Überraschungsangriff. Er kauerte still hinter den Nadelbäumen, die wieder zur Ruhe gekommen waren, und saugte sich mit Wasser voll, dort, wo der Fluß in den See

mündet. Dann schnellte er jäh empor. Die Rottannen mit ihren silbrigen Stämmen wurden heftig geschüttelt und suchten Schutz unter den hohen Balsampappeln, deren Äste bedrohlich krachten. Während sich ein wildes Tosen erhob, das wie Raubtiergebrüll klang, holte der Wind aus dem Westen zum Gegenschlag aus. Ohne viel Aufhebens, wie auf Zehenspitzen kam er näher, um wolkenlose Klarheit über das Land zu breiten. Er war eine beeindruckende Erscheinung und hatte auf seinen Reisen schon schwerere Schlachten geschlagen. Der andere versuchte zwar noch eine Zeitlang, sich an den Bäumen festzuklammern, doch er konnte ihnen nur noch ein paar Blätter entreißen, die bei seinem Rückzug auf dem Wasser liegenblieben.

Aber noch hörte der Regen nicht auf. Beharrlich fiel er vom rußigen, scheinbar unbewegten Himmel. Der See, über den nur noch eine ruhige Dünung ging, plätscherte träge vor sich hin.

»Dieser verdammte Wind vertreibt vielleicht den Regen, aber dafür nimmt er uns die Wärme weg!«

Catherine hatte recht – das Feuer blies seinen heißen Atem nun in den Tannenwald. Alban und Raoul brachten einige Schaufeln voll Glut näher ans Zelt heran und warfen Zweige darauf. Lautes Knacken und Prasseln erfüllte die Luft. Funken stoben in die Höhe, wurden vom Rauch davongetragen und fielen in einiger Entfernung zu Boden. Fast schien es, als wollte der neue Wind mit Hilfe des Feuers seinen Widersacher vertreiben. Es tröpfelte nur noch, und man spürte, daß der Regen am Ende seiner Kraft war. Er würde die Nacht nicht überstehen.

Nachdem sie sich an gegrilltem Fisch und Maiskuchen sattgegessen hatten, legten sie sich schlafen.

Als Raoul das erste Mal aufstand, um Holz nachzulegen,

war der Himmel mit einem sauberen Schnitt in zwei Hälften geteilt, wie eine große Frucht. Im Osten war er noch immer bleischwarz und lastete schwer über dem See und seinen Ufern. Die andere Hälfte des Himmels blinkte und glitzerte, als hätten sich dort sämtliche Funken versammelt, die am Abend vom Feuer aufgestiegen waren. Der Wind mit seinem hohen, kaum vernehmbaren Pfeifen schien sie in beständige Unruhe zu versetzen. Sanft streifte er die Erlen und Zwergweiden, mit vollen Backen blies er in das Feuer. Pappeln und Nadelbäume raunten einander zu: »Jetzt ist er da.«

Zwei Stunden später, als der Trapper wieder aus dem Zelt trat, war der Kampf entschieden. Der Westwind herrschte nun uneingeschränkt von Horizont zu Horizont, und über allem wölbte sich eine lichte Himmelskuppel. Raoul ging zwischen den regenbeglänzten Büschen hindurch zur Spitze der Landzunge. Der See trug schwer an seiner Sternenlast. Der Mond war zwar nicht zu sehen, doch ein stetes, schönes Leuchten erhellte alles ringsumher und weckte neuen Mut.

»Jetzt müßte man lossegeln können!« murmelte Raoul vor sich hin. »Wenn ich allein wär, würde ich nicht bis morgen warten, soviel ist sicher!«

Langsam ging er zum Zelt zurück. Lange horchte er hinaus in die Nacht mit ihren tausendfachen Lauten. In der Nähe flogen Trappen auf, die vom Fuchs aufgestört worden waren. Er erkannte ihren näselnden Ruf, der aus zwei scharf getrennten Tönen bestand, einem harten, abgehackten und einem weichen, langgezogenen, der sich wie ein Fagott anhörte.

»Das wär eine schöne Nacht, um aufzubrechen«, wiederholte Raoul.

Stéphane brummte im Schlaf, drehte sich auf die andere

Seite und rückte näher an ihn heran. Wie in einem Nest voll Wärme und Leben lagen die schlafenden Menschen im Zelt, in das der Schein des Feuers drang. Raoul horchte eine Weile auf ihre leisen Atemzüge, dann glitt er selbst unmerklich in den Schlaf.

12

Die sternklare, blitzende Nacht war wie geschaffen zum Reisen. Die Trappen, die von den schweren Wolken aufgehalten worden waren, wußten das. Sie hatten das Herannahen des klaren Wetters gespürt, als sie bei Sturm und Regen warteten. Während dieses erzwungenen Aufenthalts hatten sie sich den Kropf gefüllt mit allem, was sprießt und sich bewegt. Sie hatten sich sogar hinausgewagt auf den schwammigen, mit Wasser vollgesogenen Uferboden, um an die letzten Blaubeeren und die Früchte der schwarzen Camarine heranzukommen. Im Licht der klaren Nacht fanden sie zu der sumpfigen Flußmündung zurück. Vor ihnen lag der See wie eine ausgebreitete Karte, auf der goldglänzende Punkte die Flugwege vorzeichneten.

Die älteste der Trappen richtete ihre kleinen, wachen Augen mit dem stechenden Blick zum Himmel, um sich zu vergewissern, daß dieser Widerschein kein bloßes Trugbild war. Schnarrend und leise keckernd knabberte sie an ihren Federn und glättete sie. Die anderen folgten ihrem Beispiel. Dann stieß sie einen kurzen Kommandoschrei aus, und der Vogelschwarm erhob sich unter lautem Flügelrauschen in die Luft. Alle, auch die Jüngsten unter ihnen, für die es die erste Reise war, wußten, daß der Weg dort oben vorge-

zeichnet war, weit oberhalb der Winde, von denen sie sich tragen ließen, zwischen den ungezählten Sternbildern.
Sogleich formierten sie sich zum Dreieck und stiegen zu jenen Luftströmungen empor, zu denen die Menschen keinen Zugang haben und die gleichsam die Flüsse und Sturzbäche des Himmels bilden. Achtlos überflogen sie den hellen, zitternden Fleck – das Feuer, das die Schlafenden wärmte – und wandten sich geradewegs nach Süden, stiegen mit abertausend Flügelschlägen höher und höher empor, bis die Erde nur noch eine unendliche Landkarte war, auf der die Konturen immer mehr verschwammen. Auf diese ferne Fläche dort unten würde der Tag in einigen Stunden andere, wärmere Farben zaubern.
Es war die Zeit der großen Wanderzüge. Auf allen Routen, die in warme, sonnige Gegenden führten, regte es sich, ob zu Wasser, zu Lande oder in der Luft.
Seit Urzeiten sind es stets dieselben Wege, ist es stets derselbe Zyklus. Seit der Zeit, als die Sargassosee vom Festland umschlossen war, als ihr noch die Flüsse Europas und Amerikas ihr Wasser zuführten, ist sie das Ziel der Aale. Alle zehn bis fünfzehn Jahre finden sie sich zum Laichen dort ein. Welch ein Erinnerungsvermögen, welch untrüglicher Instinkt, und wie bedeutungslos erscheint hier die Zeit! Die Erdoberfläche ist mit Tausenden solcher Bahnen überzogen, die alle Zeiten überdauern, unverändert verankert sind in Raum und Zeit.
In dieser Herbstnacht hatte der Himmel sein unscheinbares graues Gewand abgelegt und erstrahlte in leuchtender Weite. Die Nacht erstreckte sich ungehindert von Horizont zu Horizont, reichte von den Höhen des Himmels bis in die Tiefen des Wassers. Die Wandertätigkeit der Tiere, der Nebel und Wolken vorübergehend Einhalt geboten hatten,

wurde von neuem aufgenommen, sobald die Sternenkarte wieder lesbar war. Die Kraniche, deren Flugbild einem wellenförmigen Dreieck gleicht, die schwereren Enten in gedrängter Formation, die dichten Schwärme der Stare, die Sperlinge, die königlichen Schwäne, alle flogen sie davon.
In den Wäldern setzten sich winzige Nager in Bewegung. Sie folgten denselben vorgeschriebenen Wegen wie die Hirsche, deren Galopp die Erde erzittern ließ und schon von weitem das Nahen des Rudels ankündigte.
Und alle folgten sie den Sternen, selbst die Fische in der Tiefe. Das Leben auf der Erde schien ganz im Bann der Gestirne zu stehen.
Aus ihrer lichten Höhe sahen die Vögel von der Erde nur noch das dichte Gekräusel der Wälder. Hier und da leuchteten die Seen hervor wie Diamanten, die Wasserläufe wie ein silbernes Netz. All das setzte sich fort bis zu den Küsten, wo die bewegte Welt der Meere begann, die Welt der Wellen, des Planktons und der treibenden Eisberge, die ihrem vorbestimmten Weg folgten. Ihrer Wanderschaft hatten die aufkommenden Wolken nicht Einhalt gebieten können. Für sie bedeutete jede Woge, die sie berührte, jede noch so kurze Strecke, die sie zurücklegten, jede Liebkosung des Wassers einen weiteren Schritt auf das Ende zu.
In dieser Nacht waren Wagenspuren und Landstraßen, Kehren und Kreuzungen ohne Bedeutung, das einzige, was zählte, war dieses große, unaufhörliche Vorwärtsdrängen. Eine vielfältige, endlose Prozession dorthin, wo das Leben wartete. Ein anderes Leben in einer anderen Zeit.
Dieser Kreislauf war so alt wie das Leben selbst, setzte sich unbeirrt fort – auch der Tod konnte ihm nichts anhaben. Nur die Hälfte aller Schwalben würde das Ziel der Reise erreichen, doch ohne den gemeinsamen Aufbruch wären

alle verendet. Die Vögel flogen den Insekten nach, die Säugetiere zog es zu den grünen Kräutern und saftigen Wiesen, die noch von der wärmenden Sonne beschienen oder vom milden Regen getränkt wurden, während im äußersten Norden, aus dem sie kamen, die Tundra schon unter einer Schneedecke lag.

Die Aale nutzten den frühmorgendlichen Tau, um Teiche und Seen zu verlassen und über nasse Wiesen zu den Flüssen zu kriechen, die sie zum Meer tragen würden. In ihren warmen Häusern, die sie von den Gesetzmäßigkeiten der Natur abschirmten, unter Dächern, die dichter waren als die Wolkendecke, im Schutz ihrer Zelte, in die der helle Schein des Lagerfeuers drang, schliefen die Menschen. Männer, Frauen und Kinder spürten nichts von dem allgemeinen Drängen und Strömen, denn es fehlte ihnen jener Instinkt, der die Lebewesen dazu treibt, ihren Artgenossen zu folgen. An der Schwelle des Winters lagen diese Gestalten in tiefem Schlaf still und reglos wie steinerne Inseln inmitten einer Flut, die wärmeren Jahreszeiten entgegenstrebte.

Als das erste Tageslicht die Sterne im Osten verblassen ließ, überflogen die Trappen schon das Tal des Sankt-Lorenz-Stroms. Unten auf der Erde sahen sie merkwürdige Sternbilder. Einige lagen am Flußufer, andere in Talmulden, wieder andere, die Rechtecken oder gepunkteten Kreuzen glichen, mitten in der Ebene. Dazwischen irrten wie verloren einzelne Meteoren. Die Trappen wußten sehr wohl, daß diese irdischen Sterne keine brauchbaren Wegweiser waren, und schenkten ihnen keine Beachtung. Sie ließen sich von dem Licht, das aus dem Meer aufstieg, in grenzenlose Fernen locken, wo ein grünlicher Schimmer schon den Ozean erahnen ließ.

13

Als sie im Morgengrauen aus dem Zelt traten, war die Luft frisch und kalt. Während sie noch unschlüssig dastanden, kehrte Raoul schon mit einem Handtuch um den Nacken und seinem Lederbeutel in der Hand vom See zurück. Seine nackte Brust war gerötet, seine noch feuchten Schultern dampften.

»Der Westwind bläst ganz schön!« rief er ihnen zu. »Genau richtig zum Segeln. Los, das müssen wir ausnutzen, beeilt euch!«

Ein klarer, heller Tag kündigte sich an, goldfarben stieg das Licht vom violetten Horizont auf. Raoul hatte sie mit seinem Lachen angesteckt. Müdigkeit und Starre wichen aus ihren schlafwarmen Gliedern, und seine Zuversicht ging auf sie über.

Stéphane schlüpfte aus seinem Hemd, griff sich ein Handtuch und machte sich auf den Weg zum See hinunter. Er ahmte in Haltung und Gang den Onkel nach.

Als er schon fast hinter den Sträuchern verschwunden war, spottete seine Schwester: »Der will sich gar nicht waschen, er tut nur so!«

Der Junge würdigte sie keines Blickes.

Während die Mehlsuppe mit dem Räucherfisch vor sich hin kochte, beluden sie die Boote. Nach dem Frühstück brachen sie auf. Auf dem schimmernden Wasser schwammen große Flecken aus Herbstlaub wie rostbraune Lava. Der Wind war gerade kräftig genug, um die Kanus anzutreiben. In ein warmes Bärenfell gehüllt, kauerte Stéphane am Bug des vorderen Bootes und hielt die Segelleine. Je nachdem, was sein Onkel ihm zurief, zog er an oder lockerte sie.

Der Wind blies so stetig, daß das kleine, quadratische Segel stolz seinen braunen Bauch vorstreckte. Das klare Wasser schlug freundlich gegen den Bootsrumpf. Wie aus einem Stück spannte sich der Himmel über ihnen, durchsichtig leuchtend in zartem, verwaschenem Blau. In verschiedenen Höhen zogen Vogelschwärme wie kleine Flotten dahin.

Im hinteren Teil des Fahrzeugs saß Raoul, die Mütze fest über die Ohren gezogen, den Kragen aus Otternfell hochgeschlagen, und steuerte mit dem Paddel. Eine leichte Handbewegung hin und wieder genügte, um den Kurs zu halten. Das Boot glitt rasch und unbeirrt auf einen Punkt am gegenüberliegenden Ufer zu.

Die anderen folgten. Catherine bediente das Segel, während ihr Mann steuerte. Ständig rief er ihr etwas zu. Der Bug ihres Bootes bewegte sich weniger zielstrebig vorwärts – wie ein Hund schien er schnüffelnd eine Fährte zu suchen. Nun, da sie von den schweren Betten befreit waren, lagen die Fahrzeuge höher und sicherer im Wasser.

Gegen Mittag hatten sie den Lac des Quinze der Länge nach durchfahren. Gleich darauf mußten sie den nördlichen Teil des nächsten Sees, des Lac Expanse, durchqueren.

Zur Sonne hin war der gleißende See so unendlich groß, daß man das violett schimmernde, dunstige Ufer gegenüber kaum erahnen konnte. Die unruhige Wasserfläche stachelte den Wind an, der nun heftiger wurde und das Segeln erschwerte. Übermütige Böen griffen die Boote von der Seite an, ungeduldige Wellen klatschten gegen die Planken, und Gischt peitschte die Gesichter. Zuerst schmerzte die Haut von dem beißenden Wind, doch bald spürten sie nichts mehr. Stéphane lachte laut vor Freude, aber Louise ängstigte sich.

Als die Sonne sich schon wieder dem Horizont zuneigte, erreichten sie die Stelle, wo der Oberlauf des Ottawa in den

See mündet. Hier beugten sich schwankende Birken über die Wasserfläche; ihre zarten Laubkronen bildeten blaßgoldene und silbrige Tupfer vor dem Hintergrund der dunklen Lebensbäume, über denen sich schon die Nacht niedersenkte.

Die Reisenden zogen die Segel ein und griffen wieder zum Paddel, um ihre Fahrt auf dem Fluß fortzusetzen, der Raoul seit so vielen Jahren vertraut war. Er führte die kleine Gruppe auf der linken Seite stromaufwärts zu einer kleinen, etwas zurückliegenden Bucht, wo sie gut landen konnten, ohne die Boote entladen zu müssen. Sie stiegen über rötliches Erdreich eine sanfte Böschung hinauf, gelangten an den Waldsaum und stießen auf drei graue, kreisförmige Flekken – erloschene Feuerstellen.

»Wir sind nicht die ersten, die hier haltmachen«, stellte Stéphane fest.

»Das kann man wohl sagen«, bestätigte Raoul lachend. »Ich selbst war bestimmt schon zwanzigmal hier, und ich war auch nicht der erste. Die Trapper sind schon immer hierhergekommen. Schließlich weiß man nicht erst seit gestern, wo die Hudson-Bay liegt. Und lange vor uns haben sich schon die Algonkin-Indianer auf den Weg dorthin gemacht.«

Er war an der Lagerstelle stehengeblieben. Die Asche war von den Regenfällen flachgedrückt und weggeschwemmt worden. Schwärzliche, halb verkohlte Holzstücke zeugten davon, daß das Feuer von Menschen gelöscht worden war. Raoul war ernst geworden. Mit versonnenem Blick murmelte er wie zu sich selbst: »Es kann gut sein, daß es hier schon immer eine Feuerstelle gegeben hat. Seit ewigen Zeiten schon, seit … ich weiß nicht, wie ich sagen soll – seit der Mensch das Feuer für sich entdeckt hat.«

»Und vorher?« fragte Louise, die dazugekommen war und den abwesenden Blick des Onkels bemerkte.
»Vorher liefen sie auf allen vieren herum und aßen Gras, wie das Vieh«, sagte Georges. »Das habe ich in einem Buch gelesen.«
Als das Zelt aufgebaut war und das Feuer brannte, umfing sie sogleich eine starke, wohlige Wärme, die ihnen Schutz bot in der Nacht, fast wie ein Haus. Die feuchte Kälte war zurückgewichen, wie die Vögel, die nun in den Brombeerbüschen saßen und den tanzenden Flammen zusahen.
Während die Bohnensuppe kochte, redeten sie noch lange von fernen Zeiten, die so unendlich weit zurückliegen, daß es die menschliche Vorstellungskraft übersteigt.
Als Raoul seine erste Pfeife geraucht hatte, zog er die Mundharmonika hervor und stimmte ein altes Lied an. Die leisen Töne drangen nicht über den Lichtkreis des Feuers hinaus. Catherine sang dazu:

»Der Wind weht durchs Sankt-Lorenz-Tal,
und es friert Stein und Bein.
Der Winter bläst ein letztes Mal,
und bald wird Frühling sein …«

Nach Sonnenuntergang herrschte eine Zeitlang undurchdringliche Finsternis, doch dann zog eine klare Nacht herauf. Der Fluß, auf dem tagsüber der Wind sein Unwesen getrieben hatte, schimmerte nun in samtiger Glätte. Leichte Nebelschleier vermischten sich mit den Rauchschwaden, die sich über die Böschung legten, und drangen in das Gewirr der Sträucher ein.
Gegen Mitternacht wurde die Stille von einer Elchherde gestört. Die Tiere, die durch brusttiefes Wasser wateten, folgten dem Flußlauf in südlicher Richtung. Schon von wei-

tem war ihr Platschen und Stampfen zu hören – es klang, als wälzten sich stürmische Fluten auf das Zelt zu. Die Leittiere witterten die fremden, verlockenden Gerüche, die von der Bootsfracht ausgingen, und auf ihr Brüllen hin blieb die Herde stehen. Einige Tiere kletterten die Böschung hinauf; unter ihren Hufen knackte und krachte das Strauchwerk, als wäre ein Feuer ausgebrochen.
Raoul, dem auch im Schlaf nichts entging, erwachte als erster. Das Gewehr im Anschlag schlich er ins Freie. Die Leittiere des Rudels waren nur noch wenige Meter von der Bucht entfernt. Der Trapper trat vor und feuerte einen Schuß ab. Unter den Tieren brach wilder Aufruhr aus; Wasser spritzte auf, die massigen Körper stießen krachend aneinander, Äste zerbarsten laut knackend. Das Angstgebrüll der Herde und die Rufe der Leittiere übertönten alles. Da es aussah, als wollten die Elche landeinwärts auf das Gehölz zulaufen, rannte Raoul ihnen voraus, sprang über Brombeerranken, zwängte sich durch die Büsche und feuerte noch zweimal. Das lärmende Durcheinander wurde noch heftiger, doch dann wandte sich die Herde wieder dem Fluß zu und schwamm zum gegenüberliegenden Ufer.
Hinter ihr teilten zwei lange Wellen in spitzem Winkel den Fluß, über dem ein sanfter Nebelschleier lag. Die schwarzen Leiber wühlten das Wasser auf, der Schaum spritzte in weißen Flocken, und das Spiegelbild der Sterne war für kurze Zeit verschwunden. Dann, als die Wogen sich glätteten, war der Fluß wieder mit tausend Lichtern übersät.
Catherine und Alban waren aus dem Zelt getreten. Barfuß standen sie auf dem kalten Boden und betrachteten schweigend das Schauspiel.
»Hast du denn keinen erwischt?« fragte Alban, als Raoul zum Feuer zurückkam.

»Ich hab nur in die Luft geschossen. So ein großes Tier bringt man nicht um, bloß um ein Stückchen Fleisch zu essen. Vor allem, wenn man nicht mal die Haut verwertet.«
»Glaubst du, sie hätten uns angegriffen?« fragte Catherine.
»Das glaub ich nicht – das Feuer hätte sie abgehalten. Aber die Kanus wären in Gefahr gewesen.«
Der Rest der Nacht war ruhig und friedlich, als hätte dieser Tumult alles verschreckt, was ringsum lebte.
Im ersten Morgengrauen vermischte sich ein freundlicher Wind mit dem Atem der Nacht. Mit frischer Kraft fegte er den Dunst vom Fluß, der nun klarer dahinfloß. Tausende winziger krauser Wellen trieben gegen den Strom.
»Das ist genau, was wir brauchen«, bemerkte Stéphane fachmännisch.
Die anderen lachten, und sein Onkel sagte: »Langsam kennt er sich aus. Bei der nächsten Reise braucht ihr mich gar nicht mehr.«
Catherine drohte ihm mit dem Kochlöffel, an dem der dampfende Brei herunterrann.
»Wehe dir, du Schuft! Wenn wir noch einmal woanders hin müssen, verhaue ich dich nach Strich und Faden – das hat unsere Mutter viel zu selten getan!«
»Möchtest du denn in Abitibi begraben werden?«
»Mir ist es gleich, wo ich begraben werde, an so was denk ich gar nicht. Ich hab einfach genug davon, den Wohnsitz zu wechseln wie andere Leute ihre Hemden. Was ich brauche, ist ein Haus! Ich bin nun mal keine Wilde. Was bist du nur für ein ruheloser Kerl! Schon damals wolltest du immer weg. Seit du geboren bist, denkst du an nichts anderes. Unsere Mutter mußte dich regelrecht anbinden, damit du nicht in den Fluß springst. Du hast ihr das Leben ganz schön schwergemacht!«

»Du mußt ja wirklich schlimm gewesen sein ...« begann Stéphane.
»Sag mal, großer Waldläufer«, unterbrach ihn Raoul, »hast du heut nacht nichts gehört?«
»Doch, ich hab dich schnarchen gehört. Ich hab kein Auge zugetan.«
Alle lachten.
»So, so, mein Schnarchen stört dich also, aber wenn Schüsse knallen, schläfst du tief und fest.«
Stéphane war wütend, daß er die Elchherde versäumt hatte.
»Warum habt ihr mich nicht gerufen?«
»Du siehst noch genügend Elche!«
In fröhlicher Stimmung brachen sie das Lager ab. Bevor sie in die Boote stiegen, löschte Raoul das Feuer, dessen Rauch dem Wald zutrieb.
Sie fuhren flußaufwärts den Ottawa entlang. Je näher die Ufer zusammenrückten, desto ungestümer wurde das Wasser. Der Wind war zwar günstig, aber nach einem Tag schon konnten sie das Segel nicht mehr benutzen, da der Flußlauf zu schmal wurde. Die Fahrt wurde immer anstrengender.
»Legt euch ins Zeug, zum Donnerwetter!« rief Raoul. »Das ist noch gar nichts. Morgen geht's erst richtig los. Da wird getragen.«
»Uns fallen schon die Arme ab!« schimpfte Catherine.
»Keine Angst, morgen sind zur Abwechslung die Beine dran. Ich werd schon noch ganze Kerle aus euch machen!«
»Sogar aus mir!« fauchte seine Schwester.
»Das würde dir doch Spaß machen. Du wärst sowieso am liebsten ein Mann.«
Trotz aller Anstrengung konnten sie noch lachen, doch gegen Abend sank ihr Mut.

Die Nacht brach schon herein, als sie beim Zusammenfluß des Ottawa und des Kinojévis anlangten, den die Indianer so nennen, weil man dort viele Hechte fängt. Widerwillig gab Raoul das Zeichen zum Anhalten.
»Wenn wir weiter so langsam sind, landen wir noch im Eis, ihr Schwächlinge!«
Niemand sagte ein Wort. Keinem war nach Scherzen zumute. Später wurde die Stimmung gereizt, als Albans Kanu auf dem Weg zur Uferböschung in der Dämmerung einen spitzen Felsen rammte. Mit häßlichem Knirschen riß der Bootsrumpf auf, und dort, wo Catherine saß, begann Wasser einzudringen.
»Schnell, Stéphane, spring raus und halt das Boot fest!«
Der Junge sprang ins Wasser und griff nach dem Kanu, während Raoul Louise und Catherine ans sichere Ufer brachte.
»Halt mal.«
Catherine griff nach dem Tau, und Alban trug Georges an Land, der das Tau des ersten Bootes halten mußte.
»Stéphane, du machst jetzt die Boote gut fest, dort an den Wurzeln. Wir müssen alles ausladen, und zwar schnell!«
Stéphane watete zu den Männern hinüber, die bis zu den Schenkeln im Wasser standen. Sie packten Körbe und Bündel und reichten sie an Catherine und die Kinder weiter. Das war nicht einfach bei der starken Strömung, zumal der Kies unter ihren Füßen wegrutschte. Die Nacht war sehr plötzlich hereingebrochen, sie schimpften und fluchten über ihr Pech und über die Kälte.
In den Mulden der Uferböschung hatte sich Treibholz angesammelt, das vom Hochwasser im Frühling angeschwemmt worden und im Sommer trocken geworden war.
»Da haben wir aber Glück«, sagte Stéphane.

»Das ist kein Zufall«, erklärte Raoul. »Die Anlegestellen werden aus guten Gründen ausgesucht.«
In einiger Entfernung vom Boot, das nun umgedreht auf festem Boden lag, züngelten bald die Flammen des Lagerfeuers in die Nacht und vertrieben die aufsteigende Kälte, die nach Wasser und Limonen roch.
Stéphane und sein Vater rollten das Zelt aus und brachten die Pflöcke an. Raoul kniete neben dem Boot, das einem großen, verletzten Tier mit triefendem Rücken glich, und untersuchte mit behutsamen Fingern die Wunde.
Mit ihren Vorräten an Baumrinde, Werg und Pech, die sie im Boot mitführten, behoben sie den Schaden im Schein des Lagerfeuers, das Catherine versorgte. Die kleine Louise schlief schon fest, doch Georges war aufgeblieben, um ihnen zuzusehen. Alle handwerklichen Arbeiten interessierten ihn, vor allem, wenn sie viel Sorgfalt und Genauigkeit erforderten. Das hatte er von seinem Vater, der Holzpantinen schnitzen, Schuhe besohlen, Möbel zimmern und Körbe flechten konnte.
Die Männer hatten beschlossen, auch das andere Boot zu entladen, denn die starke Strömung drängte es gegen das felsige Ufer. Da sie die Pechkanne nun schon hervorgeholt hatten, inspizierten sie den Rumpf sorgfältig von einem Ende zum anderen.
Als endlich jede einzelne Fuge geprüft und überstrichen, jeder Längsträger untersucht und neu befestigt war, lagen die beiden Kanus, die wie neu glänzten, friedlich Seite an Seite in gebührendem Abstand vom Feuer.

14

Am nächsten Morgen beluden sie die Boote und fuhren auf dem Kinojévis etwa zehn Meilen flußaufwärts. Die Strömung war hier ziemlich stark, aber gleichmäßig, und sie hatten keine Klippen zu befürchten.

Gegen Mittag legten sie in einer Flußbiegung am linken Ufer an und gingen an Land. Als sie alles ausgeladen hatten, sah Raoul sie der Reihe nach an. Er schob seinen Hut in den Nacken, zündete sich seine Pfeife an und erklärte in beinahe feierlichem Ton: »So, weiter fahren wir nicht.«

Die anderen schauten verwundert zuerst auf ihn, dann zum Fluß hinüber, der aus nordwestlicher Richtung kam. Sie schienen seinen Worten nicht recht zu trauen. »Ich weiß schon, eigentlich könnten wir noch weiter stromaufwärts fahren«, fuhr Raoul fort, »aber wir wollen dorthin.«

Er streckte seinen langen Arm aus und wies mit dem glänzenden Pfeifenstiel geradewegs nach Norden, wo ein deutlich erkennbarer Pfad in den Wald führte.

»Geht es jetzt stromabwärts weiter?«

»Das dauert noch eine Weile, mein Junge. Erst müssen wir unsere Sachen über Land tragen bis zu einem kleinen See. Den überqueren wir, und dann geht's noch mal über Land bis zum Vaudraysee, der gut fünf Meilen lang ist. Erst wenn wir auch ihn überquert haben, stoßen wir auf die ersten Wasserläufe, die bergab fließen, nach Norden.«

»Und dann brauchen wir uns nur noch treiben zu lassen«, rief Catherine aus. »Endlich!«

»Das kommt drauf an. Wenn der Fluß genug Wasser führt, ist alles in Ordnung. Wenn nicht, müssen wir eben noch ein paar Meilen unsere Sachen schleppen.«

Als seine Schwester das Gesicht verzog, meinte Raoul

lachend: »Ihr wollt das Paradies – das muß man sich erst verdienen!«
Zunächst schlugen sie das Zelt für zwei Nächte auf, denn sie würden den heutigen und den ganzen morgigen Tag zum Tragen brauchen. Der Weg war gewunden und streckenweise morastig.
Es wurde eine furchtbare Schinderei. Fast ohne Ruhepause schleppten sie sich keuchend mit ihren Lasten vorwärts. Noch immer blies der Wind aus dem Westen. Er brachte die Kälte aus den Bergen mit, wo schon der erste Schnee liegen mußte. Dennoch lief ihnen der Schweiß in Strömen über ihre staubverschmierten Gesichter.
Da sie einen Teil ihrer Habe eine Nacht lang unbeaufsichtigt lassen mußten, fürchteten sie, daß die Bären ihre großen schwarzen Nasen in die Vorräte stecken könnten. Raoul überlegte schon, ob sie am See biwakieren sollten, als gegen Abend Algonkin-Indianer erschienen. Sie waren zu viert und kehrten von der Jagd in ihr Dorf zurück. Für zwei Pfund Zucker und eine Flasche Schnaps erklärten sie sich bereit, bei den Vorräten zu wachen. Nachdem der Handel abgeschlossen war, wechselte Raoul mit den Männern noch ein paar höfliche Worte in ihrer Sprache und verabschiedete sich dann von ihnen.
»Hast du denn keine Angst, daß sie unsere Sachen stehlen?« fragte Alban.
»Nein.«
»Ich würde ihnen noch weniger trauen als den Bären.«
»Wenn ich sie nicht bezahlt hätte, wäre das was anderes. Aber jetzt würden sie sich eher umbringen lassen, als etwas anzurühren.«
Nach einigen Schritten fuhr Raoul fort: »Ich kenne sie schon seit Jahren, weißt du. Dieses Land hier ist so ver-

dammt groß, und doch begegnet man sich immer wieder. Es sind immer dieselben Männer auf denselben Strecken.«
Alban schien noch nicht recht überzeugt, und Raoul fügte hinzu: »Zur Sicherheit habe ich ihnen noch etwas versprochen.«
»Was denn?«
»Ich hab ihnen erzählt, daß wir die Betten unterwegs zurückgelassen haben – wo, das habe ich noch nicht verraten!«
»Glaubst du, sie werden sie holen?« fragte Stéphane.
»Die Indianer holen sich alles, was man im Wald zurückläßt. Manchmal schleppen sie riesige Gegenstände viele Meilen weit und lassen sie erst stehen, wenn sie ganz sicher sind, daß nichts damit anzufangen ist.«
Eine Weile gingen sie schweigend dahin.
»Schon seit ewigen Zeiten sammeln diese Menschen dies auf, was die anderen wegwerfen«, meinte Raoul nachdenklich.
»Kaum zu glauben, daß es noch Ärmere als uns geben soll«, sagte Alban.
Sechs lange Tage brauchten sie. Mal fuhren sie ein Stück mit den Booten, mal mußten sie ihre schwere Lasten über Land tragen. Die beiden letzten Tage waren besonders beschwerlich. Nachts war ein mächtiges Gewitter ausgebrochen, und der Sturm hatte fürchterlich gewütet. Dreimal mußten die Männer in den prasselnden Regen hinaus, um das Zelt zu sichern. Wenn die Blitze grell aufzuckten, sah man den aufgewühlten Himmel und die windgepeitschten Bäume ringsum. Die beiden Kleinen weinten und schmiegten sich eng an die Mutter. Stéphane spielte den starken Mann, aber seine Stimme verriet Angst.
Sie hatten ihr Zelt am Waldrand aufgeschlagen. Hohe Pappeln ragten aus dem dichten Unterholz, das von Brombeer-

gestrüpp und Geißblatt überwuchert war. Einige Bäume stürzten krachend zu Boden und rissen mit ihren weitverzweigten Wurzeln gewaltige Brocken ans dem Waldboden. Die Erde bebte wie unter den Hufen einer riesigen vorbeigaloppierenden Herde. Es klang, als wären unzählige Fuhrwerke mit leeren, polternden Fässern unterwegs, die besonders auf den Anhöhen heftig rüttelten und rumpelten. Dann schienen die Wagen sich wieder zu entfernen, um anderen Platz zu machen, die man schon von weitem anrollen hörte und die das trockene Unterholz unter ihren Rädern zermalmten.

Jeden Augenblick mußten sie fürchten, daß das Zelt umgeworfen und fortgerissen würde.

Am folgenden Morgen lag eine unheimliche, bleierne Stille über allem. Schwankende Nebelschwaden stiegen auf. Das Lagerfeuer war erloschen, das Holz zerstreut. Als die Männer das Feuer wieder anzündeten, stieg der Rauch fast senkrecht empor und verlor sich schließlich hoch oben in der grauen Luft. Wie eine Säule schien er das Himmelszelt zu tragen.

Zwei entwurzelte Bäume lagen quer über dem Weg, den sie einschlagen mußten. Als erstes zersägten sie die Stämme, um den Durchgang freizumachen.

Diesmal schien das Tragen kein Ende nehmen zu wollen. Zwar war die Strecke kaum länger als eine Meile, aber der Sturm hatte den Wald verheerend zugerichtet. Der Erdboden war ein einziges Schlammloch. Oft mußten sie Reisig ausbreiten, um nicht im Morast steckenzubleiben. Dennoch sanken sie immer wieder tief ein, glitten aus, fielen mitsamt ihrer Last zu Boden. Alban, der eine große Flasche mit Melasse trug, prallte bei einem Sturz so unglücklich auf einen Felsen, daß das Gefäß zerbrach und er von oben bis unten mit der süßen, klebrigen Masse bedeckt war. Er mußte sich bis aufs Hemd ausziehen, zum Lagerplatz zurückkehren und in den Fluß tauchen, um sich abzuwaschen. Es wurde geflucht und gelacht. Die Äste der umgerissenen Pappeln hatten sich tief in den weichen Boden gegraben; ihre Wurzeln, die sich in Grasbüscheln und Lehmklumpen verkrallt hatten, zeigten wie verkrüppelte Finger zum Himmel. Auf dem Weg floß das Wasser, und der Fluß war voller Erdreich.

Gegen Abend, als sie die Strecke zum letzten Mal zurücklegten, gerieten die Männer in einen Schwarm verschreckter Rebhühner. Mit einem Stock konnte Raoul mühelos drei von ihnen töten, die sie am nächsten Tag aßen.

Die Schreckensnacht hatte auf den Höhenzügen, von denen man nicht genau sagen konnte, ob sie noch nach Süden oder schon nach Norden blickten, eine unbestimmte Angst hinterlassen, die alles Leben zu lähmen schien. Aber zum Ausgleich hatte der Regen die Wasserläufe gefüllt, die die Boote in die Abitibi-Ebene hinabtragen sollten.

Allerdings barg das Wasser, das durch das Unwetter angeschwollen war, auch Gefahren. Schnell und kraftvoll trug es die Reisenden vorwärts, doch eben diese Kraft konnte sie auch zum Kentern bringen, sie ertränken, sie zermalmen und ihre Habseligkeiten vernichten. Mehrmals wurden sie auf ihrer Fahrt aufgehalten und mußten Baumstämme durchtrennen, die sich quergelegt hatten und ihnen den Weg versperrten. Wenn die Äxte ihre Arbeit getan hatten, stürzten sich die angestauten Fluten mit doppelter Wucht durch das Flußbett und wühlten alles auf. Dann galt es, die Boote mit aller Kraft festzuhalten.

An besonders schwierigen Stellen fuhren Raoul und Stéphane schnell voraus, machten ihr Boot fest, liefen im Ufer

zurück und wateten durch das Wasser zu den anderen, die auf sie warteten. Sie ließen sie an Land weitergehen und nahmen ihre Plätze im Boot ein. Stéphane war überaus stolz, daß sein Onkel ihn und nicht den Vater für diese Aufgabe auserkoren hatte. Aber er hatte Raoul ja nun schon lange genug begleitet. Sie waren vollkommen aufeinander eingespielt, wie Teile einer gut funktionierenden Maschine. Schnell und mit erstaunlicher Präzision führte der Junge, der am Bug kauerte, die knappen Befehle des Onkels aus.
Tag für Tag kämpften sie sich auf reißenden Wildbächen voran, bis sie schließlich den Kakakefluß erreichten. Er war breiter und tiefer und floß ruhiger dahin, so daß sie sich ein wenig erholen konnten. Doch vor ihnen lagen die gefährlichen Stromschnellen, die sie überwinden mußten. Der Himmel war klar. Manche Bäume trugen noch ihr herbstlich leuchtendes Laubkleid und warfen goldene Blätter ab. Das Netzwerk der entlaubten Äste schmückte die Ufer mit feinziselierten Ornamenten.
Nach tagelangen, abenteuerlichen Fahrten auf den schäumenden Wildwassern voller Treibholz brauchten sie einen vollen Tag, um die Boote zu flicken, die wieder an vielen Stellen beschädigt waren. Während die Männer in der wärmenden Herbstsonne arbeiteten, knetete Catherine einen Teig und buk Brot zwischen zwei großen, eisernen Pfannen. Es war herrlich, in die noch warmen, knusprigen Fladen zu beißen. Stéphane erlegte zwei Rebhühner mit der Steinschleuder und zog einen gut sechspfündigen Hecht aus dem Wasser. Und da Catherine einfiel, daß Sonntag war, knieten sie alle vor dem offenen Zelt zum Gebet nieder.
»Liebe Jungfrau Maria, Mutter Gottes«, begann die junge Frau, »gib, daß das neue Land, in das wir ziehen, nicht die Hölle ist. Wir erwarten ja nicht das Paradies auf Erden. Wir

wünschen uns nur, daß wir dort leben, können, daß wir eine Arbeit finden, damit wir unsere Kinder mit Anstand aufziehen können und sie keine Not leiden.«

Sie machten sich wieder auf den Weg. Vom Fluß gelangten sie zum großen Kewagamasee, der still im gleißenden Licht lag; dann folgte eine Strecke durch Wälder und Sümpfe bis zum Seal's-Home-See, und schließlich erreichten sie den Harricanafluß. Die Strapazen wollten kein Ende nehmen. Einen ganzen Tag lang wurden sie von häßlichem Schneeregen begleitet, dann setzte erneut der Regen ein, und immerzu wehte ein scharfer Wind, der ihnen ins Gesicht schnitt.

Morgens konnten sie das Zelt nicht gleich zusammenrollen, weil es mit einer dicken Eisschicht überzogen war. Zuletzt dachten sie nichts mehr, sprachen kaum mehr, sie waren wie Tiere, die ergeben unter dem Joch dahintrotten. Sie ruderten oder marschierten bis zur völligen Erschöpfung, mit zusammengebissenen Zähnen, wagten nicht einmal, sich zu fragen, wie lang ihr Weg noch dauern würde. Zwar fuhren sie nach Norden, aber nicht aus eigenem Antrieb, sondern weil der Fluß sie dorthin führte. Nur Raoul bewahrte seine wachen Sinne, die anderen folgten ihm blindlings wie Schafe, wie eine entkräftete Herde. Sie wünschten sich nichts weiter, als endlich anhalten und sich am wärmenden Feuer ausruhen zu dürfen.

Mit den immer gleichen Bewegungen bauten sie Abend für Abend das Zelt auf und breiteten ihre feuchtkalten Schlafsäcke aus. Catherine versuchte zwar, sie mit großen Steinen anzuwärmen, die sie zuvor in der Glut erhitzt hatte, doch das nutzte kaum etwas.

Würden sie jemals das Ziel ihrer Hoffnungen erreichen? Waren sie vielleicht schon vorbeigefahren an dem Ort, wo

es, wie Raoul versicherte, schon richtige Häuser gab? Nur die Nähe der anderen bot ihnen noch Trost. Wenn Raoul versuchte, sie aufzuheitern, schwiegen sie beharrlich.
Und dann eines Abends, als ein düsterer Himmel tief über dem Land hing, riß ein Schrei Raouls sie plötzlich aus ihrer Lethargie.
»Da, schaut nur!«
Sie hoben die Köpfe und sahen in der Ferne zwei leuchtende, goldene Punkte. Der Fluß, über den ein eisiger Nordwind strich, trug ihnen den hellen Widerschein zu, als wollte er ihnen mit dieser doppelten Lichtspur den Weg weisen.

2

Winter und Tod

15

Reglos saßen sie am Tisch, ganz steif und schwerfällig vor Erschöpfung. Die Baracke war erfüllt vom scharfen Aroma des Pfeifentabaks und vom Duft nach Holzfeuer und Specksuppe. Das Licht der großen Hängelampe fiel auf den Tisch, der noch voller Geschirr stand. Auf einem großen weißen Teller in der Mitte schwamm wie eine Insel ein Stück Reispudding in Ahornsirup.
Während der langen Gesprächspausen hörte man, wie der Wind über das Dach strich. Irgendwo schlug unentwegt ein Stück Blech gegen eine Wand.
Catherine und ihr Mann hatten nebeneinander auf der Bank Platz genommen. Vornübergebeugt, die Arme aufgestützt, saßen sie vor ihren leeren Tellern. Der Schweiß hatte dunkle Spuren auf Albans Gesicht hinterlassen. Auf seiner Stirn sah man den Abdruck des schwarzen Hutes, der abgefärbt hatte. Trotz aller Müdigkeit hatte Catherine in einer Anwandlung von Eitelkeit ein blaues Tuch um ihre widerspenstigen Haare geschlungen, aus dem nur einige blonde Strähnen hervorschauten. Raoul und Stéphane, die den beiden gegenübersaßen, war die Erschöpfung kaum anzusehen. Der Trapper hatte seinen Schemel vom Tisch abgerückt und den rechten Fuß lässig auf das linke Knie gelegt. Er schien sich sehr wohl zu fühlen.
»Alle Achtung, das will was heißen, diese Riesenstrecke zu schaffen mit so kleinen Kindern und so viel Gepäck!«
Der Mann, der das nun schon zum dritten Mal vor sich hin sagte, war Hector Lavallée. Er saß an einem Ende des Tisches, während sich Léandre Ouimet am anderen Ende niedergelassen hatte.
Hector Lavallée blickte in die dunkle Ecke des Zimmers,

wo auf einer Matratze am Boden Louise und Georges, bis zu den Ohren zugedeckt, fest schliefen.

»Sie hätten doch mit der Eisenbahn bis Cochrane fahren können«, meinte Léandre Ouimet.

»Das wäre auch nicht einfacher gewesen«, sagte Raoul. »Von Nord-Temiskaming aus hätten wir ja erst in den Süden gemußt, und das sind viele, viele Meilen. Außerdem ist die Fahrt nicht umsonst.«

»Hatten Sie denn keine Tiere?«

»Früher hatte ich ein Pferd«, sagte Alban. »Letzten Winter ist es eingegangen.«

Wieder trat Stille ein. Nun, da ihre Armut vor diesen beiden Fremden so offen zutage trat, waren die Robillards doch etwas beschämt.

Hector Lavallée, ein kleiner, magerer Mann mit braunem Haar, mochte um die Vierzig sein. Dichte Brauen saßen über seinen kleinen, eng zusammenstehenden dunklen Augen, aus denen der Schalk blitzte. Sein kräftiger grauer Schnurrbart über den schmalen Lippen war gelb vom Tabak. Unablässig schob er eine Zigarre von einem Mundwinkel in den anderen und mußte sie immer wieder neu anzünden. Dann neigte er jedesmal den Kopf und schob die Lippen weit vor, um sich den Schnurrbart nicht zu verbrennen.

Monsieur Ouimet war nicht viel größer als er, aber fülliger. Sein glatt rasiertes, glänzendes Gesicht stand in seltsamem Gegensatz zu den struppigen Bärten Raouls und Albans.

Der Ingenieur Léandre Ouimet war der Bauführer des hiesigen Streckenabschnitts, Hector Lavallée sein Feldmesser.

Als die beiden Männer ein paar Stunden zuvor die aufgeregten Rufe gehört und ins Freie gerannt waren, hatten sie zunächst nicht glauben wollen, daß diese Menschen in ihren schwerbeladenen Booten von so weit her kamen. Zusammen mit vier Arbeitern aus einer anderen Baracke halfen sie der Familie beim Ausladen und trugen die Sachen in einen Werkzeugschuppen. Inzwischen bekamen Catherine und die zwei Jüngsten heißen Tee und wärmten sich an dem großen Ofen, in dem ein paar dicke Scheite brannten.

Während der Mahlzeit hatten die Neuankömmlinge von ihrer Reise berichtet. Jetzt erzählte Léandre Ouimet: »Seit Anfang Juli sind wir hier, um eine Brücke über den Harricana zu bauen, eine feste Holzbrücke für die Eisenbahn.«

Er sprach mit tiefer, leicht vibrierender Stimme, und seine Wangen zitterten bei jedem Wort mit. Häufig strich er sich über die kahle Stirn. Sein braunes Haar trug er in der Mitte gescheitelt. Er hatte kräftige, fleischige Hände, und seine rundlichen Finger mit den kurzen Nägeln trommelten unaufhörlich auf die Tischplatte, ob er nun redete oder zuhörte. Ab und zu hielt er inne und verschränkte die Arme, als wollte er seine Hände zum Stillhalten zwingen; doch im nächsten Augenblick machten sie sich wieder selbständig, und das Trommeln begann von neuem.

»Und Sie, was haben Sie nun für Pläne?« fragte er.

Raoul sprach davon, daß hier – wie sie hofften – bald eine Stadt entstehen würde und daß sie unter den ersten sein wollten.

Monsieur Ouimet lachte, und seine Hände schlugen einen kurzen, kräftigen Trommelwirbel auf dem hellen Holz des Tisches.

»Das stimmt schon, wo die Eisenbahn über den Fluß führt, entsteht auch eine Stadt. Aber was haben Sie vor? Wollen Sie beim Aufbau mithelfen, Häuser bauen für die künftigen Einwohner? Oder wollen Sie Land bestellen?«

Alban fuhr mit der Hand über sein unrasiertes Kinn, so daß ein vernehmliches Kratzen zu hören war.

»Also, ich hätte nichts dagegen, Land ...«
»Wir glauben nicht, daß sich die Feldarbeit hier lohnt«, unterbrach ihn seine Frau. »Es ist zu hoch im Norden.«
»Der Frost dauerte zwar lange«, warf der Feldmesser ein, »aber der Boden sieht gar nicht so schlecht aus. Ich glaube, daß er recht fruchtbar ist.«
Albans Augen leuchteten, und er richtete sich eifrig auf, um etwas zu sagen, aber Raoul kam ihm zuvor.
»Es wird genug Siedler geben, die hier den Boden bestellen. Wir dachten eher daran, ein Geschäft aufzumachen.«
Der Ingenieur und der Feldmesser sahen sich an.
»Na ja, wenn eine Stadt entsteht, braucht man natürlich auch Läden«, meinte Lavallée. »Aber so weit sind wir noch lange nicht!«
»Zuerst werden wir uns ein Blockhaus bauen, und dann werde ich Fallen stellen«, meinte Raoul. »Außerdem sind wir nicht zimperlich, wir machen jede Arbeit.«
Léandre Ouimet betrachtete die Neuankömmlinge eine Weile. Er war ernst geworden. Er schob seinen Teller in die Mitte des Tisches, um mehr Platz für seine Hände zu haben. Mit der Rechten trommelte er wieder ein wenig, aber diesmal gedämpft und in langsamem Rhythmus; mit der Linken fuhr er sich nachdenklich über die Stirn. Dann zog er eine prachtvolle Meerschaumpfeife aus der Tasche, die er zwischen den Fingern hin und her drehte. Die anderen schwiegen und starrten auf die Pfeife, als müßte von ihr die Antwort auf all ihre Fragen kommen.
»An Arbeit fehlt es hier nicht. In einer Woche soll zwar einer der Bauleute kommen, und der hat sicher ein paar Männer dabei, aber wir brauchen viele Leute.«
»Ich kann Bäume fällen oder an der Bahnstrecke arbeiten«, sagte Alban.

»Das kann ich auch«, meinte Stéphane.
»Irgendwo wird man euch bestimmt brauchen können«, sagte Lavallée.
Monsieur Ouimet wandte sich lächelnd an Catherine. »Und Sie? Wollen Sie auch arbeiten?«
»Jedenfalls werd ich mich nicht auf die faule Haut legen! Das war noch nie meine Sache.«
»Können Sie Knöpfe annähen?«
»Natürlich kann ich das. Ich kann nähen und stricken. Die Kleidung für meine Kinder mach ich selber.«
Alle blickten auf Stéphane, dessen Hemd und abgetragene Jacke sehr mitgenommen aussahen nach der beschwerlichen Reise und denen man sehr deutlich ansah, wie oft er durchs Wasser gewatet war, wie oft er sich durch Brombeergestrüpp gezwängt hatte. Es folgte ein kurzes Schweigen, die Männer sahen sich an – dann mußten alle lachen.
»Das ist nun nicht gerade überzeugend«, meinte Monsieur Ouimet mit gutmütigem Spott, »aber wir verstehen das.«
»Wenn ich erst alles ausgebessert hab, werden Sie mir glauben«, sagte Catherine stolz. »Sie werden sehen. Dann werden Sie sich nicht mehr über mich lustig machen.«
Die Männer lachten noch immer.
Catherine lachte mit ihnen und schaute dann zu den Kindern hinüber, die jedoch friedlich schliefen. Als wieder Ruhe eintrat, erklärte sie ernst und mit fester Stimme: »Ich hab mich nie meiner Arbeit geschämt. Ich kann auch waschen und bügeln. Die Männer sollen mir ruhig ihre Wäsche bringen – sie werden staunen, wie gut ich sie in Ordnung halte.«
»Was für ein Glück«, rief Hector Lavallée aus, »ich hasse es nämlich, diese Arbeit selbst zu tun! Ich glaube, wir zwei werden sehr gut miteinander auskommen. Und wenn es al-

len Männern auf der Baustelle so geht wie mir, dann werden Sie bald ein Vermögen machen!« Raoul zwinkerte seiner Schwester zu. Sie sahen sich an, und beide dachten: Gemischtwarenhandlung. Es war wie ein geheimes Band zwischen ihnen. Niemand, nicht einmal Stéphane, hatte Zugang zu dieser wortlosen Zwiesprache, die noch aus ihrer Kindheit stammte.

Der große Kessel aus rotem Email, der auf dem Herd stand, begann zu pfeifen. Hector Lavallée erhob sich, und an der Art, wie er den Henkel hochstellte und dann sorgsam einen Stofflappen darumwickelte, erkannte man die lange Gewohnheit. Man spürte, wie sehr dieser Mann das bauchige, dampfende Ungetüm zu schätzen wußte, das er nun fast andächtig zum Tisch trug. Das Pfeifen war leiser geworden, und nur noch ein sanftes, melodisches Flöten war zu hören, dem alle lauschten. Es verstummte, als der Feldmesser etwas von dem heißen Wasser in einen kleinen Krug goß, der ebenfalls aus rotem Email war. Er schwenkte ihn kurz aus und goß das Wasser dann in einen Kübel neben dem gußeisernen Spülbecken. Er ging zum Tisch zurück, öffnete eine blaue Steingutdose und füllte daraus zwei Löffel sehr schwarzer Teeblätter in den Krug. Er goß mit kochendem Wasser auf, gab einen Deckel darauf und stellte den Kessel auf dem Spülstein ab.

Alle hatten ihn schweigend beobachtet, und erst als er wieder Platz genommen hatte, erlaubte sich Monsieur Ouimet die Bemerkung: »Hector ist unser großer Teekenner; er hat jahrelang mit Engländern zusammengearbeitet, und jetzt ist er wie einer von ihnen. Die Briten verstehen ja viel vom Tee, aber noch geschickter sind sie darin, anderen ihre Lebensart aufzuzwingen.«

»Es ist ja auch nicht die schlechteste«, warf Hector ein.

»Das behaupte ich gar nicht, aber deswegen braucht man sie doch nicht gleich aller Welt aufzudrängen.«
»Der Tee ist wirklich sehr gut«, lobte Catherine.
»Nun, heiß ist er wenigstens«, meinte Monsieur Ouimet und stand auf. »Aber man kann sich auch auf andere Weise aufwärmen.«
Er ging zu einer kleinen Kiste, die, mit gelb-grün geblümtem Baumwollstoff überzogen, aufrecht an der rohen Holzwand stand und als Möbelstück diente, und holte eine Flasche hervor. Als er an Hector vorbeikam, drückte er die Flasche mit einer ausgreifenden Bewegung an sich, die gut zu seiner Leibesfülle paßte, und schnitt eine Grimasse, die Hector mit einem Achselzucken quittierte.
»Du kannst lange warten, bis du welchen kriegst. Dem feinen Herrn ist er ja nicht gut genug! Erst den Wählerischen spielen, der sich über meinen erstklassigen Gin mokiert, und dann was davon haben wollen. Kommt nicht in Frage!«
»Ich spiele nicht den Wählerischen, ich behaupte nur, daß es besseren gibt. Und wenn du mir keinen abgeben willst, reise ich eben morgen nach Cochrane und hol mir selber welchen.«
So ging es eine Weile hin und her, und Monsieur Ouimet schenkte allen außer Stéphane und seiner Mutter von dem Schnaps ein.
»In einem Jahr kann ich dann schon mit der Eisenbahn nach Vancouver oder Québec fahren«, sagte Hector Lavallée, »und mir in einer Spirituosenhandlung soviel Gin kaufen, wie ich will!«
Sie stritten noch darüber, wo man den besten Gin finden konnte, da schlug Monsieur Ouimet sich plötzlich an die Stirn.
»Wir sind ja Dummköpfe – es wird kein Jahr mehr dauern,

dann gibt es hier eine Gemischtwarenhandlung! Aber wenn der Inhaber nicht dafür sorgt, daß wir unseren Schnaps bekommen, dann wird er sich hier nicht lang halten können!«
Als Alban wissen wollte, ob die Strecke wirklich schon in einem Jahr fertig sein würde, tat Monsieur Ouimet einen langen Zug aus seiner Pfeife und nickte.
»Ja, ganz bestimmt«, sagte er. »Sie sind beim letzten Abschnitt. Eigentlich müßten sie schon weiter sein, aber auf der Pazifikseite kommen sie nicht recht voran. Dort drüben finden sie keine geeigneten Männer für die schwere Arbeit.«
»Das sind mir die Richtigen«, warf Hector verärgert ein, »die wollen alles haben, aber nichts dafür tun. Halten sich für was Besseres. Richtig zupacken können sie nicht.«
Stéphane, der schon eine Weile mit schweren Lidern vor sich hin geblinzelt hatte, sank plötzlich mit dem Kopf vornüber auf seine verschränkten Arme.
»Du meine Güte«, rief Monsieur Ouimet, »wir halten Sie hier von Ihrem Schlaf ab! Es ist eben so schön, Besuch zu haben. Aber jetzt werden wir uns um Ihren Schlafplatz kümmern. Möge die erste Nacht in Ihrer neuen Heimat voll guter Träume sein.«

16

Raoul hatte die letzte Helligkeit genutzt, um am Waldrand in einigem Abstand von den Baracken sein Zelt aufzuschlagen. Zwar hatte Monsieur Ouimet mehrmals darauf gedrungen, daß die ganze Gesellschaft unter seinem Dach nächtigen solle, aber davon hatte Raoul nichts wissen wollen. Schwankend vor Erschöpfung schon halb im Schlaf, hatte Stéphane sich an ihn gehängt, und nun standen sie draußen, im tiefen Dunkel. Als die Tür sich schloß, blieben sie noch einen Augenblick stehen und horchten auf die Stimmen, die zu ihnen herausdrangen. Zu ihrer Rechten fiel vom Fenster ein Lichtfleck auf den Boden.

»Da! Ich hätte darauf wetten können«, rief Raoul plötzlich triumphierend.

»Was denn?«

»Merkst du denn nichts? Schau, dort, vor dem Fenster!«

Der Junge versuchte, seine Müdigkeit abzuschütteln. In dem gelblichen Licht tanzten ein paar Flocken, die der leichte Westwind vor sich hertrieb. »Schnee!«

»Da wirst du wieder munter, wie?« sagte Raoul und klopfte Stéphane auf die Schulter. »Und diesmal ist es was Richtiges, nicht wie das Sauwetter unterwegs.«

Stéphane ließ sich vertrauensvoll durch das dichte Dunkel führen; sein Onkel ging so sicher dahin wie am hellichten Tag. Im Zelt zündete Raoul eine Lampe an und hängte sie am mittleren Pflock auf. Dann verschloß er den Eingang mit der Lederschnur und deckte ihn zusätzlich mit einem Wolfsfell ab.

»Man kann nie wissen«, erklärte er. »Ich hab zwar das Zelt so aufgebaut, daß wir dem Schnee den Rücken kehren, aber wenn er sehr fein ist, dringt er überall ein.« Er wandte sich um. Stéphane war schon in seinen Schlafsack geschlüpft und deckte sich mit einem Fell zu. Raoul lachte.

»Du hast es aber eilig! Hast ja auch schon im Stehen geschlafen.«

»Ich bin gar nicht mehr müde. Die frische Luft hat mich munter gemacht.«

»Paß auf, wenn's heut nacht wirklich fest schneit, sind wir morgen die Helden.«

»Das versteh ich nicht.«
»Ganz einfach, wenn wir trotz des Schnees hier draußen übernachten, sind wir stärker als die anderen. Morgen früh wirst du sie fluchen hören, aber wir zwei werden uns ins Fäustchen lachen. Wir mögen es so. Von mir aus kann es sechzig Grad minus haben – ich fühl mich wohl im Zelt.«
Langsam zog er sich aus.
»Aber bis es richtig kalt wird, ist doch sicher schon unser Haus fertig?« fragte Stéphane.
»Wir wollen's hoffen. Aber ich hab nicht vor, hier lang zu bleiben, ich geh Fallen stellen, und du kommst mit – du mußt das Trapperleben kennenlernen.«
Der Wind strich seufzend über das Zelt. Die Dunkelheit, die sie umhüllte, gab ihnen ein Gefühl der Geborgenheit.
»Nimmst du mich wirklich mit?«
»Und ob! Du wirst sehen, mit den Pelzen verdienen wir viel mehr, als wenn wir uns hier von den Bauleuten schinden lassen. Ich kenn diese Burschen, das sind die reinsten Sklaventreiber. Die nehmen den Arbeitern die Hälfte ihres Lohns ab und beklagen sich auch noch.«
Raoul blies die Lampen aus und schlüpfte zwischen die Felldecken. Ihre Atemzüge schienen das einzig Lebendige in der tiefen Stille der Nacht zu sein.
»Aber du hast doch selber gesagt, daß die Transkontinentale Eisenbahn was Großartiges ist, weil sie eine Küste mit der anderen verbindet«, sagte Stéphane nach einer Weile.
»Das ändert doch nichts daran, daß diese Leute Halsabschneider sind. Die Welt ist voll von Halsabschneidern, im Osten wie im Westen.«
»Aber wenn du die Bahn gut findest, warum willst du dann nicht daran mitarbeiten?«
Raoul lachte. »Hör mal, mein Junge, du ißt doch auch gern

feines weißes Brot, wie man's in der Stadt bekommt, stimmt's?«
»Ja, natürlich«, gab Stéphane zögernd zu.
»Eben. Das bäckst du ja auch nicht selber, das macht der Bäcker für dich. Mir geht's genauso. Sicher werd ich irgendwann mal den verdammten Zug besteigen, um zu sehn, wie's im Westen aussieht – aber die Gleise sollen ruhig die anderen verlegen. Und den Zug kann ich auch in Montréal nehmen, meinetwegen brauchen sie die Strecke über Québec gar nicht zu bauen.«
Eine Zeitlang schwiegen beide. Der Wind trieb im Wald sein Spiel. Es klang, als umkreiste er die Bäume, als hätte er sich eigens dorthin begeben, um friedlich seine abendlichen Runden zu drehen. Sie unterhielten sich noch eine Weile über die Eisenbahn und über die Gleisarbeiten. Raoul, der den Harricana gut kannte, prophezeite, daß es schwierig sein würde, die Brücke zu bauen. Dann fragte Stéphane unvermittelt: »Glaubst du wirklich, daß Mutter mich mit dir gehen läßt?«
»Ganz bestimmt. Wenn sie ein Mann wär, würde sie selber mitkommen. Jetzt schimpft sie zwar oft über mich, aber als wir klein waren, hat sie ständig was angestellt – der reinste Teufel. Eigentlich war sie der Junge, nicht ich.«
Mit Rührung in der Stimme erzählte er von seiner Kindheit in Lachine am Ufer des Sankt-Lorenz-Stroms, von seinem Vater, der von einer Holzplanke erschlagen worden war, von seiner Mutter, die als Wäscherin mühselig ihr Brot verdient hatte und die nun schon seit mehr als zehn Jahren tot war.
Ab und zu wollte Stéphane Einzelheiten wissen. Wenn dann Raoul sagte: »Das habe ich dir schon erzählt«, antwortete der Junge: »Das macht nichts. Ich hör's so gern.«

Die kalte Nachtluft hatte die beiden wirklich wieder munter gemacht.
»Weißt du«, sagte Raoul, »auch wenn man nichts anbauen will, muß man sich mit dem Boden anfreunden. Das wollen viele Leute nicht verstehen. Verstehen kann man's eigentlich auch nicht, man muß es spüren, so wie der Wolf eine Fährte aufspürt. Wenn ich heut nacht nicht auf der Erde schlafen könnte, dann würde mir was fehlen ... Ich weiß auch nicht, wie ich's dir erklären soll.«
»Aber es ist doch nicht das erste Mal, daß du in dieser Gegend übernachtest?«
»Nein, ich war schon öfter hier, drüben, am anderen Ufer, flußaufwärts. Aber heute ist es anders als sonst ... weil wir ja wahrscheinlich länger hierbleiben.«
Er schien fast verlegen, als bereite ihm schon der bloße Gedanke daran, irgendwo länger bleiben zu müssen, Unbehagen. Nach einiger Zeit fügte er lächelnd hinzu: »Jedenfalls wäre ich enttäuscht gewesen, wenn du wie ein altes Weib bei den anderen in der Baracke geblieben wärst.«
Mit seiner langen, hageren Hand tastete er nach der Schulter des Jungen und drückte sie fest zum Zeichen seiner Freundschaft.
Noch immer rauschte der Wind im nahen Wald, und noch immer fiel das unendlich zarte, leichte Weiß in dichten Flocken.

17

Das Abitibiland war unter dem ersten Schnee in Schlaf gesunken. Noch war die Eisenbahn nicht in das ursprüngliche Leben dieses weiten Waldgebiets vorgedrungen.

In der Sprache der Algonkin-Indianer bedeutet Abitibi soviel wie Grenzwasser; einst bezeichnete der Name lediglich den riesigen See, der sich zwischen dem Sankt-Lorenz-Strom und der James Bay erstreckt und dessen Ufer seit jeher den Indianern als Jagdgebiet dienen. Die Wasserstraßen scheinen sich zunächst nicht entscheiden zu können, ob sie nach Norden oder Süden fließen sollen, und trennen sich schließlich. Während ein Regentropfen auf die eine Seite rinnt, rollt ein anderer, den der Wind nur wenige Zentimeter weiter getrieben hat, auf der entgegengesetzten Seite hinab.
Das eigentliche Abitibiland, das echte, neigt sich dem Norden zu. Bevor die Eisenbahnlinie hierherführte, waren auf dem abschüssigen Gelände kaum Rodungen vorgenommen worden. Seine Unversehrtheit verdankte dieses Gebiet bisher eben dem Umstand, daß es nach Norden abfällt. Es wendet dem Feind, den Ausbeutern und Zerstörern der Natur, gleichsam den Rücken zu. Denn der Mensch hat kein Interesse an einem Land, auf dem nichts gedeiht. Warum sollte er Bäume fällen, wo die Natur ihm ihre Hilfe versagt, wo die Wasserläufe ihm nicht dienlich sind? Sie fließen in die falsche Richtung, sie tragen ihre Lasten zum Eismeer, und wer wird schon sein Holz in eine so gottverlassene Gegend schicken?
Bis zur Jahrhundertwende hatte im Abitibigebiet noch kein Holzfäller seine Axt erhoben. Man wollte mit der Eroberung des Nordens warten, bis die Dampfkraft ganz und gar einsetzbar war. Die wenigen Weißen, die bisher in diese Gegenden vorgedrungen waren, hatten vom Handel mit den Indianern, von der Jagd, vom Fallenstellen gelebt. Sie waren den Pfaden gefolgt, die seit undenklichen Zeiten benutzt wurden.

Bis heute balsamieren die Eingeborenen, die an den Ufern dieses Sees wohnen, ihre Toten ein: Sie setzen sie eine Zeitlang dem Rauch von Zedernholz aus und umwickeln sie dann mit Stoffstreifen, die mit einer schwärzlichen, klebrigen Flüssigkeit getränkt werden, einer Mixtur aus den Harzen verschiedener balsamischer Baumarten.

Zwischen dem Höhenzug des Abitibigebiets und der James Bay gab es, wohin das Auge blickte, nur Wald, von Seen durchsetzt, von Bächen und Flüssen durchzogen. Diese Welt wußte nichts von den Städten und Getreidefeldern. Der Boden aus blauem, weißem, rotem oder grauem Schiefermergel war von einer dicken Humusschicht bedeckt, die von Larven wimmelte. Diese Erde barg seit siebzigtausend Jahren ihre Toten.

Zuweilen bedient sich die Menschheit der Flüsse, um Grenzen zu ziehen. Oft aber setzen sich Wasserläufe über solche Grenzen zwischen den Völkern hinweg. So beschreibt der Harricana einen großen Bogen nach Westen und führt seine tonhaltigen Fluten bis in die Provinz Ontario hinüber. Er ist ein stolzer Fluß, der auf eine bewegte Vergangenheit zurückblickt. Donnernd wälzt er sich durch enge Schluchten, wo die Felsen sich ihm in den Weg stellen; wenn er von den hohen Klippen herabstürzt, riechen seine trüben, schäumenden Fluten nach aufgewühlter Erde. Die feuchten Dunstwolken, die von den gewaltigen Wasserfällen aufsteigen, verdüstern den Himmel, als stehe ein Gewitter bevor.

Der große Harricana vergißt nichts.

Einst, vor über hundert Jahren, kehrte ein Trupp Irokesen von einem kriegerischen Einfall in das Land der Algonkin zurück. Sie hatten mehrere Dörfer geplündert und in Brand gesteckt, hatten gemordet und vergewaltigt. Sie wußten nicht, daß der Abitibi vor undenklichen Zeiten einen Freundschaftspakt mit den Algonkin geschlossen hatte. In ihrem Boot führten sie eine schöne, noch jungfräuliche Gefangene mit. Und während die Krieger, die schon die wildesten Gewässer besiegt hatten, ruhig dahinfuhren, so stolz über ihren Sieg, da gerieten die Fluten in Zorn. Ganz plötzlich, an einer harmlosen Stelle, bei klarem, mildem Wetter, erhoben sich die Wasser. Ein mörderischer Strudel packte mit schnellem Griff die Boote und ließ sie kentern. In wenigen Augenblicken war alles zertrümmert, zerschmettert, verschlungen. Alle Irokesen ertranken, obwohl sie gute Schwimmer waren.

Eine lange Welle, sanft und zart wie eine Liebkosung, trug die junge Indianerin wohlbehalten ans Ufer.

Die Flüsse in diesem Land sind alle tief, die Seen dagegen, selbst die größten, sind eher flach. Das ist so, weil in jedem Frühjahr die Flußbetten von tosenden Hochwassern ausgehöhlt werden, während die Lehmmassen in die Seen getragen werden und sich dort auf dem Grund ablagern.

Im Osten des großen Abitibistroms winden sich die lehmigen Fluten des Harricana träge durch das weite, sanft hügelige Land. Dieses Land ist uralt, eines der ältesten unserer Erde – es zählt mindestens vier Milliarden Jahre. Einst war es eine glühende Lavaschicht, die allmählich erkaltete und zur harten Kruste erstarrte. Später hat sich ein Gletscher mit ungeheurer Gewalt über diese Schicht hinweggewälzt – vor ungefähr achtzehntausend bis zwanzigtausend Jahren –, ein blaugrünes Gebirge mit bröckelnden Kanten, das aus Labrador kam und sich langsam, unendlich langsam, aber unwiderstehlich vorwärts bewegte. Der Gletscher hat das junge Gestein nach seiner Willkür geformt. Er hat es abgeschliffen, zurechtgehobelt, es schrundig gemacht und alles

darauf abgeladen, was er in seinem Bauch aus Eis mit sich trug.
Die Erhebungen, die heute die unabsehbar weite Fläche unterbrechen, sind also gleichsam die Exkremente des nunmehr verschwundenen Gletschers, die Überreste jenes Kampfes zwischen Gestein und Eis, zwischen dem, was von jeher war, und dem, was vorüberzog, zwischen dem Starren und dem Beweglichen.
Die wenigen Erhebungen, die aus dem Panzer der Erde wuchsen, müssen sich damals heftig an dem jadefarbenen Leib des Gletschers gerieben haben; man sieht es an den abgeflachten Hügeln, an den runden Felsen. Seither sind Jahrtausende vergangen, doch die Erinnerung an diesen Kampf ist geblieben. Man glaubt noch heute das furchtbare Bersten und Krachen zu hören. Aus der unendlichen Masse des Eises, das sich dahinwälzte, ragten hier und da Vorsprünge, scharfe Spitzen und Kanten. Sie haben den Schutzschild der Erde aufgekratzt. Viel später dann hinterließen die letzten Rinnsale des schwindenden Eises jene Furchen und Einschnitte, durch die bis heute die Flüsse fließen.
Dann stieß der Gletscher plötzlich auf das Rückgrat des Landes. Ob er spürte, daß der Süden, daß jene Breiten, wo die Sonne herrscht, sein Ende bedeuten würden? Er zögerte jedenfalls, das Hindernis zu überwinden. Er war auch am Ende seiner Kraft und zu alt, um den Kampf aufzunehmen, und hielt eine Zeitlang inne. Gern hätte er sich dort festgehalten, im Schutz jener Höhenzüge. Gern hätte er nach so langer Reise sein Land bestellt und sein Ruhelager bereitet. Aber es war zu spät. Schon war ein wärmeres Zeitalter angebrochen, und das glühende Himmelsgestirn bemächtigte sich der Erde. Der Gletscher begriff seine Lage und wollte kehrtmachen, in den hohen Norden zurückwei-

chen, dorthin, wo immer Winter herrscht. Doch die Sonne war schneller als er. Leicht und frei holte die glühende Hitze ihn mühelos ein.

In riesigen Bächen lief der Schweiß an ihm herab und sammelte sich in den Mulden. Schließlich starb der Gletscher. Er, der als stolzer Eroberer gekommen war, hatte sich jämmerlich in nichts aufgelöst. So enden früher oder später alle Tyrannen, die von der Macht träumen.

Nur die unregelmäßig gelagerten Tonschichten, an denen sich das Alter der Erde ablesen läßt, die gewundenen Flußläufe, vereinzelten Granitblöcke und eine Vielzahl großer und kleiner Seen bezeugen noch heute seine Existenz. Und die Lehmmassen halten sein Andenken aufrecht: Hartnäckig bewahren sie Kälte und Feuchtigkeit in sich.

Nach dem Ende jenes öden Zeitabschnitts begann die Herrschaft des Waldes. Jahrhundertelang häufte sich sein Humus an, wurde durchwühlt und bildete sich von neuem. Der wohltätige Baum erneuert die Erde, und neues Leben entsteht aus seiner Verwesung.

Das ewige Eis vor sich, wendet dieses Land den Menschen, die das Feuer gezähmt, aber auch Brände gelegt haben, den Rücken zu. Es fühlt sich wohl in seiner Abgeschiedenheit. Auf seinem riesigen Rücken, den nur einige Muskelstränge durchziehen, trägt es sein Fell aus Birken und Nadelbäumen, das sich nach Norden zu lichtet. Dieser urwüchsige Wald nimmt nur solche Menschen an, die ihn gut kennen. Er fordert wahre Freundschaft – Liebhaberei genügt ihm nicht. Und selbst denjenigen, die schon seit langem mit ihm vertraut sind, verzeiht er nicht, wenn sie zu weit gehen, wenn sie ihre Grenzen überschreiten – das kann ihr Ende bedeuten. Dieser Wald läßt sich nicht beherrschen, und wer es dennoch wagt, muß seine Kühnheit teuer bezahlen. Dann

öffnet das Ungeheuer seinen mit scharfen Zacken bewehrten Rachen und bereitet schon ein Grab im ewigen Eis vor. Unwiderstehlich wird der leichtsinnige Mensch angezogen, von tödlicher Starre befallen und schließlich auf immer dort gefangengehalten.
So war es zumindest, bis das neue Zeitalter der schnaubenden, dampfenden Ungeheuer begann. Der Wald hatte seinen Frieden gemacht mit dem Jäger und Händler, der Nutzen aus ihm zog, ohne Schaden anzurichten. Noch ahnte der Wald nichts von den Menschen, die ohne Rücksicht auf seine Beschaffenheit schnurgerade Schneisen schlugen und die Erde bluten ließen.
Doch sie waren schon unterwegs, die Leute vom Eisenbahnbau, bedienten sich der alten Waldwege, ließen sich von Flüssen und Seen tragen und errichteten Schutzbauten gegen den kalten Nordwind. Und sie gingen ohne zu zögern daran, den Wäldern, die seit Jahrtausenden in friedlicher Eintracht mit dem mächtigen Reich des Nordens lebten, eine unheilbare Wunde zuzufügen.

18

»Schau mal, es hat mindestens zwanzig Zentimeter geschneit!«
Raoul hatte den Zeltvorhang geöffnet. Stéphane richtete sich in seinem Schlafsack auf und sah blinzelnd in die Morgendämmerung hinaus. Die Fenster der Baracke waren schon erleuchtet.
»Hoffentlich ist unsere Suppe schon fertig. Los, du kommst jetzt raus, sonst werf ich dich in den Schnee!«

»Das wird dir nicht gelingen ...«
Mehr konnte Stéphane nicht sagen, denn schon packte ihn Raoul, der nur seine Hose übergezogen hatte, zerrte ihn, nackt wie er war, unter den Pelzdecken hervor und trug ihn nach draußen.
»Hilfe! ... Er bringt mich um!« brüllte Stéphane.
Er griff nach einem der Pflöcke und zog so heftig daran, daß das Zelt einstürzte – im selben Augenblick wurde die Tür der Baracke geöffnet. Monsieur Ouimet erschien, gefolgt von den anderen. Schon wälzten sich die Kämpfenden im Schnee, der eine ganz, der andere halbnackt.
»Die sind ja verrückt geworden!« rief Hector Lavallée.
»Los, Steph, zeig, was du kannst!«
»Gib's ihm, Onkel Raoul!«
»Stopf ihm tüchtig Schnee ins Maul!«
Alle schrien so laut durcheinander, daß jetzt auch die Holzfäller aus dem Nachbargebäude dazukamen. Bald erhob sich lautes Gelächter, und um die beiden Kampfhähne hatte sich ein Kreis gebildet. Aber die Balgerei dauerte nicht lange. Stéphane war am Ende seiner Kraft. Den Mund voller Schnee, spuckend und prustend ließ er sich mit ausgebreiteten Armen zu Boden fallen.
»Hör auf«, keuchte er, »du bist ja doch stärker.«
»Ihr seid wohl von allen guten Geistern verlassen«, rief Catherine. »Der arme Kerl wird sich noch den Tod holen!«
Raoul stand auf und zog den Jungen, der versuchte, sein Geschlecht mit der Hand zu verbergen, zu sich hoch.
»Da gibt's nichts zu verstecken«, sagte Raoul grinsend, »man kann's sowieso nur mit der Lupe erkennen.«
Wieder gab es großes Gelächter.
»Jetzt mußt du schon alles zeigen!«
»Komm, laß dich abtrocknen«, rief Catherine.

»Das wäre ja noch schöner! Schließlich hat er das Zelt umgerissen – soll ich's jetzt etwa allein wieder aufbauen?«
Die anderen riefen ihnen noch zu, daß es etwas Warmes zu essen gäbe, und gingen in die Baracke zurück.
»Das war gemein von dir«, beklagte sich Stéphane.
»Wer mich herausfordert, kriegt eben was zu spüren. Aber eins steht fest: Frieren wirst du heut nicht.«
»Der Schnee macht mir ja nichts aus, aber daß sie mich alle nackt gesehen haben …«
»Na und, wir sehn doch alle gleich aus«, sagte Raoul. »Und wenn es kalt ist, schrumpft das Ding eben zusammen.«
Als sie das Zelt wieder aufgebaut und sich angezogen hatten, gingen sie zur Baracke. Drinnen herrschte eine Gluthitze. Am Tischende standen zwei Schüsseln für sie bereit, und auf dem Ofen, in dem ein lustiges Feuer prasselte, dampfte der Suppentopf. Der übrige Tisch war mit großen Papierbogen bedeckt, die an den Ecken mit Steinen beschwert waren. Alban und Catherine blickten darauf und lauschten Monsieur Ouimets Erklärungen.
»Dort wird die Brücke stehen. Und hier können Sie fürs erste Ihr Haus bauen. Es ist ein sicherer Platz; außerdem ist er zum Teil schon freigeräumt, denn hier haben wir die ersten Bäume gefällt, als wir ankamen. Die Tannen da im Westen lassen wir als Windschutz stehen.«
Raoul füllte für sich und Stéphane Suppe in die Schüsseln, und während sie aßen, hörten sie aufmerksam zu. »Zuerst werden wir das große Zelt aufbauen«, meldete sich Raoul zu Wort, »wir haben einen kleinen, ausklappbaren Blechofen dabei, den wir reinstellen können.«
»Sicher werden Sie sich meistens in Ihrem Zelt aufhalten«, warf Hector ein, »aber wenn es sehr kalt wird, können Sie

sich jederzeit hier aufwärmen und auch bei uns übernachten.«

»Wir haben gute Äxte für Sie und alles, was man sonst zum Baumfällen braucht. Auch eine Winde, wenn Sie Baumstümpfe ausheben müssen.«

Als Raoul und Stéphane mit ihrer Suppe fertig waren, gingen alle ins Freie. Ein leichter Wind wehte, und die weißen Flächen waren in mildes Licht getaucht. Der Schnee hatte alle fröhlich gestimmt. Die Kinder begannen eine so wilde Schneeballschlacht, daß Raoul energisch eingreifen mußte.

Im Osten waren Axthiebe und das Kreischen von Sägen zu hören; dort wurde die große Schneise durch den Wald geschlagen, durch die später die Schienen führen und schließlich die Züge von einem Ozean zum anderen fahren würden.

Sie brauchten gut zwei Stunden, um mit Hilfe von sechs Pflöcken, die sie aus dem Wald holten, das große Zelt aufzubauen; selbst Raoul konnte es betreten, ohne den Kopf einzuziehen. Oben in der Mitte der verschossenen grünen Plane war eine Blechplatte mit einem Loch angebracht, durch das das Ofenrohr gesteckt wurde.

»Sobald ich einen Ofen hab, fühl ich mich schon wie zu Hause«, sagte Catherine.

»Komisches Zuhause«, meinte Alban und zeigte auf das aufgeweichte Erdreich, in dem sie herumwateten.

»Ihr könnt jetzt alle verschwinden«, befahl Catherine. »Mit dem Schlamm werd ich schon allein fertig werden. Monsieur Ouimet hat gesagt, daß ich mir Bretter und alte Kisten holen kann. Die zwei Kleinen helfen mir beim Tragen. Heut abend werdet ihr euch wie im Schloß vorkommen, so schön wird unser Parkett!«

Sie lachte. Alle wirkten froh und zufrieden, und selbst Alban meinte: »Wir haben großes Glück gehabt, daß wir es mit unseren ganzen Sachen bis hierher geschafft haben. Herrgott noch mal, wie oft hab ich unterwegs gedacht, jetzt ist alles verloren!«

»Wir haben aber auch Glück, daß hier so gute Menschen sind. Ich glaube, mit diesem Ouimet werden wir viel zusammensein.«

»In solchen einsamen, wilden Gegenden findet man nur gute Menschen«, sagte Raoul. »Die Gauner kommen erst später, wenn sich leichtes Geld machen läßt.«

Die Männer suchten ihre Äxte heraus und eine große Handsäge, deren violettfarbene Klinge schon bei der bloßen Berührung zu summen begann.

»Das ist mir vielleicht eine – kann es kaum erwarten«, meinte Raoul. »Man braucht nur vom Holz zu reden, dann singt sie schon vor lauter Lust.«

Zu dritt machten sie sich auf den Weg zu dem Platz, den ihnen der Ingenieur zugewiesen hatte. Der Schnee fiel bereits in großen Klumpen von den ächzenden Bäumen. Die schlammigen Fluten des Harricana erschienen jetzt, da die Ufer in makellosem Weiß dalagen und von den ersten Sonnenstrahlen beschienen wurden, noch schmutziger.

Sie sahen sich den Platz gründlich an. Die Baumstämme waren schon säuberlich zugeschnitten und von den Ästen befreit; nur noch ein Haufen Zweige war übrig. »Die werden wir erst mal verbrennen«, stellte Alban fest.

»Hier bauen wir das Haus – nicht zu nah am Wasser, aber auch nicht zu nah am Wald«, meinte Raoul. »Denn im Sommer könnte es leicht mal brennen.«

»Nicht weit von hier soll es eine gute Quelle geben, die müssen wir finden …«, sagte Stéphane.

»Ich weiß, wo sie ist – ich kenn hier im Wald überhaupt ein paar Schlupfwinkel, die ich dir zeigen kann.«
Raoul ging am Ufer entlang und stieg dann die Böschung hinauf bis zu den ersten Birken. Die anderen folgten ihm. Er bog nach rechts ab, bückte sich, stieg weiter aufwärts, schob mit den Armen ein Gewirr dichter Äste auseinander und gelangte bald auf einen schmalen, kaum erkennbaren Pfad, der schnurgerade durch die Bäume führte. Nach etwa hundert Schritten verbreiterte sich der Pfad nach links. Dort umgab der leicht ansteigende Waldboden einen großen Granitblock, der wie ein Fischkopf geformt war.
Raoul stützte eine Hand darauf, tat einen Satz und landete auf einem kleineren Steinbrocken. Zwischen den beiden Felsen drang klares Wasser aus der Erde und schlängelte sich durch ein Kiesbett, das von beiden Seiten bemoost war. Raoul beugte sich hinunter, schöpfte mit der Hand etwas Wasser und trank davon. »Diese Quelle haben sie nicht entdeckt. Die andere, die sie uns genannt haben, kenn ich auch – sie entspringt hinter der Baracke. Sie führt zwar viel Wasser, aber im Sommer gibt sie manchmal keinen Tropfen mehr her. Die hier hab ich noch nie trocken gesehen. Die Indianer kennen sie, und die Tiere.«
Sie gingen zu dem freien Platz zurück und wählten eine Stelle aus, wo sie ihr Holz lagern konnten. Sie besprachen, wie groß das Gebäude sein sollte, und kamen schließlich überein, daß zweiundzwanzig auf zwanzig Fuß ein gutes Maß sei.
Bevor sie mit dem Roden beginnen konnten, mußten sie erst das Gestrüpp entfernen. Sie machten sich alle drei an die Arbeit und säuberten den Platz der Länge nach in Richtung auf die stattlichen Rottannen zu, die auf der Suche

nach Licht in diesem Dickicht kerzengerade in die Höhe gewachsen waren.
»Die werden uns noch gute Dienste leisten«, sagte Raoul. Mit Schaufel, Sichel und Axt bearbeiteten sie das Gestrüpp, das im Schatten des Waldes wächst und sich zwischen seinen Wurzeln breitmacht wie dichter Bartwuchs. Unter ihren Tritten wurde der Boden bald morastig. Aus Moos und Flechten quoll laues Wasser und brachte den Schnee zum Schmelzen. Der tiefe Schlamm, in dem sie immer wieder ausglitten, reichte ihnen manchmal bis zu den Stiefelschäften. Es war eine furchtbare Anstrengung, aber sie schienen wie besessen von dem Drang, Wunden zu schlagen und zu bezwingen, wie er sich in jedem Menschen regt, der es mit dem Wald aufnehmen will.
Außer den Arbeitern, die die Schneise für die Eisenbahn schlugen, hatte noch nie jemand hier gerodet; das Gefühl, daß sie die ersten waren, verlieh den drei Männern ungeahnte Kräfte. Wenn sie sich zu zweit daranmachten, mit dem Haken einen riesigen Haufen Strauchwerk ins Freie zu ziehen, dann lag in den Blicken, die sie sich zuwarfen, eine Art wilder Freude und Siegeswille.
Nach so vielen Stunden, so vielen Tagen des Kampfes gegen die Gefahren dieses Landes griffen sie es nun auf ihre Weise an. Sie rächten sich am Wald für all die Qualen und Strapazen, die die Flüsse und Seen ihnen bereitet hatten.
Wenn sie eine schöne, hochgewachsene Birke oder Espe fällten, sagte Raoul zu seinem Neffen: »Jetzt bist du dran, großer Trapper. Schlag die Äste ordentlich ab und bring den Stamm an seinen Platz. Den können wir fürs Dach brauchen.«
Und der Junge hieb kräftig drauflos, voller Stolz, daß es ihm gelang, mit einem einzigen Schlag armdicke Äste dicht am

Stamm abzutrennen. Dann schleppte er das Holz durch den tiefen Schlamm zu dem Platz, den sie ausgewählt hatten. Der Holzstoß, der sich grau und rostrot über dem Schnee erhob, wurde zusehends größer.

Am späten Vormittag hatten sie sich zu einer Gruppe von etwa zehn großen Nadelbäumen durchgekämpft. Raoul umkreiste sie bedächtig und reichte dann Alban die große Fällaxt.

»Mach du das«, sagte er. Als sein Schwager zögerte, fügte er hinzu: »Hier wird dein Haus gebaut, also mußt du den ersten Baum fällen. Wir werden gleich die Äste abschlagen, ihn der Länge nach zersägen und kennzeichnen. Er wird den Dachfirst bilden. Immer wenn du dein Dach anschaust, wirst du dran denken.« Seine Worte klangen ernst, und allen war feierlich zumute. Alban lehnte die Axt gegen sein Bein und spuckte in seine großen, schwieligen Hände. Dann ergriff er das Werkzeug, holte aus und begann zu schlagen. Schon beim zweiten Schlag sprang ein großes, rötliches Stück aus dem Stamm und fiel zu Boden. Raoul hob es auf und roch lange daran, wie berauscht von dem Duft.

19

Sie brauchten volle zehn Tage, bis die Bäume gefällt, die Äste abgeschlagen, die Stämme der Länge nach zersägt waren und bis der Rohbau stand. Am Sonntag kam Monsieur Ouimet mit zwei Holzfällern vorbei, um ihnen zu helfen. Der Ingenieur verstand etwas vom Bauen und kannte so manchen nützlichen Kniff, der das Arbeiten erleichterte. Die anderen Männer brachten ihre Körperkraft mit und ihre langjährige Erfahrung im Umgang mit dem Holz.

Der Schnee war fast schon verschwunden; nur in den Gräben und unter den großen, vorspringenden Wurzeln hielt sich noch ein zäher Rest.
»Der klammert sich fest, weil er weiß, daß bald wieder was nachkommt«, meinte einer der Holzfäller.
Der Mann hieß Dollard Pichette und stammte aus Sainte-Agathe-des-Monts. Er mochte um die Vierzig sein. Alles, was er sah, verglich er mit seinem Heimatdorf und dessen Umgebung. Er hatte schwarzes Haar, ein dunkel gegerbtes Gesicht, einen großen Mund und eine tiefe Kerbe im Kinn, die sich nicht rasieren ließ. Obwohl er auf den nahenden Winter schimpfte, spürte man genau, daß er sich eigentlich darauf freute. Ein kindliches Leuchten trat in seine Augen, sobald er vom Schnee sprach.
Sein Kamerad Luc Chabot war etwas jünger und ein wahrer Hüne. Er besaß Bärenkräfte, die alle in Erstaunen setzten und Stéphane vor Ehrfurcht erschauern ließen. Dennoch hatte dieser Koloß in Blick und Haltung etwas Anrührendes. Er lächelte häufig, sprach sehr wenig und hatte eine zarte Kleinmädchenstimme. »Jetzt, wo wir zu mehreren sind, müssen wir den Dachfirst und die Pfetten einsetzen«, meinte Raoul.
»Da brauchen wir nicht alle mitzuhelfen«, sagte der Ingenieur. »Chabot macht das schon. Sie steigen an einer Seite hinauf, Alban an der anderen. Der Dicke reicht Ihnen die Teile hoch, und dann brauchen Sie sie nur noch richtig einzusetzen.«
Während Raoul und sein Schwager auf den Giebel stiegen, ging der Koloß langsam und mit schlenkernden Armen zu dem Holzstoß hinüber, der inzwischen viel kleiner geworden war. Die anderen hatten die Stämme immer mühsam zu zweit geschleppt; Luc dagegen beugte sich nieder, legte

seine rundlichen Pranken unter das eine Ende des Firstbalkens und richtete sich ohne ersichtliche Anstrengung wieder auf. Dann stemmte er seine Last hoch, hantelte sich mit beiden Armen bis zur Mitte und hob den Balken schließlich auf eine Schulter, so daß sich auch das andere Ende vom Boden hob. Der lange Stamm schwankte. Mit kleinen, ruckartigen Bewegungen brachte Luc ihn ins Gleichgewicht und marschierte dann so unbeschwert los, als hätte er die Hände frei. Am Ziel angelangt, ließ er ein Ende des Balkens wieder auf den Boden sinken und hob das andere Alban entgegen, der es an die richtige Stelle heranführte. Die anderen hatten ihre Arbeit unterbrochen und sahen zu.

»Guter Gott, mit diesem Burschen möcht ich mich nicht anlegen!« sagte Raoul.

»Das würde Ihnen auch schwerfallen«, bemerkte Monsieur Ouimet.

Chabot, der sich gerade umwandte, um das andere Ende des Firstbalkens hochzustemmen, kicherte wie ein Kind.

»Wenn wir Streit haben, brauchst du dich nur aus dem Staub zu machen. Laufen war noch nie meine Stärke.«

Nach diesem arbeitsreichen Sonntag brauchten die Männer noch drei weitere Tage, um das Dach fertigzustellen und aus vierkantig zurechtgehauenen Holzbohlen den Fußboden zu legen. Dann setzten sie die Tür ein und sogar ein Fenster mit richtigen Glasscheiben, alles gute Schreinerarbeit, die Monsieur Ouimet zusammen mit anderem Material, das er für seine Baustelle benötigte, aus Cochrane hatte kommen lassen.

Noch bevor alles fertig war, hatte Catherine begonnen, ihre Habseligkeiten heranzukarren.

»Endlich werd ich meinen guten alten Herd wiederhaben, mit dem Bratrohr«, sagte sie. »Zur Feier des Tages gibt's

heute eine Pastete, und wir laden Monsieur Ouimet dazu ein.«
»Wenn du auch Chabot einladen willst, mach lieber noch eine Pastete zusätzlich.«
So hielten sie Einzug in ihr Heim, und schon bald prasselte das Feuer wieder in dem gußeisernen Ofen.
»Es kommt mir vor, als hätten wir nie woanders gelebt«, sagte Catherine.
Schon während der Zeit im großen Zelt hatte sie damit begonnen, die Wäsche des Ingenieurs und des Feldmessers instand zu setzen. Nun brachte sie ihren Waschzuber und ihre zwei Bügeleisen in das neue Haus, und bald hatte es sich herumgesprochen, daß Albans Frau diese Arbeiten übernahm. Schon nach wenigen Tagen wusch und flickte Catherine die Wäsche sämtlicher Arbeiter auf der Baustelle. Jeder kam mit seinem Bündel zu ihr. Der Ofen schnaubte und fauchte unentwegt unter dem Topf, in dem das Wasser mit der Wäsche brodelte.
Ein wahres Höllenfeuer war das, und es fraß soviel Holz, wie die beiden Buben nur heranschaffen konnten. Ständig hingen unzählige Hemden, Unterhemden und Socken zum Trocknen auf einer Leine, und dichter Dampf erfüllte das ganze Haus.
»So geht das nicht weiter«, brummte Raoul, »da können wir ja gleich eine Wäscherei aufmachen statt dem Gemischtwarenladen!«
»Es ist ganz einträglich«, meinte Catherine, »vielleicht wär das gar nicht dumm!«
»Das Wasser ist jedenfalls nicht teuer, das kannst du dir immer aus dem Fluß holen …«
»Und im Sommer kann die Wäsche ja draußen trocknen.«
»Aber du brauchst eine bessere Ausrüstung.«

»Wenn ich nur zwei große Bottiche hätte …«
Sie sprachen tagelang von nichts anderem, schmiedeten Pläne und nahmen sich vor, später einmal eine richtige Großwäscherei für die ganze Stadt aufzumachen.
Als Monsieur Ouimet die Ankunft weiterer Arbeitstrupps ankündigte, beschlossen sie, neben ihrem Haus ein zweites Gebäude zu errichten, in dem Catherine besser arbeiten konnte. Nachts würde dort die Wäsche trocknen, ohne jemanden zu stören.
Nun wurde also in Cochrane ein großer Wäschetopf mit Einsatz bestellt, dazu zwei Bottiche und ein gußeiserner Ofen mit drei Beinen, den sie in einem Katalog gesehen hatten.
Und wieder fingen sie an zu bauen, doch dieses Mal unter schlechteren Bedingungen, denn es hatte mittlerweile richtig zu schneien begonnen, und ein wütender, eisiger Westwind trieb ohne Unterlaß die Flocken vor sich her. Die Männer mußten häufig ihre Arbeit unterbrechen, um sich am Ofen aufzuwärmen. Hector Lavallée hatte ihnen eine große Teedose geschenkt; sie war mit goldenen und karminroten Ornamenten verziert und enthielt, wie Monsieur Lavallée versicherte, eine eigens von ihm zusammengestellte Mischung verschiedenster Kräuter, die vor Erkältung schützten. Catherine hatte immer einen Kessel mit siedendem Wasser auf einer Ecke des Herdes stehen; ein zweiter stand auf dem Tisch neben der schönen Teedose und einem Topf Ahornsirup. Sobald die Männer von draußen hereinkamen, den Schnee von den Kleidern schüttelten und hinter der Tür, wo ein alter Sack ausgebreitet lag, ihre Stiefel gegeneinander schlugen, goß sie Wasser auf die schwarzen, duftenden Kräuter. Jeder gab nach Belieben von dem Sirup in seine Tasse; gelegentlich fügte Raoul noch einen Schuß

Gin hinzu. Und gleich wurde die Stimmung heiterer, der Raum wirkte wärmer und fröhlicher. Louise und Georges versorgten das Feuer. Drei- bis viermal am Tag gingen sie tief vermummt mit einem großen Korb ins Freie, füllten ihn mit Holzscheiten, die an der Hauswand aufgestapelt waren, und schleppten ihn dann zu zweit keuchend und lachend ins Haus zurück. Sie sprachen öfter davon, was sie unternehmen würden, wenn die Wäscherei erst im Betrieb wäre.
Die Männer waren besonders stolz darauf, daß sie das Haus, was Lage und Himmelsrichtung betraf, richtig ausgerichtet hatten. Der Wind kam von der Seite und fegte den Schnee von der Tür fort; in einiger Entfernung vom Haus war im Lauf der Zeit ein bizarres, wunderschönes Schneegebilde entstanden. Es glich einer langen Axt, deren Schneide wie feinstes Porzellan schimmerte. In der Verlängerung dieser Schneide bauten sie das Nebengebäude, dessen Vorderfront in einer Linie mit der des Hauptgebäudes stand.
»Aus Faulheit entstehen die besten Einfälle«, sagte Raoul. »Ich hab noch nie ein Indianerdorf gesehen, wo Schnee geräumt werden mußte. Wenn man sein Haus richtig hinstellt, nimmt einem der Wind die Arbeit ab.«
Die Dinge, die sie in Cochrane bestellt hatten, trafen zur gleichen Zeit ein wie das Material, das für die Baracken der neuen Bautrupps bestimmt war. All dies gelangte durch die Schneise, die durch den Wald geschlagen worden war, zu ihnen. Da die Schienen noch nicht verlegt waren, wurde die Fracht mit großen Schlitten befördert, die von Ochsengespannen gezogen wurden. Jetzt war der beste Zeitpunkt für den Transport, denn der Frost hatte das Erdreich hart gemacht und an den Stellen, wo der Bahndamm noch nicht fertiggestellt war, Quellen und Sümpfe mit einer dicken

Eisschicht bedeckt. Allerdings reichte die Schneise noch nicht bis zum Harricana, und so mußten die bestellten Sachen auf den letzten Meilen getragen werden. In einer Reihe hintereinander gingen die Holzfäller, gebeugt unter den schweren Lasten, und glitten immer wieder auf den Wurzeln aus, die unter dem lockeren Schnee verborgen lagen. Dem dicken Chabot und einigen anderen schwergewichtigen Männern machte das Tragen Spaß. Als Raoul und Alban bei dem Ochsengespann ankamen, um ihre Lieferung in Empfang zu nehmen, stand der Ochsentreiber aus Cochrane auf seinem Schlitten und reichte die Lasten den Arbeitern, die sie sich einer nach dem anderen auf ihre Schultern luden. Als der Ofen für das Waschhaus an der Reihe war, konnte der Mann ihn nur mit größter Mühe von der Stelle bewegen.
»Wer hat denn diesen verdammten Ofen da bestellt?« fragte er mürrisch mit seinem starken englischen Akzent.
Alban hob gerade eine Seite des Ungetüms hoch, damit Raoul sich zwischen die gußeisernen Ofenbeine schieben konnte, da trat Luc Chabot hinzu.
»Laß mich nur machen«, sagte er.
Er umfaßte das unförmige Ding mit seinem langen Arm, und seine Hand in dem dicken Handschuh schloß sich um einen der Füße, während er den anderen Arm ausstreckte.
»Und jetzt gib die Kiste da rüber«, sagte er zu dem Ochsentreiber.
Er packte auch noch die Kiste, die mit Seife und Bleichsoda gefüllt war, und machte sich auf den Weg. Wie er sich so unter seiner Last wankend vorwärtsbewegte, wirkte er wie ein großes, schwerfälliges Tier.
»Kraft hat er ja«, meinte der Mann aus Cochrane anerkennend, »aber das kann er einfach nicht schaffen.«

»Hast du eine Ahnung«, erwiderte einer der Holzfäller grinsend, »der würd nicht mal merken, wenn du ihm auch noch auf den Buckel steigst. Beim Holzschleppen ist er besser als deine Ochsen. Nicht viel gescheiter, aber stärker.«
Alle lachten. Obwohl es bitterkalt war und sie häufig auf dem Pfad ausglitten, waren die Männer gut gelaunt bei ihrer schweren Arbeit. Sie gingen ruhig vor sich hin, ohne Hast, aber zügig. Die extreme Kälte ließ keine Pausen zu.
Die erste Baracke, die für die Neuankömmlinge gebaut worden war, war eine Gemeinschaftsküche, die sogenannte »Cookery«, der ein rundlicher, kurzbeiniger Bursche vorstand. Sein Mondgesicht, in dem die dunklen Äuglein fast verschwanden, glänzte wie mit Bratfett eingerieben. Er war stolz darauf, sein Handwerk bei einem italienischen Koch erlernt zu haben.
»Tonio Marietti, den kennen Sie doch?«
Er führte den Namen ständig im Mund.
»Was, Sie kennen Marietti nicht?« pflegte er erstaunt zu fragen. »Das ist das größte Restaurant von New York, weltberühmt!«
Die Holzfäller machten sich über ihn lustig, aber seine Küche, in der Nudeln eine große Rolle spielten, schätzten sie sehr. Der junge Koch hieß Robert Clarmont. Er wollte eigentlich Bob genannt werden, aber die Waldarbeiter hatten ihn Graillon – Fettgeruch – getauft. Häufig machte sich Chabot einen Spaß daraus, ihn an einem Arm und an seiner gelblichen Samthose zu packen und ihn hoch in die Luft zu stemmen.
»Wenn ich keine doppelte Portion kriege«, drohte er, »dann schmettere ich dich aufs Eis, daß du durchbrichst und im Wasser landest!«
Aber es gab immer doppelte Portionen für diese Männer,

die sich vom frühen Morgen bis zum Abend in Schnee und Kälte abplagten.
Raoul hatte begonnen, Fallen zu stellen. Das Wild, das Catherine nicht verwerten konnte, kaufte ihm Graillon ab. Er gab ihm dafür Mehl, dicke Bohnen, Öl, Zucker und manchmal einen Topf Ragout.
Wenn Catherine Speck ausbriet und die knusprigen goldbraunen Scheiben an die Kinder verteilte, beklagte sich Alban über den Fettgeruch im Haus. Dann rannte die kleine Louise zur Küchenbaracke hinüber, steckte ihre Nase in die halbgeöffnete Tür, auf die der Koch mit Teer »Cookery, Eintritt verboten« geschrieben hatte, und rief übermütig: »Wir haben dich heut zu Mittag gegessen, du große Speckschwarte!«
Ein freundliches Grinsen erschien auf dem fettglänzenden Gesicht.
»Aber ein paar Pfannkuchen kannst du sicher noch vertragen!«
Auf einen Topfdeckel legte er ein Dutzend Pfannkuchen, die so dick wie seine mollige Hand waren, und das Kind lief mit seiner dampfenden Beute durch den eisigen Wind ins Haus zurück.
Catherine hielt die Wäsche des jungen Kochs in Ordnung, ohne etwas dafür zu verlangen.
»Seine Kleider sind zwar fleckig«, sagte sie, »aber sie riechen sauberer als die der anderen, das kann ich euch verraten.«
»Das kommt eben davon, daß er weniger arbeitet«, meinte Alban. »Der kommt nie so richtig ins Schwitzen, darum ist er auch so rund.«
Aber die Kinder ließen nichts auf den lustigen Burschen kommen, der ihnen immer eine Leckerei zusteckte.

Als die Waschküche fertiggebaut war, bewarb sich Alban um eine Stelle als Holzfäller. Auch Stéphane wollte er einstellen lassen, aber da protestierte Raoul.
»Um Stéphane kümmere ich mich. Jetzt, wo ihr uns nicht mehr braucht, werden wir woanders Fallen stellen. Hier ist das Wild schon ganz verschreckt.«
»Ist er nicht etwas zu jung dafür?« wandte Alban schüchtern ein.
»Mach dir keine Sorgen, ich pass' schon auf ihn auf.«
Catherine war aufgestanden, um das Feuer zu schüren. »Und wie willst du ihn bezahlen?« fragte sie, ohne sich umzuwenden.
»Er kriegt, was ich auch kriege, aber erst im Sommer, wenn wir die Felle verkaufen können.«
Bedächtig fuhr Catherine fort, Holz nachzulegen, dann schloß sie die Ofentür und wandte sich wieder den anderen zu, die noch vor ihren Tellern am Abendbrottisch saßen. Der Schein der Lampe reichte ihr nur bis zur Brust, und ihre Augen funkelten im Halbdunkel.
»Du kannst tun und lassen, was du willst. Aber über meine Kinder bestimme ich«, sagte sie mit fester Stimme und sah ihrem Bruder gerade ins Gesicht.
»Aber Mutter ...«
Weiter kam Stéphane nicht. Mit kühlem Blick und schneidender Stimme unterbrach sie ihn: »Misch du dich nicht ein!«
Der Junge senkte den Kopf.
Ohne Eile, mit dem federnden Gang einer Raubkatze, ging Catherine um den Tisch herum und stellte sich zwischen ihren Sohn und ihren Bruder. Ohne Stéphane eines Blickes zu würdigen, sah sie auf Raoul herab, der ihr den Kopf zuwandte. Die junge Frau hielt noch immer ihr Schüreisen in

der Hand, ein schönes, zur Spitze hin abgeflachtes und gebogenes Gerät, das ein Werkmeister von der Eisenbahn für sie geschmiedet hatte. Langsam hob sie es in die Höhe. Ihr Gesicht wirkte starr, verriet aber keinen Zorn. Nur ihre Lippen schlossen sich energisch nach jedem Satz, als wolle sie ihrer Rede dadurch mehr Schärfe und Nachdruck verleihen.

»Du hast unserer Mutter damals genügend Kummer gemacht, mein Lieber. Wenn du so ein rastloses Leben brauchst, ist das deine Sache, aber mein Junge soll kein Herumtreiber werden. Er soll auch nicht als Bettler enden. Er wird arbeiten wie wir anderen auch. Wenn er dann volljährig ist, wer weiß …«

Sie seufzte, und in ihrer Haltung lag eine Verzagtheit, die nicht zu ihr passen wollte. Raoul versuchte zu lächeln und wollte antworten, doch da hatte sich Catherine schon wieder in der Gewalt.

»Das ist kein Scherz«, fuhr sie mit erhobener Stimme fort. »Du bist zwar stärker als ich, aber wenn du mir meine Söhne nimmst, wirst du das büßen, so wahr ich deine Schwester bin. Ich erwisch dich schon, und wenn es im Schlaf ist.«

Sie ließ den Arm sinken und hängte den Schürhaken wieder an den Ofen, wo er noch eine Zeitlang hin und her schwang und gegen die eiserne Klappe schlug. Dieses Geräusch war das einzige, was die Stille unterbrach, nachdem Catherine sich wieder gesetzt hatte. Als es verklungen war, hörte man nur noch das Prasseln des Feuers, dessen warmer Atem bis unter den Tisch reichte und die Füße wärmte. Catherine hatte die verschränkten Arme aufgestützt, damit man das Zittern ihrer Hände nicht sah.

Der Wind strich ums Haus. Er versuchte wohl einzudringen, aber alle Zwischenräume waren gründlich mit Moos

und Lehm abgedichtet. Der kleine Georges pflegte stets sorgsam jeden Spalt zuzustopfen, sobald der geringste Luftzug zu spüren war.
Alban räusperte sich und sah seinen Sohn gerührt an.
»Es stimmt schon, Stéphane, du bist noch etwas jung«, meinte er zögernd.
Er suchte noch nach Worten, als er rasch unterbrochen wurde: »Schluß damit! Reden wir von was anderem«, sagte Catherine, die sich noch immer nicht ganz beruhigt hatte. »Am besten gehen wir gleich schlafen, das spart Öl!«

20

Ein rauher, harter Winter hatte sich über das Land gelegt. Er fuhr wie ein Verrückter über die Wälder und wich doch nicht von der Stelle. Ganze Tage und Nächte lang fiel Schnee, fast immer von einem wütenden Sturm getrieben. Doch die Schneedecke war noch nicht so dick, daß die Arbeiten ernsthaft behindert wurden.
Jeden Morgen um sechs Uhr stand Graillon auf der Schwelle seiner Küche und schlug mit dem Schürhaken gegen einen Gong. Sogleich gingen in den Baracken die Lichter an, und die Männer fuhren eilig in ihre Kleider, die sie über Nacht zum Trocknen am Ofen aufgehängt hatten. Es war noch stockfinster, wenn sie den langen Raum betraten, wo das Frühstück auf sie wartete. Auch Stéphane und Alban verließen das Haus, während Catherine zur Waschküche hinüberging.
Auf den Tischen der Kantine standen aufeinandergetürmt die noch warmen Pfannkuchen, große Teller mit dicken Bohnen und Speck und Krüge mit dampfendem Tee. Die

Männer ließen sich auf den Bänken nieder, füllten ihre Blechteller mit Bohnen und beträufelten ihre Pfannkuchen mit Marmelade oder Sirup.
Später, wenn die Arbeiter sich auf den Weg zur Baustelle machten, war es immer noch dunkel. Der Wind brauste mit aller Kraft durch die Schneisen und Gänge, die durch den Wald führten.
Die Männer fällten Bäume, schlugen die Äste ab und schnitten das Holz zu. Was nicht zum Bau der Strecke verwendet wurde, verbrannten sie an Ort und Stelle. Sie sägten das Holz für die Querschwellen vierkantig zurecht und schichteten diese dann in regelmäßigen Abständen auf, wobei sie sie kreuzweise übereinanderlegten, damit die Luft zirkulieren konnte.
Gegen Mittag erschienen Graillon und sein Gehilfe mit einem Karren, auf dem riesige Kannen mit heißem Tee standen. Sie stellten sie neben dem Feuer ab und schenkten den Männern von dem dampfenden Gebräu ein. Dann öffneten sie eine Kiste und holten Brot, Speck und Käse hervor. Die Arbeiter stellten ihre Becher auf einen Holzklotz und aßen im Stehen oder liefen auf und ab. Da sie nach der Stückzahl der fertigen Schwellen bezahlt wurden, nahmen sie sich zum Essen nicht länger als eine Viertelstunde Zeit und machten sich dann jeweils zu zweit wieder an die Arbeit, die erst bei Einbruch der Dunkelheit beendet wurde. Alban hatte das Glück, mit Luc Chabot zusammenzuarbeiten, der sich mit ihm angefreundet hatte. Offenbar hatte die wagemutige Reise der Familie ihm großen Eindruck gemacht, und nun wollte er den Leuten helfen.
»Du bist zwar nicht so stark wie ich«, sagte der sonst so wortkarge Riese, »aber dafür bist du geschickt und kennst dich gut mit dem Holz und dem Werkzeug aus.« Tatsäch-

lich nahm Alban, dem sein Werkzeug viel bedeutete, die Äxte und Sägen jeden Abend mit nach Hause und schärfte und schliff sie lange. Georges half ihm begeistert dabei.

Monsieur Ouimet hatte Stéphane als Vermessungsassistenten eingestellt, um ihm die schwere Arbeit an der Bahnstrecke zu ersparen. Und so begleitete der Junge Hector Lavallée, während die anderen zur Baustelle gingen. Er trug die Meßgeräte, entfernte Gestrüpp, fällte, wenn es nötig war, Bäume und ließ sich vieles erklären.

Während der ersten Tage war er noch etwas unwillig hinter dem Feldmesser hergetrottet, doch dieser, der von der häuslichen Auseinandersetzung wußte, verstand ihn zu nehmen.

»Vielleicht kann ich dir auch etwas über den Wald erzählen. Ich kann dir sogar Dinge beibringen, die nicht einmal dein Onkel weiß. Wenn du dann später mit ihm losziehst, wirst du ihm auch etwas zeigen können. Was du von mir lernst, wird in deinem Kopf bleiben und dir allein gehören; das kann dir niemand wegnehmen.«

Wenn das Wetter es erlaubte, nahmen Lavallée und sein Gehilfe Meßarbeiten vor. Wenn es aber zu stark schneite oder der feine Pulverschnee durch den Wind hochgewirbelt wurde, blieb der Feldmesser im Schreibzimmer von Monsieur Ouimet, während Stéphane sich im Geräteschuppen aufhielt, wo er die Meßstäbe zurechtschnitt und rot anmalte. Wenn die Farbe getrocknet war, umwickelte er jeweils ein Dutzend von ihnen mit Eisendraht. Manchmal blieb er auch bei den beiden Männern; dann saß er am Tischende, schrieb Zahlen ab oder kopierte Karten. Es ließ sich gut arbeiten in dieser ruhigen, freundschaftlichen Atmosphäre. Auf dem Ofen summte der Wasserkessel, und es war immer heißer Tee vorrätig. Der beißende Geruch von Lavallées

Zigarren vermischte sich mit dem etwas sanfteren Duft aus der großen Meerschaumpfeife des Ingenieurs.
Stéphane hatte begonnen, sich wirklich für seine Tätigkeit zu interessieren, als ein dritter Trupp Arbeiter eintraf. Inzwischen war der Wald bis zum Harricana passierbar, und das Material konnte mit Karren unmittelbar bis zum Bauplatz transportiert werden. Die neue Mannschaft bestand aus etwa zwanzig Männern. Sie sollten Nadelbäume fällen und Baracken errichten, bevor mit dem Brückenbau begonnen wurde. Der Fluß war inzwischen mit einer dicken Eisschicht bedeckt, so daß man mühelos von einem Ufer zum anderen gelangen konnte.
Mit den Arbeitern war auch eine Gruppe von Technikern eingetroffen. Einer von ihnen, ein leitender Ingenieur, zeigte sich entsetzt, daß ein Junge ohne jede Vorbildung die Meßpfähle aufstellte. Noch dazu sprach der Bursche nicht einmal Englisch! Dieser Mann, ein gewisser William Brooks, der von den Männern Major genannt wurde, war ein langer, dürrer Choleriker mit rotem Haar, der meist wie ein Besessener herumfuchtelte und mit kreischender Stimme sprach. Wenn er nicht gerade Schiffszwieback aß, den er aus seiner rechten Tasche zog, holte er aus der linken Kautabak hervor, den er sich mit einer seltsamen Bewegung zwischen seine schwärzlichen Schneidezähne schob. Unter seiner pelzgefütterten Jacke trug er an einer Kette eine große, mit Silber eingefaßte Lupe, einen Kompaß und ein Barometer. Aus seiner Hemdtasche ragte ein stattliches Sortiment Buntstifte hervor. Er ließ sich ein Feldbett im Büro aufstellen, und jedesmal, wenn er schlaflos dalag und ihm ein guter Gedanke kam oder wenn er eine Zahl überprüfen wollte, stand er mitten in der Nacht auf und klopfte bei Monsieur Ouimet und beim Feldmesser an die Tür.

Dann mußten sie sich eiligst ankleiden und ihm folgen. Er sprach kaum Französisch, aber die wenigen Sätze, die er kannte, gab er gern zum besten.
»Ich gebe einen Befehl. Man antwortet mir: unmöglich. Ich sage: Sucht euch woanders Arbeit!« Und dann pflegte er auf eine unangenehme Art zu lachen, die einen erschauern ließ.
Am ersten Abend seines strengen Regiments kam Stéphane mit düsterer Miene nach Haus und setzte sich in die dunkelste Ecke am Ofen. Doch Catherine konnte er nichts vormachen; die Arbeiter hatten in der Wäscherei schon von der Ankunft des Majors erzählt.
»Hat er dich rausgeschmissen?«
Der Junge nickte. »Ich hab nichts angestellt«, versicherte er, »ich kann nur kein Englisch.«
»Diese verfluchten Leute aus dem Westen«, stieß die Mutter hervor, »die würden uns am liebsten verrecken lassen – wir sollen wohl auf den Knien vor ihnen rutschen und ihre Sprache nachplappern!«
»Wenn solche Leute hier das Kommando übernehmen …«, meinte Alban seufzend.
»Aber eins sag ich euch.« Catherine lachte höhnisch. »Ich tu nichts für den, der kann sich seine Wäsche von den Engländerinnen waschen lassen!«
»Der bleibt sowieso nur ein paar Tage«, sagte Stéphane. »Aber Monsieur Ouimet kann mich nicht wieder als Vermessungsgehilfe einstellen, der Rothaarige hat nämlich seine eigenen Leute mitgebracht.«
Sie blickten sich an. Stéphane sprach zwar nicht von Raoul, der seit ein paar Tagen unterwegs war, doch alle spürten seine Anwesenheit. Der Trapper hatte sich mit Hilfe Albans, Stéphanes und des dicken Luc am Waldrand ein klei-

nes Blockhaus gebaut. Dort pflegte er zu übernachten, wenn er von seinen Streifzügen zurückkehrte – die Tür stand immer weit offen, weil von den Tierhäuten und von den noch anhaftenden Fleisch- und Fischresten ein übler Geruch ausging. Seine kurzen Aufenthalte brachte er mit Gerben, Salzen und Räuchern zu. Zwar war die Zeit für den Verkauf der Felle noch nicht gekommen, doch er verdiente nicht schlecht am Verkauf von Wild und den Fischen, die er durch ein Loch in der Eisdecke aus den Seen zog, an die Lagerverwaltung. Alban behauptete, dieses Trapperleben sei ja eigentlich viel anstrengender als das der Holzfäller, und Raoul mußte ihm recht geben; aber er erklärte jedesmal, seine Freiheit gehe ihm über alles.

Das war das Leben, von dem Stéphane insgeheim träumte und an das er jetzt dachte, doch er meinte nur seufzend: »Monsieur Ouimet sagt, ich kann mit den anderen zum Holzfällen gehen.«

»Chabot hätte bestimmt nichts dagegen, wenn du mit uns kommst«, sagte Alban, »aber mir ist das nicht recht. Ich will nicht, daß du dich so schindest, mein Junge.«

Der Vater hatte die Arme aufgestützt. Seine kahle Stirn glänzte unter der Lampe, und seine zerfurchten Hände mit den gekrümmten Fingern lagen auf der Tischplatte wie zwei erschöpfte Tiere.

Catherine setzte sich ihm gegenüber. In einer Ecke spielten die beiden Kleinen mit einer Kiste, die sie von Chabot bekommen hatten, und mit Holzfiguren, die der Vater für sie geschnitzt hatte.

»Komm her, Steph«, rief Catherine, »das muß in Ruhe besprochen werden.«

Widerwillig kam der Junge aus seinem Winkel hervor. Die Suppe kochte vor sich hin. Ab und zu hob sich der Deckel vom Topf, und eine kleine Dampfwolke trat hervor. Stéphane setzte sich auf die Bank neben seinen Vater. Auch er legte die Unterarme auf den Tisch und breitete die Hände aus. Sie waren heller und schmaler als die Albans, die Adern traten nicht so stark hervor, und Daumen und Zeigefinger wiesen nicht die gleichen schwärzlichen Risse auf. Eine Zeitlang sagten die drei kein Wort. Die Kleinen spielten friedlich in ihrer Ecke. »Wir sind mit unseren Kindern in einem Boot«, erklärte Louise gerade ihrem Bruder. »Es gibt Sturm. Du stehst auf und machst das Fenster zu.«

»Warum denn?«

»Damit die Kinder nicht naß werden.«

Catherine sagte: »Also ... wenn du diesmal mit dem Onkel gehen willst, kann ich dich nicht abhalten.«

Stéphanes Augen leuchteten schon auf, und sein Rücken straffte sich, da fuhr die Mutter fort: »Aber ich glaube, ich hab einen besseren Vorschlag. Ich denke schon länger drüber nach – seit die vielen Arbeiter gekommen sind.«

Sie stockte und sah die beiden an, als scheue sie sich, weiterzusprechen.

»Ihr dürft mich nicht mißverstehen«, fuhr sie fort. »Ich will nicht aufrechnen, aber es muß mal gesagt werden: Seit einiger Zeit verdiene ich mit dem Waschen mehr als ihr zwei.«

Als Alban sie unterbrechen wollte, hob sie die Hand.

»Nein, laß mich jetzt ausreden«, sagte sie. »Ich weiß ja, daß ihr nichts dafür könnt. Ihr plagt euch von früh bis spät in der Eiseskälte ab, und ich hab's schön warm in meiner Waschküche oder sitze ruhig hier und flicke. Das Dumme ist nur, daß ich nicht mehr Arbeit annehmen kann.«

»Das verlangt auch keiner«, meinte Alban.
»Ich weiß schon«, sagte sie, »aber es ärgert mich, daß ich Aufträge ablehnen muß, jetzt, wo so viele Leute dazugekommen sind und ich viel mehr verdienen könnte. Verstehst du?«
»Ja, natürlich verstehe ich das«, sagte Alban.
»Und es ärgert mich besonders, wenn ein halbes Kind wie Stéphane sich bei der Streckenarbeit totschuften muß und dabei nicht halb soviel verdient wie ich. Was mich so anstrengt und soviel Zeit kostet, ist zum Beispiel das Heranschaffen des Holzes. Manchmal muß es noch kleingehackt werden. Außerdem muß Wasser geschleppt und gepumpt werden, dazu kommt das Aufhängen und das Einsammeln der Wäsche. Georges hilft, so gut er kann, aber die Arbeit ist zu schwer für ihn.« Wieder stockte sie und sah die beiden an. Dann fuhr sie fort: »Aber wenn Stéphane hierbleibt, könnte er doch …«
Der Junge sprang auf wie von der Tarantel gestochen. »Ich bin doch kein Mädchen!« rief er empört.
»Das ist ja auch keine Mädchenarbeit«, sagte Catherine. »Ich hab dich schließlich nicht gebeten, die Wäsche zu waschen!«
»Deine Mutter hat recht, Steph«, meinte Alban. »Wichtig ist doch jetzt nur, daß wir Geld verdienen. Wie sollen wir sonst je unser Geschäft aufmachen?«
»Dann geh du doch in die Waschküche«, rief Stéphane wütend. »Ich arbeite lieber mit Luc an der Strecke.«
Alban schüttelte traurig den Kopf. »Das hältst du keine drei Tage aus, mein Junge.«
»Wir werden ja sehen. Außerdem kann das Fallenstellen auch eine Menge einbringen.«
Der Vater wollte antworten, aber Catherine legte ihm die

Hand auf den Arm. Ihr Blick war plötzlich hart geworden, es lag ein stahlgrauer Schimmer darin, und ihre Lippen waren schmal geworden.

»Laß nur«, sagte sie mit bitterem Lächeln, »soll er doch mit Raoul gehen. Wir zwei können uns inzwischen hier abrackern. Das Geschäft machen wir auf jeden Fall auf, und wenn wir uns zu Tode schuften. Wenn dann das Schlimmste vorbei ist, wenn es endlich richtig läuft und das Geld fließt, dann kommen die beiden wieder an, du wirst sehen. Wir haben dann längst unsere Gesundheit ruiniert und sind reif für den Friedhof ... Denn wenn hier eine Stadt entsteht, wird ja auch ein Friedhof gebraucht. Vielleicht sind wir die ersten, die dort liegen. Und dann werden die zwei Herumtreiber das Geschäft übernehmen.«

Sie seufzte tief auf.

»Wir können noch von Glück sagen, wenn sie den Laden nicht auf der Stelle wieder verkaufen und in die Wildnis ziehen«, fuhr sie fort, »denn dann hätten wir uns ganz umsonst abgerackert, mein lieber Alban!«

Mit hängendem Kopf saß Stéphane da – er war sichtlich in sich zusammengesunken, während seine Mutter sprach. Jetzt richtete er sich auf und warf ihr einen verzweifelten Blick zu. Sein Kinn zitterte, und er mußte sich sehr zusammennehmen, um nicht in Tränen auszubrechen.

»Du bist grausam, Mutter«, brachte er schließlich hervor und ballte die Fäuste. »Ich hab euch doch immer geholfen, so gut ich konnte ...«

Catherine war plötzlich gerührt. Sie nahm seine Hände in die ihren, die vom vielen Waschen ganz ausgelaugt waren, und drückte sie liebevoll.

»Weine nicht, mein Junge«, sagte sie, »ich war ungerecht. Du hast viel geleistet, soviel wie ein ganzer Mann.«

»Du hast mehr geschafft als ich«, sagte Alban. »Ich kann nicht mal ein Boot durch eine Stromschnelle steuern.«

»Ich hab das nicht sagen wollen, ich bin zu weit gegangen«, begann Catherine von neuem. »Ich hab nur solche Angst, daß du fortgehst, daß dir was zustößt ...«

Zwei dicke Tränen rollten über Stéphanes Wangen, und schon halb lachend stammelte er: »Ich hab dich doch viel zu lieb, Mutter ... Ich geh nicht weg! Ich mag euch beide viel zu gern. Ich mach alles, was ihr wollt ... Mit euch zusammen!«

Catherine brachte die Kleinen zu Bett, die schon anfingen, sich zu zanken. Dann setzte sie sich wieder, und die drei sprachen wieder über ihre Pläne.

»Wenn es so weitergeht, werden wir anbauen müssen, sobald es wärmer wird«, erklärte die Mutter.

Vater und Sohn besprachen, daß sie eine Trockenkammer brauchten, und überlegten, wie groß sie sein mußte und auf welche Weise man Platz sparen konnte.

»Wir bringen auf allen Seiten Lüftungsschächte an, damit der Dampf abziehen kann«, sagte Stéphane. »Und die öffnen oder schließen wir je nach Windrichtung!«

Lächelnd hörte Catherine ihnen eine Weile zu und meinte schließlich: »Rechts von unserem Haus ist doch noch viel Platz – bis zum Ufer ist es noch weit. Dort könnte man bauen, oder?«

»Freilich«, meinte Alban. »Aber du willst uns doch hoffentlich nicht mit lauter Waschhäusern einkreisen!«

»Natürlich nicht. Hör zu, ich will dir was erzählen, Alban«, sagte sie lächelnd.

»Was denn?«

»Rate mal!«

»Ich hab keine Ahnung. Ich kann nicht gut raten.«

»Du hattest doch vier Hemden, stimmt's?«
»Ja, ich glaube.«
Sie mußte lachen. »Und jetzt hast du nur noch drei, mein Lieber.«
Verdutzt sah er erst seine Frau, dann seinen Sohn an.
»Ich weiß zwar nicht, was hier gespielt wird«, sagte Stéphane, »aber ich bin gespannt, was dahintersteckt.«
»Sag schon, was los ist«, drängte Alban. »Hast du mir etwa ein Hemd versengt?«
»Nein, das nicht. Ich hab's dir zu essen gegeben.«
Der Junge prustete los, und selbst Alban mußte mitlachen.
»So kenn ich dich ja gar nicht, Catherine«, sagte er schließlich, »bist du übergeschnappt?«
»Keineswegs. Jetzt kannst du überall herumerzählen, daß deine Frau dir dein Hemd vorgesetzt hat – da haben die Leute was zu lachen.«
»Jetzt ist aber Schluß mit dem Unsinn«, sagte Alban. »Heraus mit der Sprache!«
Catherine war wieder ernst geworden. »Du kennst doch Dollard Pichette«, fragte sie, »der uns damals mit dem Dach geholfen hat?«
»Ja, was ist mit ihm?«
»Neulich, als er völlig durchnäßt war, wollte er sein Hemd am Ofen trocknen, und dabei ist es verbrannt. Um ein Haar hätte das ganze Haus Feuer gefangen. Da hat er mich gefragt, ob ich ihm ein Hemd verkaufen kann. Nein, hab ich gesagt, aber ich kann Ihnen eines schenken. Einverstanden, hat er gesagt, und später kam er dann mit zwei Büchsen Corned Beef an. Und das haben wir vorgestern gegessen.«
Sie lachten alle drei.
Alban fand es ganz richtig, daß Catherine dem Holzfäller ein Hemd geschenkt hatte, und sagte dann nachdenklich:

»Aber ich versteh immer noch nicht, was das mit dem neuen Gebäude zu tun hat ...«

»Du hast eben keine Phantasie. Du mußt dir vorstellen, daß all diese Männer irgendwann neue Wäsche brauchen werden. Also hab ich schon mal über Monsieur Ouimet welche bestellt. Die Sachen kommen mit der Post bis Cochrane, und dort holt sie mein Bruder ab – der ist ja sowieso am liebsten unterwegs.« Lächelnd wandte sie sich ihrem Sohn zu. »Und da das Zeug ganz schön schwer ist, wird Stéphane ihn wohl begleiten müssen.«

»Du bist großartig, Mutter!«

»Donnerwetter«, rief Alban aus, »wenn ich das richtig sehe, ist das wohl der Anfang unseres Geschäfts!«

»Ganz recht«, sagte Catherine. »Und wenn es gut läuft, brauchst du in einem Jahr nicht mehr an der Strecke zu schuften. Zu dritt werden wir die Arbeit nämlich gerade schaffen.«

Eine Weile schien sie mit ihren Gedanken sehr weit weg zu sein.

»Ja, so machen wir's«, sagte sie schließlich noch immer etwas abwesend. »Und wenn im Frühling Arbeiter mit ihren Familien herkommen, werd ich vielleicht eine Frau einstellen, die mir beim Waschen hilft. Ich weiß von einer Wäscherin in Montréal, die hat ganz allein angefangen, und jetzt hat sie über zwanzig Angestellte. Kannst du dir so was vorstellen? So viele möcht ich gar nicht haben!«

21

Es folgten kristallklare, leuchtende Tage und schimmernde Nächte, die vor Frost knisterten wie eisiges Feuer. Je kälter

es war, desto intensiver wurde das Licht. Unablässig schärfte der Wind seine stahlblaue Klinge am harten Schleifstein des Schnees. Es war der grausame Wind aus dem Norden, der schneller ist als alle anderen, weil die Kälte ihn antreibt, die er im Vorüberziehen auf den arktischen Feldern aus dem Schlaf geweckt hat; der Wind der Bären und Wölfe, der das Packeis durchschneidet und ihm die spitzen Zähne zuschleift; der Schnitter der Tundra, der im Rachen die Sense des Todes trägt – eines schönen, heiteren Todes im flimmernden Sonnenlicht.
Im Abitibigebiet ist der Winter so hart wie kaum irgendwo auf der Erde. Die Hudson Bay schenkt ihm ihre wilde Kraft, und so gestärkt stürzt er sich auf dieses Land, wo das Leben dennoch seinen Gang geht.
In diesem Jahr war der Winter mörderisch. Die Algonkin-Indianer konnten sich nicht erinnern, daß der Frost jemals so früh begonnen und so furchtbar zugeschlagen hatte. Nachts, bei sechzig Grad unter Null, hörte man zuweilen das Bersten und Krachen von Bäumen – es klang wie Gewehrschüsse. Manche dieser Bäume würden eingehen, die meisten aber im Frühling zu neuem Leben erwachen. Unter dem verkrusteten Schnee, unter dem schützenden Polster aus Flechten und Moos schlief das Leben. Die Wasserläufe und Seen, die mit einer dicken Eisschicht überzogen waren, bargen in ihren blaugrünen Tiefen eine Unzahl verschiedenster Lebewesen. Unter der starren, durchsichtigen Decke folgten die Strömungen ihrem schweigsamen Lauf. Durch lichtlose, gewundene Gänge, durch ein ganzes Labyrinth verzweigter Tunnel gelangten die Biber zu jenen geheimen Gewässern, wo sie jagten und fischten. Die Männer machten die Stellen ausfindig, wo die Tiere an die Oberfläche kamen, um Luft zu schöpfen; dort warteten sie

dann dick vermummt und regungslos stundenlang auf ihre Beute, die sie schließlich mit einem Axthieb töteten. Sie hackten auch Löcher ins Eis und ließen ihre Angelschnüre hinab, um aus lauen Tiefen die Fische herauszuziehen. Aufs Eis geworfen, zuckten sie noch kurz mit dem Schwanz, bevor der Frost sie packte. Wie sie so dalagen, steif und am Boden festgefroren, mit metallisch glänzenden Kiemen und versteinerten Körpern, schienen ihre kleinen runden Augen über diesen lichterfüllten Tod zu staunen, der sie so unvermittelt überfallen hatte.

Auf der eisharten Schneedecke liefen Elche und Karibus, die nicht nach Süden abgewandert waren, auf der Suche nach einer Quelle und nach eßbaren Flechten umher. Zuweilen brach die weiße Fläche, die unter ihren Hufen widerhallte, ein, und ein Tier versank bis zur Schulter. Bei dem verzweifelten Versuch, sich zu befreien, zerschlug es mit dem zweiten Lauf die harte Oberfläche, die barst wie eine Eierschale. Dann schlug das Tier wild um sich, wand und krümmte sich, verlor das Gleichgewicht; sein Atem ging kurz und stoßweise, es ließ einen heiseren Husten ertönen und stieß markerschütternde Schreie aus. Bald waren auch die zwei anderen Läufe versunken. Gefangen in dieser tückischen Falle, flach auf dem Bauch liegend und rasend vor Angst und Ohnmacht, stieß es sein Geweih wie besessen gegen den eisigen Boden, auf dem es ausgeglitten war und der ihm nun zum Verderben wurde, nachdem er ihm und seinen Vorfahren jahrhundertelang als Weg gedient hatte. Harter Schnee wirbelte unter seinen Hufen auf wie Steinsplitter unter dem Meißel des Bildhauers. Das Tier brüllte verzweifelt, schrie seine Todesangst in die Welt hinaus.

Obwohl es der gnadenlosen Kälte ausgeliefert war, blieb es manchmal noch den ganzen Tag am Leben. Wenn die Nacht hereinbrach, rannen große Tränen aus seinen schreckgeweiteten Augen und erstarrten sogleich zu harten Perlen, die im Fell festfroren. In der Dunkelheit schloß sich der Frost noch fester um das Tier, und als es starb, bedeckte sein Schweiß gleich einem kristallenen Leichentuch sein rotbraunes Fell. Es kam auch vor, daß ein Luchs auftauchte, bevor das Tier verendete, ja, noch bevor der Tag zur Neige ging. Manchmal wartete die Raubkatze aber auch die Dunkelheit ab, bevor sie zum Angriff überging und dem Opfer in den Nacken sprang, gleich hinter dem mächtigen Geweih, das nun so nutzlos war. Dann verfärbte sich das Weiß ringsumher purpurrot. Manchmal waren es auch Wölfe oder Raubvögel, die dem Leid des Tieres ein Ende machten.

Unzählige Tragödien spielten sich Nacht für Nacht in dieser Wildnis ab.

Die Indianer, die ihre Behausungen auf Rat der Stammesältesten an besonders geschützten Plätzen zu bauen pflegten, nutzten die Tage ohne Schneefall, um ihre Fallen in Ordnung zu bringen, das Wildbret zu zerlegen, dem Bären und dem Silberfuchs nachzustellen. Die weißen Trapper taten es ihnen gleich.

Drei Tage, oft aber auch sechs oder neun Tage und ebenso viele Nächte lang hielten wütende Stürme Tier und Mensch gefangen. Ohne es zu wissen, lebten sie manchmal nur in geringer Entfernung voneinander, umgeben von ihrer Einsamkeit inmitten des Tosens der Naturgewalten.

Weder auf den Baustellen im Wald noch in den Siedlungen der Arbeiter, die die Bahnstrecke absteckten, oder in den einsamen Bahnhöfen der schon in Betrieb genommenen Teilstrecken wagte sich irgend jemand ins Freie. Jeglicher Kontakt zwischen den Menschen war abgebrochen. Man konnte kaum von einer Hütte zur nächsten gelangen, ohne sich zu verirren; man lief Gefahr, sich im Kreis zu bewegen und schließlich vor Erschöpfung zusammenzubrechen. Der Sturm trug die Rufe davon, übertönte mit seiner gewaltigen Stimme die kläglichen Schreie der Menschen, die oft nur wenige Schritte von ihrer Hütte entfernt starben, geblendet vom wirbelnden Weiß.

Auch manche Waldläufer und sogar Indianer, die allein lebten, fielen dieser Raserei des Himmels zum Opfer, und es wurde nie mehr eine Spur von ihnen gefunden. Ihr stilles Ende war nichts als eine kurze Unterbrechung in dem grandiosen Konzert, das Himmel und Erde veranstalteten. Rottannen, Fichten und Birken wurden von Wirbelstürmen gepackt und entwurzelt oder wie Zündhölzer geknickt; kreisend stiegen sie empor und stürzten gleich darauf berstend zu Boden.

Inmitten dieses Tornados standen die Baracken fest und sicher. Die Öfen glühten. Alles lauschte, hielt den Atem an oder betete.

Diese Menschen, ursprünglich Bauern, die zu Holzfällern und Gleisarbeitern geworden waren, lagen auf ihren Reisigbetten und erlebten die Urgewalt des Nordwindes, der gegen den Wald wütete. Vielleicht dachten sie an vom Schnee bedeckte Felder und Wiesen in einer anderen Gegend, weit weg von hier, und an Ackerfurchen, in denen der Weizen auf den Frühling wartete. Ob sie sich nicht nach ihrem Ackerland zurücksehnten, diese Männer, die doch mehr Bauern als Waldarbeiter waren? Wenn sie sich nun daranmachten, den Wald zu besiegen, wenn sie bereit waren, Bäume zu fällen und Sümpfe auszuheben, so nur, um den Humus zutage zu fördern, um ihn der Sonne auszusetzen und ihm die Samenkörner aus der Sommerernte zuzuführen. Noch wurde hier gerodet, um Platz für die Eisenbahnlinie zu schaffen. Ob sich wohl eines Tages rings um die Bahnstationen Äcker und Felder erstrecken würden? Die Leute von der Regierung und von der Eisenbahngesellschaft behaupteten es und stellten unermeßliche Reichtümer in Aussicht. Manche Arbeiter bemühten sich bereits um Siedlerstellen.

Tatsächlich lag unter dem Moos guter, fruchtbarer Boden, der nur auf seine Urbarmachung zu warten schien. In ihrem Halbschlaf klang den ehemaligen Bauern das Brausen des Windes wie das sanfte Plätschern eines Baches im Schilf, und sie sahen anstelle der Wälder goldgelbe Kornfelder, die sich der Sense darboten, und eine unendlich weite Landschaft, in der sich der Blick verlor.

22

In ihrem Arbeitseifer und dem Wunsch, sobald wie möglich ihren Traum von einer sicheren Existenz zu verwirklichen, waren die Robillards jeden Morgen noch vor dem Gongschlag auf den Beinen. Im Schein der Laterne gingen Catherine, Alban und Stéphane zur Waschküche hinüber, die noch warm und vom Geruch der Wäsche erfüllt war. Sie entzündeten die beiden großen Petroleumlampen an der Decke, und dann machte sich Catherine wie gewohnt daran, die getrockneten Sachen von der Leine zu nehmen. Stéphane trug Holz herein, während der Vater vorsichtig den Aschenkasten leerte und den Ofen neu füllte. Es war immer genügend Glut vom Vorabend übrig, um ein Feuer zu entfachen, das gierig die Tannenzapfen verschlang und an den Scheiten emporzüngelte.

Die Asche, die Alban hinausbrachte, häufte er hinter dem Gebäude auf, in sicherer Entfernung, damit der Wind die Glut, die noch eine Zeitlang im Dunkeln leuchtete, nicht zum Haus trug. Eines Tages entdeckte Catherine die säuberlich gehäufte Asche.
»Du kannst wohl nicht anders«, sagte sie. »Du träumst immer noch von deinem Fleckchen Erde.«
»Man kann ja nie wissen ... Wir könnten doch versuchen, uns einen Garten anzulegen ... nur für uns allein. Georges würde das Spaß machen«, stammelte Alban.
»Wenn du nur in der Erde wühlen kannst ... Auf deine Weise bist du genauso besessen wie mein Bruder!«
»Du bist eben nicht auf dem Land aufgewachsen, du kannst das nicht verstehen.«
In den kältesten Nächten kroch der Frost bis in die Nähe des Feuers vor. Wegen des starken Windes hatte der Ofen, obwohl noch gegen neun Uhr Holz nachgelegt wurde, bereits vor Mitternacht seine Ration an Scheiten verschlungen, und die verbleibende Glut besaß nicht genügend Kraft, gegen die Kälte anzukämpfen. Dann wurde die Wäsche auf der Leine steif, wundersame Blumen überzogen das Wasser in den Bottichen, und der nasse Boden wurde spiegelglatt. Während dieser bitterkalten Zeit pflegte Raoul, wenn er nicht gerade unterwegs war, sorgfaltig darüber zu wachen, daß das Feuer nicht ausging. In seiner Abwesenheit übernahm Stéphane diese Aufgabe; Chabot hatte ihm einen großen Wecker geliehen. Alban meinte, sie sollten sich abwechseln, doch der Junge wollte nichts davon wissen.
»Es ist so schön, der einzige zu sein, der um diese Zeit auf den Beinen ist«, sagte er. »Dann hab ich das Gefühl, daß mir die ganze Welt gehört.«
Wenn das Feuer mitten in der Nacht wieder auflebte und

die Kälte zurückwich, wenn die Tür einen Augenblick offenstand und den Blick freigab auf das dichte Dunkel draußen, dann überkam Stéphane ein Gefühl der Macht. Bald brauchte der Junge den Wecker nicht mehr, er hatte sich an den Rhythmus gewöhnt. Später, als die große Kälte nachließ, stand er weiterhin regelmäßig um Mitternacht auf, und so konnte doppelt soviel Wäsche getrocknet werden.

»Ich bin genau wie du«, sagte Stéphane stolz zu Raoul, »ich hab einen Wecker im Leib.«

»Eines Tages werdet ihr Wäschereien in ganz Kanada haben«, meinte der Trapper grinsend, »mit Hunderten von Angestellten und eigenen Fahrzeugen.«

»Warum nicht gleich in Kalifornien«, gab Catherine zurück, »da soll es wärmer sein als hier.«

»Das schon, aber dort muß man Englisch können«, neckte sie Raoul.

»Dann kommst du einfach mit, als Übersetzer.«

Raoul war nun immer häufiger unterwegs. Das Leben der Robillards verlief in ruhigen, geregelten Bahnen.

Seit er nicht mehr für die Eisenbahngesellschaft arbeitete, hatte Stéphane auch keinen Anspruch auf das Kantinenessen. Und da zu befürchten war, daß unter den Neuankömmlingen, die großenteils aus den westlichen Provinzen stammten, Spitzel waren, die ihn verraten würden, fand er sich jeden Morgen noch vor dem allgemeinen Wecken in der Cookery ein. Dort bekam er von Graillon und seinem Gehilfen einen viereckigen Korb mit Klappdeckel, der mit einer Kanne Tee, dicken Bohnen, Pfannkuchen und Marmelade vollgepackt war. Wenn die beiden Köche Kleider zum Waschen oder Ausbessern hatten, nahm Stéphane sie gleich mit. Ein Gefühl der Freundschaft verband die drei jungen Leute, wenn sie sich lachend über ihre Arbeit unterhielten oder über das Wetter sprachen. Die Küche duftete nach Pfannkuchen und Speck, und von den beiden Etagenherden mit den glänzenden Kupferbeschlägen ging eine Gluthitze aus.

Jeden Morgen, wenn sie den ersten Topf mit Wäsche aufgesetzt hatten, gingen Catherine und Stéphane ins Haus zurück und frühstückten. Dann ertönte der Gong, und Alban machte sich auf den Weg zur Arbeit. Draußen in der Kälte zog er den Kopf ein, so daß der hochgeschlagene Kragen seines Mantels den Rand seiner warmen grauen Mütze berührte.

Wenn er so davonging mit seinem Werkzeug unter dem Arm, sagte Catherine manchmal zu Stéphane: »Wenn er nicht bald eine andere Arbeit findet, geht er noch zugrunde.« Dann gingen die beiden wieder in die Waschküche hinüber. Während Catherine wusch und bügelte, schleppte Stéphane Holz und Wasser herbei. Wenn die Pumpe nicht genügend Wasser hergab, mußte er Brocken aus dem Eis schlagen, die dann in Kübeln neben dem Ofen schmolzen.

Es herrschte eine tiefe Vertrautheit zwischen Mutter und Sohn. Sie feuerten sich gegenseitig an, nahmen einander manche Arbeit ab und plagten sich redlich in ihrer feuchten Dampfküche. Das rötliche Flackern des Feuers vermischte sich mit dem Schein der beiden Lampen, und durch das kleine Fenster, dessen Scheiben der Winter oft mit einer Fülle zarter Blüten und Ranken schmückte, drang ein wenig Tageslicht.

Gegen neun Uhr versorgte Stéphane das Feuer im Haus und sah nach, ob die Kinder alles hatten, was sie zum Frühstück brauchten.

Eines Morgens im Januar, es war noch früh, hörten sie Louise schreien: »Mutter! Stéphane! Kommt, kommt schnell!«
Ihre Stimme klang so angsterfüllt, daß beide sofort und ohne etwas überzuziehen hinausstürzten und mit klappernden Holzschuhen hinüberrannten. Es war ein ruhiger Morgen; schwer lag die Kälte über dem Haus.
In ihrem Nachthemd aus grobem weißem Stoff und barfuß stand Louise in der geöffneten Tür. Ihr durchdringendes Schreien war weithin hörbar.
»Was ist geschehen?« fragte Catherine.
Stéphane packte seine Schwester und trug sie hinein. »Du wirst dir noch den Tod holen!«
»Da, seht nur … Was hat der Georges?«
Die Kleine, die am ganzen Körper zitterte, zeigte auf das Bett. Ihr Bruder lag unbeweglich da, der Schweiß rann ihm über sein hochrotes Gesicht, und seine übergroßen Augen blickten starr zur Holzdecke empor.
Catherine kniete auf dem Reisig nieder.
»Georges, mein Liebling, was hast du nur?«
Der Junge stieß ein heiseres Röcheln aus und blickte weiter starr zur Decke. Die Mutter legte ihm die Hand auf die Stirn und richtete sich wieder auf.
»O Gott, es geht ihm sehr schlecht!«
Es klopfte.
»Herein!« rief Stéphane.
Es war Monsieur Ouimet. Hinter ihm standen Graillon und der Feldmesser.
»Wir haben Schreie gehört!«
»Kommen Sie, schauen Sie sich meinen Jungen an«, sagte Catherine.
Der Ingenieur kniete neben dem Kind nieder.

»Herrgott noch mal«, schimpfte er leise, »wann werden die uns endlich die Betten schicken ...«
Er ergriff Georges' Handgelenk, schlug das Bärenfell und die Decke zurück und legte sein Ohr auf die Brust des Jungen. Es herrschte atemlose, angespannte Stille. Ouimet richtete sich langsam wieder auf und deckte das Kind, das nach wie vor teilnahmslos dalag, wieder zu. »Wir brauchen einen Arzt. Vielleicht ist es die Lunge – er hat sehr hohes Fieber.«
»Aber wo kriegen wir einen Arzt her?« fragte Catherine. »Die nächste Stadt ist Cochrane ...«
Er dachte einen Augenblick nach und sagte dann: »Ich werd jemanden hinschicken – obwohl mir das Wetter Sorgen macht. Es fängt sicher noch vor Mittag zu schneien an.«
»Wenn doch nur mein Bruder hier wär!«
»Er ist da!« sagte Graillon. »Ich hab Licht bei ihm gesehen.«
»Gott sei Dank!« rief Catherine aus. »Er wird den Arzt holen. Und er ist schnell!«
Stolz klang aus ihrer Stimme, und sie schien wieder etwas Hoffnung zu schöpfen. Der Koch lief schon aus dem Haus. »Ich hol ihn«, rief er.
Draußen hörte man ihn noch mit ein paar Holzfällern sprechen, die von den Schreien der kleinen Louise aufgeschreckt worden waren.
Monsieur Ouimet wandte sich an Lavallée. »Hol mir den Arzneikasten«, bat er. »Und laß gleich Robillard rufen. Er arbeitet an der Strecke und hat bestimmt nichts gehört.«
Raoul trat herein.
»Ich bin heut nacht zurückgekommen.«
Er beugte sich über das Kind und horchte auf seine Atemzüge.

»Blutandrang«, stellte er fest. »Damit ist nicht zu spaßen. Hast du Senf im Haus?«
Catherine schüttelte den Kopf, doch Monsieur Ouimet sagte: »Ich hab welchen. Der Arzneikasten wird gleich gebracht.«
»Wir müssen heiße Wickel machen«, sagte Raoul.
»Wir brauchen einen Arzt«, drängte Catherine. »Könntest du nicht ...«
»Ich geh sofort los«, unterbrach sie ihr Bruder. »Aber hier muß schnell was geschehen. Ich werde drei Tage brauchen, falls das Wetter hält – für den Rückweg vielleicht nur ein bis zwei, falls der Arzt ein gutes Pferd hat oder Schlittenhunde. Wenn wir zu Fuß kommen müssen, kann ich nichts versprechen.«
»Ich werde fragen, ob dich jemand begleiten will«, sagte Monsieur Ouimet.
In diesem Augenblick trat Hector Lavallée ein, der einen weißen Kasten mit aufgemaltem roten Kreuz trug.
»Es haben sich schon mindestens sechs Männer gemeldet«, erklärte er.
»Das kann ich nicht brauchen, das hält mich nur auf«, sagte Raoul und verließ den Raum.
»Gut, wenn ihm das lieber ist«, seufzte Monsieur Ouimet. Er wandte sich Catherine zu. »Sie dürfen sich jetzt nicht aufregen, Catherine. Geben Sie mir einen Topf mit heißem Wasser. Und ein paar Tücher.«
Er zog eine braune Papiertüte aus dem Kasten, schüttete das Senfpulver ins heiße Wasser und rührte mit einem Kochlöffel um. Ein beißender Geruch, der einem die Tränen in die Augen trieb, erfüllte den ganzen Raum und ließ fast ein wenig Hoffnung aufkommen. Mußte ein so starkes Mittel nicht jedes Übel besiegen?

Als Catherine und Monsieur Ouimet das wimmernde Kind gerade in die Tücher gewickelt hatten, kam der Vater. Er wurde von einem kleinen, stämmigen Mann begleitet, dessen rote Nase und winzige graue Augen aus einem krausen schwarzen Bart hervorsahen, der sein ganzes Gesicht bedeckte. Alban blickte auf seinen Sohn; er stand etwas unbeholfen da, als wisse er nicht wohin mit seinen großen Händen. Dann zeigte er auf den Bärtigen.
»Er hat ein Heilmittel«, sagte er.
Zögernd trat der Mann näher. Er blickte etwas verlegen von einem zum andern, beugte sich dann über den Jungen und zog aus seiner Tasche ein Fläschchen hervor, das in seiner großen, mit Narben übersäten Hand fast verschwand.
»Da – ein Heiltrank. Meine Frau hat ihn gemacht, ihre Mutter ist aus Kalabrien. Es sind vierzig Kräuter drin. Man muß mindestens sechs Löffel am Tag nehmen. Nachts auch.«
»Aber dann haben Sie ja gar nichts mehr«, sagte Catherine.
Der Mann lächelte, und seine weißen Zähne blitzten aus dem schwarzen Bart hervor.
»Ich brauch nichts. Kannst ihm alles geben … Gott steh dir bei.«
Catherine und Alban dankten ihm. Der Mann nickte ihnen zu und schloß dann behutsam die Tür hinter sich. Monsieur Ouimet öffnete das Fläschchen und schnupperte daran.
»Das riecht gut. Das wird den Schleim lösen. Ich hab auch Sirup dabei – wir geben ihm abwechselnd von beidem.«
Der Junge lag noch immer völlig apathisch da. Sie richteten ihn etwas auf, hatten aber große Mühe, seine Zähne auseinanderzubringen. Als er die Arznei endlich geschluckt hatte, wickelten sie ihn wieder in die mit Senf getränkten Tücher, die ihm Rücken und Brust röteten. »Geh jetzt in die

Waschküche«, sagte Catherine zu Stéphane, »das Feuer darf nicht ausgehen.«
Der Junge gehorchte, und Monsieur Ouimet sagte: »Ziehen Sie die Kleine warm an, ich nehme sie mit zu uns. Ich glaub zwar nicht, daß das ansteckend ist, aber man kann nie wissen ... Außerdem hat der Junge dann mehr Ruhe.«
Catherine zog ihre Tochter an. Louise schien gern mit dem Ingenieur zu gehen.
»Gegen Mittag komm ich wieder«, versprach Monsieur Ouimet.
»Darf ich bei dir essen?« fragte Louise.
»Aber natürlich. Wir holen uns was aus der Kantine und essen mit Hector zusammen.«
Der Ingenieur sprach noch mit Alban und bestand darauf, daß er bei seinem Sohn bleiben und nicht zur Arbeit gehen solle. Dann trug er Louise hinaus, die ihren Arm um seinen Hals gelegt hatte.
Sobald sie mit dem kranken Kind allein waren, knieten Catherine und Alban wie auf ein geheimes Zeichen nieder und begannen zu beten.

23

Raouls Bündel, das etwas Kleidung zum Wechseln und sein kleines Zelt enthielt, war noch gar nicht ausgepackt. Er steckte rasch noch ein paar Spiritustabletten, eine Tüte Zucker, drei geräucherte Fische, etwas Dörrfleisch und eine Flasche Schnaps dazu. Obenauf packte er seine Schneeschuhe. Dann schulterte er sein Gewehr und machte sich mit langen, federnden Schritten auf den Weg durch die Schneise.

Die Menschen, die hier entlanggegangen, und die Ochsen, die hier durchgetrieben worden waren, hatten die Schneedecke festgetreten, so daß sie gut trug. Und da der Wind unablässig darüberfuhr, war der Weg so blankgefegt wie ein Klostergang. Die losen Rundhölzer, die als Brücke über die Bäche führten, waren vom Eis fest zusammengeschweißt worden und hallten hohl unter den Tritten wider.
Nach guten drei Stunden machte Raoul kurz halt und holte ein Stück Dörrfleisch aus seinem Bündel hervor, das er in seinen Gürtel steckte. Anfangs schmerzte es an seinem Bauch wie ein Eisklumpen, aber dann erwärmte es sich allmählich. Ohne seinen Schritt zu verlangsamen, holte er es wieder hervor, riß kleine Bissen davon ab, steckte sie in den Mund und kaute sie langsam.
Als er gegessen hatte, verließ er die Schneise und ging in den Wald hinein. Er sammelte Tannenzweige, machte ein kleines Feuer, brachte etwas Schnee zum Schmelzen und kochte sich einen starken, süßen Tee. Während das Getränk zog, lief er ums Feuer herum, um die Müdigkeit zu vertreiben. Er war sehr schnell gegangen, und nun rann ihm der Schweiß von den Schläfen. Sein Mantel und seine Mütze aus Wolfsfell waren mit einer dicken Schicht Rauhreif bedeckt, die in der Hitze des Feuers schmolz.
Die Holzfäller, die während des Sommers und Herbstes hier beschäftigt gewesen waren, hatten ihre Zelte gleich bei der Baustelle aufgeschlagen – man konnte noch immer die Spuren des Lagers erkennen. Vereinzelt waren auch Hütten gebaut worden, Raoul kannte sie. Aber an zweien war er schon vormittags vorübergekommen, und die nächste war zu weit entfernt, als daß er sie vor Einbruch der Dunkelheit hätte erreichen können.
Er machte sich wieder auf den Weg, mit etwas vorgereck-

tem Hals, die Schultern vom Riemen seines Bündels nach hinten gezogen, so daß er den Oberkörper ganz leicht nach vorn neigte, um im Gleichgewicht zu bleiben. Seine langen Beine arbeiteten wie Teile einer gut geölten Maschine, zum Laufen geschaffen und fähig, tage- und nächtelang denselben Rhythmus einzuhalten.

Nichts konnte ihn aufhalten – außer dem Wetter. Er blickte häufig wie beschwörend zum Himmel hinauf, doch die schweren, schneeträchtigen Wolken rückten näher.

»Jetzt ist es bald soweit«, schimpfte er leise vor sich hin, »verfluchtes Land!«

Mit langen Schritten eilte er weiter. Wenn man viel allein ist, beginnt man, Selbstgespräche zu führen; doch jetzt galt es, mit der Atemluft sparsam umzugehen, und so brummte er nur ab und zu vor sich hin.

In seinem Blick lag eine grimmige Freude, eine wilde Befriedigung, und tief in seinem Innern spürte er seine Liebe zu dieser winterlichen Welt, eine leidenschaftliche Liebe, die das Nahen des Sturms nur noch steigerte. »Komm nur, komm, mich kriegst du nicht unter. Ich schaff's schon bis Cochrane, und ich werd den Doktor mitbringen; wenn's sein muß mit Gewalt. Wetten, daß kein Mensch weit und breit die Strecke so schnell schafft wie ich?«

Meile um Meile führte die Schneise schnurgerade durch den Wald. Manchmal, wenn er geradeaus blickte, wo sie sich, von Birken und Rottannen gesäumt, verjüngte und in der Weite verlor, sah er bläuliche Dunstschleier vor seinen Augen schweben, in denen schwarze Punkte wie Fliegen auf- und niedertanzten. Das war ein Zeichen von Erschöpfung. Wenn dann das Blut heftig in seinen Schläfen pochte, verlangsamte er den Schritt und zwang sich, ruhiger zu atmen, bis er wieder klar sehen konnte. So lief er immer weiter, bis der Tag zur Neige ging. Immer bedrohlicher verdüsterte sich der Himmel, aber erst als das hereinbrechende Dunkel die Konturen verwischte und den Horizont verschleierte, fielen die ersten Flocken. Sie schmerzten auf der Haut und brannten in den Augen. Raoul blinzelte und zog den Kopf ein. Plötzlich blieb er stehen, hielt den Atem an und lauschte, wie ein Tier, das Gefahr wittert. Dann zog er die Luft stoßweise durch die Nase ein und wandte langsam den Kopf. Seine Züge entspannten sich, und er lächelte.

»Gott ist auf unserer Seite«, murmelte er.

Er verließ den Weg, tauchte in den Wald ein, machte einen Bogen um dichtes Gestrüpp, hielt noch einmal witternd inne und gelangte schließlich auf eine Lichtung. An einem Bach brannte ein kleines Feuer, und nahebei waren zwischen Holzpflöcken frische Häute aufgespannt. Etwas zurückgesetzt und von den tanzenden Flammen kaum beleuchtet, stand ein Zelt. An der Form und an den Zeichen, die auf dem Leder aufgemalt waren, erkannte Raoul, daß es Algonkin-Indianern gehören mußte.

»Freunde! Freunde!« rief er in ihrer Sprache.

Der Zelteingang tat sich auf, und ein Mann erschien. Raoul trat näher. »Freund!« sagte er noch einmal.

Der Indianer beobachtete ihn. Als Raoul im Lichtkreis der Flammen stand, wandte sich der Algonkin zum Zelt und rief: »Es ist der Langbeinige!«

Von drinnen hörte man Rufe und Gelächter. Raoul trat ins Zelt. Das tanzende Licht einer winzigen Öllampe erhellte die lächelnden Gesichter. Die Augen leuchteten vor Freude. Etwa ein Dutzend Männer, Frauen und Kinder saßen im beißenden Rauch dichtgedrängt um einen Blechofen, dessen Rohr durch die Zeltplane ins Freie führte.

»Schlechtes Wetter, um unterwegs zu sein«, sagte ein alter Mann.
»Schlechtes Wetter«, stimmte Raoul zu und legte Bündel und Gewehr ab.
»Dann muß man zu Hause bleiben.«
»Manchmal gibt's Gründe, auch bei Sturm aufzubrechen.«
»Was für Gründe?«
Raoul ließ sich dem Alten gegenüber nieder und erklärte, weshalb er nach Cochrane wollte.
Der Alte nickte. Mit halbgeschlossenen Augen saß er da, zog an seiner kleinen Tonpfeife und ließ den Rauch erst nach einer langen Weile durch seine schmalen Lippen entweichen. Sein Gesicht war von unzähligen schwarzen Furchen durchzogen. »Schnee wird kommen«, sagte er.
»Ich weiß.«
»Du wirst hier schlafen.«
»Ich muß weiter.«
»Nein. Du wirst hier schlafen. Sogar der Langbeinige muß in der Nacht schlafen, wenn er den ganzen Tag gelaufen ist. Morgen geh ich mit dir zu dem Kind. Du weißt, daß ich heilen kann.«
»Ich hab versprochen, einen Arzt zu holen.«
»Ich heile besser als dein Arzt.«
»Ich glaub's dir. Aber die Mutter will einen Arzt. Ich hab's versprochen. Ich muß gehen.«
»Du gehst den Arzt holen, ich geh zum Kind. Und wenn dein Arzt kommt, wird das Kind schon gesund sein.«
Inzwischen hatten sie begonnen, von dem Sagamite zu essen, dem Gericht aus Fleisch und Mais, das ihnen die Frauen reichten. Das Gespräch zwischen Raoul und dem Alten war immer wieder von langen Pausen unterbrochen und zog sich bis zum Ende der Mahlzeit hin. Die anderen kauten

bedächtig und hörten schweigend zu. Zuweilen, wenn ein besonders heftiger Windstoß am Zelt rüttelte, hielten alle inne, und ihre Blicke wurden starr, während die Flamme der Öllampe erzitterte.
Der alte Algonkin konnte Raoul am Ende doch überreden, bis zum Morgengrauen die Wärme des Zeltes mit ihnen zu teilen. Dichtgedrängt lagen die Indianer unter ihren Fellen; Raoul hatte sich zwischen den Alten und den Zelteingang gelegt, dessen schwerer Ledervorhang im Wind hin und her schlug.
Lange vor Tagesanbruch standen sie auf. Das Unwetter war jetzt mit aller Macht hereingebrochen, aber der Lagerplatz im Windschatten einiger mächtiger Rottannen war gut gewählt. Zwei Frauen kochten einen Topf mit Grieß und fügten geräuchertes Schweinefleisch, Ahornsirup und Schnaps hinzu. Die Mischung aus Fleisch, Zucker und Alkohol schmeckte widerwärtig, aber wer davon aß, dem konnte die größte Kälte nichts anhaben.
»Der Nordwind ist stark«, sagte der Alte. »Du wirst frieren. Nicht im Gesicht. Der Weg ist gut. Du brauchst keine Schneeschuhe. Du wirst schnell vorwärtskommen.«
»Das muß ich auch.«
»Ich geh langsamer«, sagte der Alte lächelnd.
»Du bleibst da.«
Der Indianer zeigte auf sein Bündel, das schon bereitlag. Er hatte die Schneeschuhe darauf befestigt und sein Gewehr dagegen gelehnt.
»Ich geh zum kranken Kind.«
Raoul drückte ihn an sich.
»Du bist gut und tapfer«, sagte er.
Der Alte nickte, und seine schlitzförmigen Augen strahlten. Sie traten ins Freie und legten den Weg bis zur Schneise

gemeinsam zurück. Mit seinen dicken Pelzfäustlingen faßte Raoul den Indianer noch einmal an den Schultern, dann trennten sie sich wortlos.
Noch war der Tag nicht angebrochen. Es herrschte ein trübes, milchiges Licht, in dem Tausende winziger Schneeflocken zu erkennen waren. Schmerzhaft wie scharfe Späne trafen sie Wangen, Hals und Handgelenke.
Raoul hatte Glück; da er in westlicher Richtung ging, traf ihn der Nordwind nicht mit voller Wucht. Ächzend duckten sich die Bäume unter seinen Peitschenhieben; wütend wirbelte er eine Weile durch die abgeholzte Schneise, bevor er sich wieder über den Wald hermachte. Vornübergebeugt kämpfte sich der alte Indianer vorwärts, das Kinn gegen die Brust gepreßt, den Kopf mit der Wolfsfellmütze gesenkt. Seine Schritte waren kürzer als die des weißen Trappers, aber auch schneller. Es sah fast so aus, als liefen seine krummen Beine vor dem schmächtigen Körper her.
Raoul machte erst an einem großen, verlassenen Holzhaus halt, das die Streckenarbeiter errichtet hatten. Er öffnete die Tür, die sorgsam mit einem Metallhaken verschlossen war. Ein runder, gußeiserner Ofen stand mitten im Raum. Auch die Reisiglager hatten die Männer zurückgelassen. In einer Kiste lagen Holzspäne, Tannenreisig und größere Scheite, und in einer Keksdose fand Raoul trockene Zündhölzer. Er machte ein kleines Feuer und kochte Tee. Er aß etwas Dörrfleisch und lief dabei auf und ab. Ein einziges Fenster erhellte den Raum. Die Scheiben waren noch unversehrt, und es tat gut, von hier aus dem wütenden Sturm zuzusehen. In einer Ecke des Raums hatte sich Schnee aufgehäuft, und Raoul sah nach, wo die undichte Stelle war. Dann schnitt er einen Holzzapfen zurecht und trieb ihn mit kräftigen Schlägen in die Öffnung. Nachdem er seine Mahl-

zeit beendet hatte, ging er wieder ins Freie, und während er die Tür schloß und sich mit dem Haken abmühte, hatte der Sturm ihn schon wieder in seiner Gewalt.
Er schwang sein Bündel über die Schulter und machte sich wieder auf den Weg. Er ging immer schneller und legte von Zeit zu Zeit einen kurzen Dauerlauf ein, um die Gelenksteife zu vermeiden, die eintritt, wenn man zu lange dieselbe Bewegung wiederholt.
Das wirbelnde, weißgraue Tosen um ihn her hielt mit unverminderter Heftigkeit an, wurde nur zuweilen von einem fahlen Licht durchzuckt.
»Du willst mich wohl kleinkriegen, alter Gauner ... Aber das schaffst du nicht«, stieß Raoul zwischen den Zähnen hervor. Es klang, als redete er zu einem Gefährten, mit dem er sich freundschaftlich balgte.
Er lief weiter, blickte nicht rechts noch links, wie ein Tier, das unbeirrt seinen Weg geht. Die Klagelaute des gequälten Waldes, sein Krachen und Bersten verloren sich im gewaltigen Brausen des Unwetters.
Gleich einem riesigen Strom wälzte der Sturm sich über den Kontinent. Er kam aus dem ewigen Eis. Auf seinem Weg raste er über das Hochland von Labrador und die weite Ebene der Hudson Bay, wo Wasser und Land zu einem gewaltigen Panzer zusammengewachsen waren, den der Winter geschmiedet hatte. Er durchquerte das Abitibiland, verfing sich in den Wäldern und fiel dann über das Temiskaminggebiet und das Tal des Sankt-Lorenz-Stroms her. Was von seiner Wucht noch übrig war, ging über dem weniger kalten Hügelland an der Grenze zu den Vereinigten Staaten nieder.
Kurz und stoßweise atmend lief Raoul immer weiter, eine winzige Gestalt inmitten dieses tosenden Stroms. Er sah das

vom Fieber aufgedunsene kleine Gesicht des Kindes vor sich, das er retten mußte. Er setzte alles daran, über den mächtigen Winter zu siegen, der Mensch und Tier vernichtete und dessen grausames, gigantisches Gelächter vom Wald aufstieg und sich hoch in den Wolken verlor.

24

Alban blieb den ganzen Tag bei seinem Sohn. Die Senfpflaster hatten dem Kind etwas Linderung verschafft, und so kehrte Catherine wieder ins Waschhaus zurück. Sie kam häufig, um nach dem Jungen zu sehen, nahm seine heiße Hand in die ihre, versuchte, ihm Sirup einzuflößen, den er aber nicht bei sich behielt, und ging wieder an ihre Arbeit. Auch Monsieur Ouimet und Lavallée kamen vorbei. Die Krankheit brauche eben ihre Zeit, meinten sie. Stéphane, der alles tat, um seiner Mutter die Arbeit in der Waschküche zu erleichtern, machte, sooft er konnte, einen kurzen Besuch im Krankenzimmer.

Als es dämmerte und der Sturm losbrach, sagte Catherine: »Wir müssen auch für Raoul beten. Ich kenne ihn, der gönnt sich keine Ruhepause. Lieber setzt er sein Leben aufs Spiel.«

Mehrmals während der Nacht kam der kleine Georges zu sich, und sein Blick belebte sich. Aber das Fieber verzehrte ihn. Catherine hatte auf dem Herd stets einen Topf mit heißem Tee stehen, den Hector zubereitet hatte.

»Ich will was Kaltes trinken«, sagte der Junge immer wieder.

Gegen Morgen bekam er kaum noch Luft. Er klagte über Schmerzen in der Brust und schien von innen her zu glühen.

Sein Atem ging immer schneller, er begann zu röcheln. Er kämpfte gegen den zähen Schleim an, an dem er zu ersticken drohte. Es war, als hätte sich ein unheimlicher Parasit seines Körpers bemächtigt, um ihn zu zerstören. Stéphane stürzte aus dem Haus, um den Ingenieur zu wecken. Der Sturm heulte und tobte noch heftiger als zuvor. Ungeheure Schneemassen stürzten vom Himmel, und man konnte keine zehn Fuß weit sehen. Wenn man eine Tür schließen wollte, mußte man sich mit aller Kraft dagegenstemmen. An manchen Stellen türmten sich haushohe Schneeverwehungen, an anderen wiederum hatte der Wind die hartgefrorene Erde freigelegt.
Monsieur Ouimet war sofort da. Er zog Mütze und Mantel aus Wolfsfell aus, klopfte den Schnee ab und kniete neben dem Kranken nieder, dessen Gesicht schweißüberströmt war.
»Seltsam«, murmelte er, »ob es wohl doch Diphterie sein könnte …?«
»Was sollen wir tun?«
Catherines Stimme verriet ihre ganze Angst. Bis jetzt war sie tapfer gewesen, aber man spürte, daß sie am Ende ihrer Kraft war. Ihre Lippen zitterten, und ihre Augen hatten einen merkwürdigen Glanz.
»Was fur ein Wahnsinn, hier zu leben, wo weit und breit kein Arzt ist …«, sagte Alban.
In Gedanken versunken strich sich Monsieur Ouimet über das schlecht rasierte Gesicht.
»Ich glaube, wir sollten einen Aderlaß versuchen. Ist zwar ein altes Hausmittel, das kaum noch angewendet wird, aber es hilft.«
Die Eltern sahen sich an.
»Ich weiß nicht recht …«, meinte Alban.

»Kennen Sie sich denn damit aus?« fragte Catherine.
»Hector versteht was davon. Wir sprachen mal von alten Heilmitteln, und da hat er erzählt, daß er's schon ausprobiert hat.«
Wieder lief Stéphane in den Sturm hinaus und kam bald darauf mit Hector Lavallée zurück. Dieser holte ein Rasiermesser, Watte, Verbandsmull und ein kleines Fläschchen mit reinem Alkohol hervor.
»Ich wollte es schon gestern vorschlagen«, sagte er, »aber ich hab mich nicht getraut.«
»Wird es ihm weh tun?« fragte Alban.
»Er wird gar nichts spüren.«
Lavallée zündete einen Reisigzweig an und fuhr mit der Klinge seines Rasiermessers über die Flamme. Dann reinigte er eine Stelle am Arm des Jungen mit Alkohol. Angespannt verfolgten Catherine und Stéphane jede seiner Bewegungen. Alban hatte sich abgewandt, schien zu zögern, entfernte sich schließlich leise und stellte sich an den Ofen. Dort begann er fast unhörbar zu beten: »Gegrüßet seist du Maria, voll der Gnade …«
Das Blut, das in die Schale rann, war dickflüssig. Lavallée reinigte den Einschnitt, breitete erst ein trockenes, dann ein alkoholgetränktes Stück Mull darüber und legte den Verband an. Der Junge hatte keinen Laut von sich gegeben.
»Sehen Sie«, sagte Hector Lavallée, »er hat gar nichts gespürt.«
»Mir wär's lieber gewesen, wenn er geschrien hätte«, erwiderte Catherine. »Es ist kein gutes Zeichen, daß er nichts mehr spürt.«
Die Männer schienen verlegen.
»Wir werden gleich sehen, wie es wirkt«, sagte Monsieur Ouimet. »Stéphane soll mir Bescheid geben.«

Der Ingenieur und der Feldmesser gingen hinaus.
»Ich bleib hier«, sagte Catherine, »die Wäsche kann warten. Aber das Feuer muß in Gang gehalten werden, sonst friert alles ein.«
»Ich geh schon, Mutter. Die Wäsche, die gespült ist, häng ich auf. Mach dir keine Sorgen.«
Nun waren Catherine und Alban allein mit ihrem kranken Kind. Sie beteten eine Weile, dann löschten sie die Öllampe und setzten sich auf die niederen Holzblöcke, die neben dem Bett standen. Das fahle Licht des anbrechenden Tages drang durch die vereisten Scheiben und vereinte sich mit dem rötlichen, flackernden Schein des Feuers. Auf dem Ofen summte der Wasserkessel. Inmitten des wütend heulenden Sturms erschien dieses stetige Geräusch des siedenden Wassers friedlich und beruhigend, gleichsam unwandelbar, das einzig Lebendige, dem nichts etwas anhaben konnte. Im Vergleich dazu klang das röchelnde Atmen des Kindes noch schwächer; jeden Augenblick mußte man Angst haben, daß es ganz aufhören würde.
Gegen Mittag wärmte Catherine einen Rest Bohnensuppe auf, doch sie aßen kaum etwas. Dann ging sie zur Baracke des Ingenieurs hinüber, um nach Louise zu sehen. Das Mädchen saß nahe beim Ofen und malte auf einer kleinen Tafel.
»Sie ist uns eine große Hilfe«, sagte Monsieur Ouimet lachend, »dafür bekommt sie natürlich bezahlt.«
Voller Freude hielt das Kind seiner Mutter eine kleine Pappschachtel mit einigen Münzen und Bonbons entgegen.
»Da, für Georges«, sagte sie.
Catherine nahm zwei Bonbons, küßte die Kleine und ging wieder in den Sturm hinaus, der mit unverminderter Wucht anhielt und das ganze Land niederzuwalzen schien.

»Herr, laß ihn rechtzeitig zurückkehren ...«, rief sie aus und blickte zum verdüsterten Himmel hinauf.
Die Dunkelheit brach früh herein, wurde mit jedem Windstoß näher getrieben, klammerte sich erst an einzelne Nadelbäume und setzte sich dann im ganzen Wald fest. Rasch erreichte sie auch das Haus, in dem das Leid eingezogen war, und senkte sich über das Bett des kranken Kindes, dessen Atemzüge von Minute zu Minute schwächer wurden.
Catherine und Alban wußten, wie lange Raoul für die Strecke brauchen würde, und doch horchten sie jedesmal mit klopfendem Herzen auf, sobald sie ein Geräusch hörten, das nicht vom Sturm herrührte. Sie warteten möglichst lange mit dem Anzünden des Lichts, vielleicht, um das unaufhaltsame Fortschreiten der Krankheit nicht mit ansehen zu müssen.
Alban war gerade aufgestanden, um die Lampe zu holen, als Georges plötzlich von einem heiseren Husten geschüttelt wurde, der wie ein Schluckauf klang. Der Junge rang mühsam nach Luft und versuchte mit aller Kraft, sich aufzurichten.
Catherine stürzte zu ihm.
»Mach Licht, schnell!« rief sie.
Mit seinen ungeschickten Händen hantierte Alban an der Lampe und hätte fast das Glas zerbrochen. Der Junge bekam keine Luft mehr. Catherine stützte ihn und schrie: »Hol Hilfe! ... Du mußt Hilfe holen!«
Heftig zitternd hängte Alban die Lampe, die endlich brannte, an ihren Platz; dann stürzte er zur Tür, riß sie auf und schrie: »Steph! Steph!«
»Ja, hier bin ich!«
»Lauf schnell, hol Monsieur Hector ...«

Er trat wieder ins Zimmer. Der Junge hatte aufgehört zu husten und bäumte sich krampfhaft auf. Mit verschwommenem Blick sah er die Eltern an.
»Mutter ...«, stieß er kaum hörbar hervor.
Dann folgte ein Röcheln, der Kopf fiel zurück, der Körper versteifte sich, krümmte sich und wurde von einem heftigen Zittern geschüttelt.
»Mein Gott! Mein Gott!« flehte die Mutter.
Der Körper des Kindes erschlaffte und fiel zurück. Es atmete nicht mehr.
Minutenlang herrschte Stille. Dann öffnete sich die Tür, und ein Mann trat ein. Erst dachten sie, es sei der Feldmesser, doch als er näherkam und seine Fellmütze abnahm, erkannten sie einen alten Indianer, der schon öfter hier vorbeigekommen war.
»Der Langbeinige hat gesagt ... das Kind ist krank. Ich kann heilen ...«
Er trat näher. Catherine bettete den Kopf ihres Sohnes auf das durchnäßte Laken.
»Aus ... es ist zu Ende«, flüsterte sie.
Sie schluchzte laut auf. Mit gebeugtem Rücken und zitternden Schultern kniete sie auf dem Lager nieder, barg das Gesicht in den Händen und weinte.
Auch Alban weinte. Starr und stumm stand er da, während ihm die Tränen über das Gesicht liefen.
Der Indianer schüttelte langsam den Kopf.
»Zu alt ... Nicht schnell genug«, murmelte er leise.
Als der Ingenieur und der Feldmesser mit Stéphane eintraten, sah er sie an und wiederholte seine Worte.
»Woher kommst du?« fragte Monsieur Ouimet.
Der Alte gab ihm Auskunft und erzählte, daß er seit Sonnenaufgang unterwegs war.

»Du wirst bei uns essen«, sagte Lavallée. »Dann schläfst du, und morgen gehst du wieder zurück.«
»Nicht schnell genug«, wiederholte der Alte immer wieder. »Nicht schnell genug.«
Wie ein verängstigtes Tier stand er neben der Tür. Er schien unter einer Last gebeugt, die viel schwerer war als sein Bündel, seine lange Flinte und seine Schneeschuhe.
Monsieur Ouimet und Hector Lavallée standen reglos da, mit gefalteten Händen, den Blick starr auf das Kind gerichtet, aus dessen Gesicht schon die Farbe wich. Stéphane kniete neben seiner Mutter und hatte den Arm um ihre Schultern gelegt.
Wie ein rasendes Ungeheuer heulte und brüllte der nächtliche Sturm.

25

Der alte Indianer hatte sich in Raouls Blockhaus schlafen gelegt. Als der Gong die Arbeiter weckte, hatte er sich längst wieder auf den Weg gemacht. Bei Tagesanbruch waren seine Spuren schon verweht.
»Er hat gar nichts Warmes gegessen«, sagte Alban.
»Er wollte schnell wieder los«, erklärte Monsieur Ouimet. »Er hat mir versprochen, daß er Raoul seinen Sohn entgegenschickt, damit der Arzt die lange Strecke nicht umsonst macht.«
Catherine zeigte auf eine Elchblase, die mit einem Lederriemen verschnürt war.
»Das hat er uns dagelassen«, sagte sie. »Falls jemand krank wird, soll er davon nehmen.«
Der Ingenieur löste die Lederschnur, trat ans Fenster, sah in den Beutel und schnupperte daran.

»Eine Mischung aus Kräutern und Beeren«, sagte er. »Sicher ein Geheimrezept.«
Der kleine Georges lag mit gefalteten Händen ausgestreckt auf dem weißen Laken. Seine Züge wirkten friedlich. Stéphane hatte ein paar Stunden geschlafen, doch die Eltern waren aufgeblieben. Monsieur Ouimet hatte eine Zeitlang schweigend gebetet; nun schien er nicht mehr zu wissen, was er mit sich anfangen sollte. Er legte die Elchblase auf den Tisch zurück und tat zögernd ein paar Schritte auf die Tür zu, aber man spürte, daß er nicht wirklich gehen wollte. Er wandte sich zu Catherine um, die unbeweglich am Fußende des Totenbettes verharrte, und räusperte sich.
»Ich habe Gendreau gebeten, einen Sarg zu zimmern«, sagte er, und seine Stimme klang seltsam hohl. »Er wird es bestimmt gut machen.«
Er setzte sich bedächtig auf einen Schemel und stützte den Arm auf den Tisch. Mit der Rechten strich er über das Holz. Seine Finger trommelten auf die Tischplatte, es klang wie kurzes Donnergrollen. Dann zog er schnell seine Hand zurück und hielt sie mit der anderen fest. Alban setzte sich zu ihm. Ein Windstoß ließ die Flammen erzittern.
»Ich habe mir auch über die Beisetzung Gedanken gemacht«, sagte der Ingenieur. »Wir müssen eine geeignete Stelle finden. Wird nicht leicht sein, bei dieser Kälte. Wie soll man in der festgefrorenen Erde ein Grab ausheben …«
»Ja, das wird nicht gehen«, sagte Alban. »Ich hab's mir auch schon überlegt.«
Catherine schien nicht zuzuhören. Ihr Gesicht war ebenso blaß und ausdruckslos wie das des toten Kindes.
»Wird wohl das beste sein, den Sarg irgendwo hinzustellen, wo es kalt ist … und wo keine Tiere hinkommen«, fuhr Monsieur Ouimet fort.

»Ja.«
»Sobald es wärmer wird, schaufeln wir dann ein Grab.«
»Ja.« Alban nickte mechanisch. Sein Blick war leer, sein Gesicht vollkommen ausdruckslos.
»Der beste Platz wäre unter einem Dachstuhl«, sagte der Ingenieur.
»Jawohl ... unter einem Dachstuhl.«
Es blieb lange still, bis Monsieur Ouimet, dessen Hand wieder zu trommeln begann, vorschlug: »Wenn Sie wollen, könnten wir ihn über meinem Schreibzimmer unterbringen.«
Catherine wandte sich zu ihnen um.
»Nein ... hier ...«, sagte sie schleppend, mit tonloser Stimme, und sah zur Decke hinauf.
»Aber bei uns wär's vielleicht einfacher, den Giebel zu öffnen«, meinte Monsieur Ouimet.
»Nein, hier. Er muß hierbleiben«, wiederholte die Mutter mit entschiedener Stimme.
Gegen Mittag brachte der Schreiner den frisch gezimmerten Sarg. Auf dem Deckel hatte er ein Kreuz eingebrannt.
»Das ist besser, als ein Holzkreuz draufzunageln, die Nägel rosten so schnell«, erklärte er.
In seinem gutmütigen runden Gesicht schien für Trauer kein Platz zu sein, nur sein Blick hinter den dicken Brillengläsern verriet sein Mitgefühl. Wegen der Kälte hatte er den Teil der Brille, der die Nasenwurzel berührte, mit schwarzem Stoff umwickelt. Dieser dunkle Strich verband die buschigen Augenbrauen miteinander, so daß ein breiter Balken sein Gesicht zu zerteilen schien.
Catherine starrte auf das schwarze Kreuz. In ihrem Blick lagen Härte und Verbitterung, als verüble sie es dem gütigen Gott, dessen Symbol den Sarg ihres Kindes schmückte,

daß er der leidenden Menschheit nicht helfen konnte. Zuweilen zeigten sich Falten auf ihrer Stirn, und ihr Mund verzerrte sich vor Schmerz.
Als der Sarg geöffnet wurde, näherte sie sich dem Leichnam, kniete nieder und küßte die kalte Stirn. Dann erhob sie sich und sah Alban an, der es ihr nachtat. Nun war Stéphane an der Reihe. Verwirrt blickte er von der Mutter zum Vater, dessen Gesicht Ratlosigkeit und Verlegenheit verriet. Eine qualvolle Stille entstand. Der Schreiner hatte seine Mütze und seine Fäustlinge auf den Tisch gelegt und sich schon zweimal bekreuzigt. Nun ging er zum Fenster hinüber, zog ein paar Schrauben und einen Schraubenzieher mit schwarzem Griff aus seinen Taschen hervor und tat so, als müßte er sie genau untersuchen. Stéphane holte tief Luft. Dann ging auch er, das Gesicht vor Schmerz verzerrt, schnell zu seinem Bruder und küßte ihn auf die Stirn. Als er sich wieder aufrichtete, war er beängstigend bleich.
Mit sicheren, ruhigen Bewegungen hüllte Catherine den kleinen Georges in sein Laken. Dann trat Alban dazu. Ohne ein Wort zu verlieren, als hätten sie sich abgesprochen, griff der Vater unter die Schultern des Jungen, während die Mutter seine Beine faßte. Vorsichtig betteten sie ihn in den hölzernen Kasten. Der Schreiner war leise hinzugetreten und legte behutsam den Deckel darüber. Er steckte die acht Schrauben in die vorbereiteten Löcher, beugte sich über den Sarg und begann, sie festzudrehen. Man hörte nur seinen Atem und das Quietschen des Holzes, als das Metall eindrang. Bei der dritten Schraube hielt er inne, um sich den Schweiß von der Stirn zu wischen.
»Soll ich weitermachen?« schlug Alban vor.
»Nein, nein … Es geht schon. Das kommt nur, weil ich aus der Kälte reingekommen bin.«

Er nahm seine Brille ab, fuhr mit seinen großen Daumen über die Gläser und machte sich wieder an die Arbeit. Als er fertig war, sagte er: »Ich hab die Stichsäge mitgebracht. Wenn du willst, machen wir gleich den Dachboden auf.«

Alban und Stéphane zogen etwas Warmes über, der Schreiner setzte die Mütze auf und schlüpfte in seine Fäustlinge. Der Sturm tobte noch immer mit voller Kraft. Sie stiegen zum Dachgiebel hinauf. Mit Hammer und Meißel brachten sie eine Öffnung an, durch die sie das Sägeblatt hindurchschieben konnten. Sie sägten drei Rundhölzer heraus, die sie mit starken Holzleisten verbanden, um die Öffnung später wieder schließen zu können. Dann holten sie den Sarg aus dem Haus. Catherine schlüpfte in einen Umhang, schlug ein Wolltuch um die Schultern und begleitete die Männer. Während der Schreiner die Leiter hielt, half Stéphane seinem Vater, den kleinen, schmalen Sarg auf die Schulter zu heben und ins Gleichgewicht zu bringen. Dann kletterte Alban langsam und vorsichtig nach oben, bis er ein Ende des Sarges in die Öffnung stecken konnte. Als er ihn hineinschob, ächzte und zitterte das Holz. Dann verschwand der Sarg ganz. Catherine senkte den Kopf und zog das Wolltuch fester um ihre Schultern. Sie wirkte plötzlich klein und zerbrechlich. Stéphane stieg hinter seinem Vater die Leiter hoch und reichte ihm die zusammengehefteten Rundhölzer, Hammer und Nägel.

Das Geräusch des Hammers, mit dem Alban seinen Sohn in der Kälte einschloß, wurde vom Wind weit fortgetragen und verlor sich in den Wäldern.

Der Nachmittag war wie jeder andere mit Arbeit ausgefüllt. Sie besuchten Louise, die noch eine weitere Nacht im Haus des Ingenieurs verbrachte.

Als sie zu Bett gingen, tobte der Sturm noch heftiger als

zuvor. Es klang, als führen unzählige Karren polternd und berstend in rasender Fahrt über vereiste Wege.
Wie leblos, starr ausgestreckt, mit über der Brust gefalteten Händen lagen Catherine und Alban auf ihrem flachen Lager, durch dessen Laken hier und da das Tannenreisig stach. Nach kurzem Schweigen flüsterte Catherine: »Und er ist nicht einmal in einem richtigen Bett gestorben!«
»Damals, als wir die Betten zurücklassen mußten, hätten wir vielleicht aufgeben sollen …«
Catherine begann lautlos zu weinen. Die Tränen rannen an ihren Schläfen herab ins Haar.
Als das Holz einmal etwas stärker krachte, fuhr sie zusammen und richtete sich halb auf.
»Was ist los?« fragte Alban.
»Nichts. Ich dachte, ich hätte was gehört.«
»Du weißt doch, daß er nicht nachts zurückkommt. Der Alte wird es ihm schon gesagt haben … Versuch zu schlafen.«
»Kannst du denn schlafen?«
»Wir müssen es versuchen, sonst halten wir nicht durch.«
Der Tod lag über ihnen, über dieser Zimmerdecke, die sie gemeinsam abgedichtet hatten. Ganze Körbe voll Moos hatten die Kinder herbeigeschleppt; sie hatten alle schwer gearbeitet, um sich vor der Kälte zu schützen, die nun den kleinen Georges umgab.
Hatte er sie verlassen, weil sie zuviel aufs Spiel gesetzt hatten? Vielleicht war ihm jetzt wohler. Dort, wo er jetzt war, würde nichts ihm etwas anhaben können. Er würde in ewigem Frieden ruhen, im Schutz der Kälte, im Schutz des Winters, der ihn für immer hatte erstarren lassen.

26

Zwischen den Dächern aus Rundhölzern und den Zimmerdecken aus Schalbrettern trieb der Wind sein Unwesen. Wie ein Rasender fuhr er umher, zerrte an Planken, zertrat Reisigbündel, riß rostige Nägel aus dem Holz und scheuchte ganze Scharen wimmernder Tiere auf.
Der Nordwind, der die feinen Flocken mit sich brachte, mußte bald einem klaren, noch kälteren Nachfolger weichen. Der war von den hohen Bergen im Westen herabgestiegen und hatte das Echo aus den Tiefen der Täler mit sich gebracht. Wie er an den Häusern rüttelte, die Bäume mißhandelte, den Schnee beiseite fegte, das hatte etwas Bösartiges, Tückisches, das andere Winde nicht hatten. Und sein Knirschen tat einem in den Zähnen weh. Selbst in der dunkelsten Nacht trug er wie eine Sense ein merkwürdig grelles Licht vor sich her. Er stürzte sich auf die Häuser der Lebenden und preßte die Toten, die man in der steinhart gefrorenen Erde nicht begraben konnte, tiefer in ihre Leichentücher, er verfolgte die Wanderer auf den eisglatten Wegen und legte ihnen immer wieder Schneeverwehungen in den Weg. Die Tiere spürten sein Herannahen schon von weitem; die Pelztiere verkrochen sich unter der Erde, die gefiederten ließen sich nicht vertreiben und boten ihm, zusammengekauert, mit halbgeschlossenen Augen die Stirn.
Je jünger die Opfer sind, die der Winter fordert, desto ungerechter erscheint sein Tun. Alle Mütter, denen er ein Kind entrissen hat, hassen ihn. Nachts hören sie den Wind heulen; sein heiseres Kreischen und Krächzen, der Hieb seiner scharfen Krallen erinnert an Aasgeier. Die Mütter klammern sich an das einzig Wertvolle, das ihnen geblieben ist.

Wenn sie das Tosen des Sturms hören, stellen sie sich ferne Sphären in sanftem Licht unter blauem Himmel vor, wo Tausende von Dahingeschiedenen glückselig leben. Manchmal senkt sich trotz des Aufruhrs draußen der Schlaf gnädig auf sie herab, den sie so lange entbehrt haben. Ohne sie vollends einzuhüllen, breitet er einen feinen, trügerischen Schleier über sie. Das Seufzen des Windes verwandelt sich dann in Musik, und die unschuldigen Seelen finden sich voll Glück in milderen Gefilden wieder.
Durch die Weiten der nordischen Länder streift der Tod, gieriger und gefräßiger als anderswo. Nur vereinzelt gibt es dort Leben, und es verteidigt sich erbittert. Die Unvorsichtigen, die Schwachen, die Fremden, diejenigen, die nicht wissen, daß der Tod dort zu Hause ist, werden zur leichten Beute. Meist nähert er sich unhörbar. Er kommt entweder nachts, und dann verwechselt man ihn leicht mit den Schatten des Waldes, oder er fliegt in sanftem, wirbelndem Tanz dicht über dem Boden. Menschen und Tiere in ihren armseligen Behausungen spüren kaum mehr als ein zartes Streicheln, wenn er sie berührt. Er dringt überall ein, selbst dort, wo der Wind nicht hingelangt.
Überall auf der Welt hat der Tod seit Jahrtausenden eine reiche Auswahl und versorgt das Erdreich mit seinen Opfern. Dennoch verschmäht er auch in diesen einsamen Gegenden einen Wanderer nicht: Sobald er sich seiner bemächtigen kann, umschlingt er ihn, ohne daß ihn jemand daran hindern könnte. Er sorgt selbst für das Grab. Viele leblose Körper sind im Lauf der Zeit in diesen Wäldern verschwunden, von den Stürmen der langen, eisigen Winterzeit vernichtet. Was im Frühling noch von ihnen übrig war, ist zwischen Flechten und Moosen versunken und schließlich vom Lehmboden nach und nach aufgenommen

worden. Und so versinken diese Schiffbrüchigen des Festlands, ungleich langsamer als die Seeleute, die in den Ozeanen ertrinken, in der Erde.

27

Mit zunehmender Dämmerung ließ der Wind nach, und Friede senkte sich über die Wälder.

Als es Zeit zum Abendessen war, setzten sich die Robillards zu Tisch. Vom verwaisten Platz des kleinen Georges ging eine große Leere aus, und eine drückende Stille herrschte. Niemand wollte etwas essen. Eine Art Starre hatte die Familie ergriffen, die niemand zu durchbrechen wagte. Plötzlich vernahm Stéphane ein Geräusch. Er richtete sich auf und lauschte. Sein Gesicht hellte sich auf. Es knirschte auf dem verharschten Schnee, und ein Fuß stieß gegen die Tür.

»Da ist er.«

Die Tür ging auf, und Raoul trat ein. Er nahm die Fellmütze ab, unter der sein blondes Haar hervorquoll. Sekundenlang sagte niemand ein Wort. Raoul, der mit seinem langen Körper den ganzen Raum auszufüllen schien, war ebenso verlegen wie die anderen, die wie gebannt auf ihren Stühlen saßen.

Dann sprang Catherine auf, warf sich an seine Brust und begann heftig zu schluchzen, unfähig, ihren Schmerz länger zurückzuhalten. Auch Stéphane und Louise kamen jetzt dazu. Raoul hob die Kleine zu sich hoch, die ihre Arme um seinen Hals schlang.

»Georges ist im Himmel«, sagte sie. »Es geht ihm gut ... Wir müssen nicht weinen ... Wir müssen nicht weinen ...«

Ihr Stimmchen wurde immer kläglicher, bis sie schließlich

in heftiges Schluchzen ausbrach. Stéphane legte seine Arme um Catherine und Raoul. Wie sie so dastanden, eng aneinandergedrängt, schienen sie das Leid und den Schmerz dieser Welt zu verkörpern.

Ein wenig abseits stand Alban, hilflos und schwerfällig in seiner stummen Trauer, und betrachtete sie mit brennenden Augen. Raoul trug noch immer sein Bündel und sein Gewehr. Stéphane trat zurück und sagte: »Laßt ihn doch erst mal ablegen.«

Catherine nahm die Kleine in ihre Arme. Der Trapper stellte seine Sache auf den Boden, zog den Fellmantel aus und setzte sich, um seine Ledergamaschen aufzuschnüren.

»Ich hab lange gebraucht. Der Arzt war nicht da«, erklärte er. »Ich hab einen Tag und eine Nacht gewartet. Und dann …«

Er verstummte, senkte den Kopf und hob die Hände in einer Geste der Vergeblichkeit.

Wieder trat Stille ein. Das Haus schien sich von dem nicht enden wollenden Aufruhr der Elemente erst langsam zu erholen; es krachte in allen Fugen. Es umschloß diese Menschen in ihrem Unglück wie mit einem Schutzschild.

»Der alte Indianer war hier«, sagte Alban.

»Ich weiß, sein Sohn ist mir bis Cochrane entgegengekommen.«

Raoul zog seinen Tabakbeutel und seine Pfeife, die noch halb gefüllt war, aus der Tasche.

»Ich hatte eine kleine Ahle, aber ich hab sie unterwegs verloren.«

Stéphane stand auf, brachte ein Kistchen herbei und hielt es unter das Licht. Er kramte darin herum und zog schließlich eine feine Ahle hervor, deren abgenutzter Griff glänzte.

»Da, nimm diese.«
»Danke.«
»Du kannst sie behalten, wenn du magst«, sagte Alban. »Ich hab noch mehr davon bei meinem Schusterwerkzeug.«
Raoul reinigte den Pfeifenstiel und kratzte mit der feinsten Klinge seines Taschenmessers im Pfeifenkopf herum; kleine, hartgebrannte Teerstückchen fielen auf den Tisch. Nur dieses knirschende, kratzende Geräusch erfüllte den Raum, während die Nacht herannahte und das Haus mit ungewohnter Stille umgab. Schließlich schob Raoul die schwarzen Überbleibsel zu einem Häufchen zusammen, das er zum Tischrand schob, in seine hohle Hand fallen ließ und ins Feuer warf. Dann legte er noch zwei Scheite nach, öffnete den Gitterrost, um etwas Glut für seine Pfeife herauszunehmen, und das Feuer flammte erneut auf. Er füllte etwas von der Glut in seinen Pfeifenkopf, tat ein paar lange Züge und setzte sich wieder zu den anderen. Der Rauch wand sich wie eine große Schlange um die Lampe, deren Licht hinter dem rußgeschwärzten Glas flackerte.
»Ich wärm dir die Suppe auf«, sagte Catherine.
Sie holte den eisernen Topf und stellte ihn auf den Herd. Gleich fing die Suppe zu brodeln an, und vom Topfdeckel fielen Tropfen auf die heiße Platte, die kurz aufzischten und kleine Dampfwölkchen hinterließen.
»Es ist so schnell zu Ende gegangen«, sagte Raoul. »Und er war so jung … Es gibt keine Gerechtigkeit.«
Niemand sprach. Catherine stellte einen tiefen Teller und ein Glas vor ihren Bruder und legte Löffel und Gabel daneben. Dann brachte sie Wasser und Brot.
»Ich will nur Suppe«, sagte Raoul. »Das reicht mir.«
»Es ist noch von dem Elchfleisch übrig, das du gebracht hast. Kalt schmeckt es gut.«

Louise war auf Albans Schoß eingeschlafen. Ihre Mutter hob sie vorsichtig hoch, zog sie aus und legte sie zu Bett. Raoul brockte Brot in die Suppe und aß eine Weile schweigend. Plötzlich hielt er inne.

»Es ist meine Schuld«, sagte er.

»Nein«, entgegnete Alban. »Das konntest du nicht voraussehen. Niemand konnte das voraussehen.«

»Trotzdem. Ich hab euch schließlich hergebracht.«

»Wo wir vorher waren, gab es auch weit und breit keinen Arzt«, sagte Catherine mit einem tiefen Seufzer. »Wo hätten wir da einen finden sollen?« Sie verstummte. »Es ist eben ein verfluchtes Land«, fügte sie erbittert hinzu.

Langsam verzehrte Raoul seine Mahlzeit. Er schnitt mit der großen Klinge seines Taschenmessers abwechselnd mundgerechte Bissen von dem Elchfleisch und Stücke von dem Brotkanten ab.

Als er fertig war, trank er ein Glas Wasser, reinigte die Messerklinge mit Daumen und Zeigefinger und ließ sie mit einem kleinen Knall zurückschnappen. Dann verstaute er das Messer in der Tasche. Die anderen verfolgten jede seiner Bewegungen und beobachteten sein Gesicht. Nachdem er seine Pfeife wieder angezündet hatte, sah er seine Schwester an.

»Wo habt ihr ihn hingetan?« fragte er.

Catherine blickte zur Decke, und Raoul nickte stumm. Nach einer Weile erhob er sich, und Alban fragte: »Willst du nicht hier schlafen? Bei dir wird's eiskalt sein.«

»Es ist mir lieber so«, sagte Raoul.

Er zog den Fellmantel an, setzte die Mütze auf, warf sein Bündel über die Schulter und ergriff sein Gewehr. Er trat hinaus, und ein großes, mit Sternen übersätes Stück Himmel zeigte sich in der Türfüllung. Als er gegangen war, hör-

ten sie seine Schritte auf dem Schnee knirschen, als laufe er über splitterndes Glas.
»Cochrane ist verdammt weit«, sagte Alban. »Noch dazu bei dem Sturm.«
»Und das alles für nichts und wieder nichts«, fügte Catherine hinzu.
Ein langgezogener Klagelaut kam vom Feuer, als nehme es Anteil an ihrem Schmerz. Wie eine Träne fiel ein Harztropfen von einem Scheit in die Glut. Es gab ein kurzes Zischen, dann erfüllte wieder sanftes Schweigen das Haus.

28

Raoul blieb nur zwei Tage. Wortkarg strich er ums Haus und kümmerte sich ohne rechte Lust um seine Häute. Er sägte, hackte Holz und schoß ein paar Schneehühner, die er Catherine oder Monsieur Ouimet brachte.
Wenn er nicht mit den Robillards aß, dann ging er in die Cookery. Dort bekam er von Graillon eine dampfende Schüssel, die er mit in seine Hütte nahm und am Ofen leerte, inmitten der üblen Gerüche, die von den Fellen ausgingen. Wenn er ein paar Tage dort wohnte, setzte sich dieser Geruch in seinen Kleidern fest und verließ ihn nicht mehr. Bei jedem seiner Aufenthalte wusch Catherine seine Wäsche.
Dann erklärte er plötzlich, er werde am nächsten Tag aufbrechen. Schon vor dem Morgengrauen war er im tiefen Wald verschwunden.
Er war schon zehn oder zwölf Tage fort, als Alban beschloß, ein paar Fallen zu stellen, um wieder frisches Fleisch zu haben; sein Schwager hatte es ihm beigebracht.

Es war Sonntag, und Catherine sagte zu Stéphane: »Ich kümmere mich schon um die Wäsche, geh du mit deinem Vater.«

»Du hast wohl Angst, daß ich mich verlaufe«, meinte Alban. »Ich weiß schon, daß ich nicht das Zeug zum Trapper habe.«

Sie zuckte die Schultern. »Das ist es nicht«, sagte sie. »Aber ihm wird's Spaß machen.«

Die beiden Männer machten sich also auf den Weg. Der Frost war nach einigen milderen Tagen mit solcher Macht zurückgekehrt, daß der Boden unter ihren Füßen knackte. Es herrschte strahlender Sonnenschein, und die kristallklare Luft tat so gut, daß Vater und Sohn Mut schöpften und neue Kräfte in sich fühlten.

Es war das erste Mal seit dem Tod des kleinen Georges, daß sie sich von der drückenden Trauer in ihrem Haus freimachen konnten. Während der wenigen milden Tage hatten sie oft den Boden geprüft in der Hoffnung, das Kind begraben zu können, doch der Frost war zu früh wiedergekommen.

Stéphane ging voran, weil er sich im Wald besser auskannte. Sie folgten den Pfaden, die Raoul ausgetreten hatte. Hin und wieder blieben sie stehen und lauschten den Quellen, die unter dem Eis vor sich hin murmelten und es zuweilen durchbrachen, um wie befreite Tiere das Weite zu suchen. Unter einer Rottanne, an der viele Tierspuren vorbeiführen, legten sie ihre Schlingen.

Von Zeit zu Zeit sahen Vater und Sohn sich lächelnd an. Keiner wagte, mit Worten auszudrücken, wie froh er über diesen Ausflug war. Gegen Mittag verzehrten sie das Stück Speck, das sie mitgenommen hatten, und tranken von einer Quelle.

»Wir können einen anderen Weg zurückgehen«, schlug Stéphane vor.
»Kennst du dich aus?«
»Ja.«
»Bist du sicher?«
»Ja, ganz sicher.«
Sie setzten ihren Weg fort. Die Sonne stand tiefer am Himmel und glühte kupferrot hinter den aschfarbenen Zweigen der Bäume. Sie hatten noch etwa eine Stunde zu gehen, als Alban den Pfad verließ und sich einer Gruppe von Birken näherte, wo er eine Bewegung gesehen hatte. Stéphane, der den Schritt seines Vaters nicht mehr hinter sich spürte, wandte sich um. Er wollte gerade nach ihm rufen, als er ein Krachen hörte.
»Mist!« schrie Alban.
Der Junge lief zurück. Sein Vater steckte bis zu den Schenkeln im Wasser. Der Junge packte seine Hand, hielt sich an einem Ast fest und half ihm heraus.
»Verflucht, jetzt hab ich mir was eingebrockt«, schimpfte der Vater.
»Wir müssen sofort Feuer machen. Zieh das Zeug aus, damit es trocknen kann. Gib mir die Zündhölzer.«
Alban kramte in seinen Taschen.
»Sie sind naß«, sagte er mit vor Angst erstickter Stimme.
»Raoul sagt, man muß sie immer in die obersten Taschen stecken. Wir müssen deine Stiefel ausleeren, Vater. Und zieh die Hose aus, damit wir sie auswringen.« Mit fahrigen Bewegungen gehorchte Alban. Beide hatte die Angst gepackt. Die Dunkelheit kroch wie trübes Wasser aus dem Dickicht.
»Willst du nicht meine Hose anziehen?« schlug Stéphane vor.

»Nein, bist du verrückt!«
»Ich bin wenigstens trocken am Körper.«
»Kommt nicht in Frage, du behältst sie an«, befahl Alban mit ungewohnter Schärfe.
Die Hose des Vaters, die sie ausgewrungen hatten, war schon ganz steif gefroren. Während Alban sie wieder anzog und in seine nassen Stiefel stieg, stützte ihn Stéphane. Er trat vor Ungeduld von einem Bein aufs andere.
»Wir müssen schnell machen, Vater ... Es friert Stein und Bein. Wir müssen rennen.« Er lief los, drehte sich immer wieder um und rief: »Schnell, Vater, los ... Schnell!«
Alban lief, so schnell er konnte. Man hörte, wie der Stoff seiner Hose an verschiedenen Stellen riß.
»Wir werden uns noch verlaufen«, murrte Alban.
»Nein, keine Angst. Mach schnell, Vater ... Und sprich nicht, du brauchst die Luft zum Atmen ... Schneller, Vater, schneller ...«
Lange Zeit rannten sie dahin. Nur der Himmel und die Schneedecke hatten noch etwas von der Helligkeit des Tages bewahrt. Ringsum lag das Dickicht in violettem Schatten, und hier und da ragten Nadelbäume wie dunkle Felsen empor. Der Junge lief und lief. An schwierigen oder besonders eisigen Stellen wartete er auf seinen Vater und faßte ihm am Arm.
»Geht's noch?«
»Es geht«, erwiderte Alban schwer atmend.
Doch bald wurde er langsamer.
»Ich hab Schmerzen«, keuchte er. »Es ist, als ob meine Füße zerspringen.«
»Du mußt dich zwingen, Vater. Ich würd ja versuchen, dich zu tragen, aber dann erfrierst du.«
Sie hasteten weiter. Bald war es so dunkel, daß der Junge

seinen Vater führen mußte. Er mußte ihn auch stützen, denn Alban taumelte.

»Laß mich hier ... Hol Hilfe«, stöhnte er.

»Du bist wohl verrückt, du würdest sofort erfrieren. Ich geb dir meine Hose ... Vielleicht passen dir meine Stiefel.«

»Laß mich in Ruhe!«

Wieder machten sie sich auf den Weg. Alban fluchte verzweifelt. Mehrmals strauchelte er, und der Junge mußte ihm wieder aufhelfen.

»Komm, Vater«, flehte er. »Ich kann dich doch nicht tragen.«

Alban wurden die Beine schwer, sie wollten ihm nicht mehr gehorchen. Verzweifelt redete der Junge auf ihn ein, zog ihn mit aller Kraft vorwärts.

»Komm doch, Vater ... Du darfst nicht stehenbleiben.«

Endlich sahen sie weit hinten zwischen den Bäumen ein Licht. Alban sackte zusammen, stand wieder auf, fiel erneut und mußte die letzten Meter von seinem Sohn gezogen werden, der vor Erschöpfung keuchte.

Kurz bevor sie das Haus erreichten, sank der Vater wieder in sich zusammen.

»Mutter ... Mutter!« schrie Stéphane mit angsterfüllter Stimme.

Die Tür öffnete sich, und auch aus der gegenüberliegenden Baracke eilte jemand herbei. Sobald Catherine und der Ingenieur bei ihnen waren, brach Stéphane lautlos zusammen.

»Herr im Himmel«, stöhnte Catherine auf.

Nun kam auch Hector Lavallée herbei, gefolgt von einem Gehilfen. Sie trugen die zwei ins Haus.

»Ohne ihn wär ich schon tot«, stammelte Alban und zeigte auf seinen Sohn.

»Aber was ist denn geschehen?« fragte Catherine.

»Meine Beine … Bin eingebrochen. Ins Wasser …«
Sie zogen ihm die Stiefel und die Hose aus. Seine Haut war bis zu den Schenkeln bläulich-rot verfärbt.
»Man muß die Beine in kaltes Wasser legen«, sagte der Ingenieur.
Lavallée und sein Gehilfe liefen hinaus und brachten aus der Waschküche einen Zuber. Inzwischen flößte Catherine ihrem Sohn etwas Schnaps ein. Als er wieder bei Bewußtsein war, blinzelte er und flüsterte: »Wie geht's Vater?«
Alban hielt die Beine ins Wasser und lächelte ihm zu.
»Es wird schon wieder werden, mein Junge. Ohne dich wär ich verloren gewesen … Du hast mir das Leben gerettet, Steph.«
Catherine trocknete ihren Mann ab; dann begann sie mit dem Alkohol, den der Gehilfe des Feldmessers gebracht hatte, kräftig seine Beine einzureiben. Ihre Hände, die vom vielen Waschen rissig waren, schmerzten, aber sie rieb unermüdlich weiter und fragte immer wieder: »Fühlst du was? Fühlst du deine Beine?«
»Nein … Ich spür kaum was«, sagte Alban ängstlich. Die anderen sahen sich beunruhigt an.
»Wir müssen ihn gut zudecken«, sagte Lavallée. »Morgen sehen wir weiter.« Er wandte sich zu Stéphane um. »Hattest du denn keine Zündhölzer dabei?«
Der Junge schüttelte den Kopf.
»Mein Gott, und du willst ein Trapper werden. Nicht mal das hat er dir beigebracht, dein Onkel!«
»Er hat's mir oft gesagt … Aber ich wußte nicht, daß wir so weit gehen würden … Es ist meine Schuld.«
Die anderen verteidigten den Jungen und versuchten ihn zu trösten. Stéphane sah zu seinem Vater hinüber, dem die Männer gerade halfen, sich niederzulegen.

Aus Albans Augen sprachen Dankbarkeit und Liebe, und er wiederholte ein ums andere Mal: »Ohne dich hätt ich's nicht geschafft, Steph ... ohne dich wäre ich bestimmt nicht mehr am Leben ...«

29

Die Tage vergingen, und Alban konnte seine Beine immer noch nicht bewegen. Monsieur Ouimet war der Ansicht, daß das Bindegewebe nicht erfroren war. Tatsächlich war das Gefühl fast vollständig zurückgekehrt, nur die Gelenke blieben unbeweglich. Seine Knie hatten sich in der ersten Nacht nach dem Unfall, als Alban mit angewinkelten Beinen schlief, versteift, und seitdem verharrte er in der Haltung eines Sitzenden.

Kaum war Raoul von seinem Jagdausflug zurück, machte er sich wieder auf den Weg nach Cochrane; von dort brachte er Salben mit, die den Blutkreislauf anregen sollten, und einen Heiltrunk. Der Arzt hatte gesagt, es könne sich nicht um eine tiefergehende Erfrierung handeln, weil keine Anzeichen von Brand zu sehen waren. Es mußte eine akute Arthrose sein. Er hatte Raoul versprochen zu kommen, sobald das Wetter es zuließ.

Auf dem Rückweg hatte Raoul den Umweg über ein Indianerdorf gemacht. Dort hatte er von einer alten Frau eine Dose mit schwarzer, nach Teer riechender Salbe mitbekommen. Aber trotz all dieser Mittel konnte Alban nicht wieder laufen.

Er klagte nicht.

Den ganzen Tag saß er am Ofen und schnitzte; Catherine wollte die Gegenstände später im Gemischtwarenladen verkaufen. Er beschäftigte sich viel mit seiner Tochter, die anhand eines großen Kalenders das Lesen lernte. Wenn eine Postsendung oder eine Warenlieferung aus Montréal eingetroffen war, brachte der Ingenieur ihm auch manchmal eine Zeitung mit.

»Später, wenn Stéphane mir Weidenruten schneiden kann, werde ich Körbe flechten«, sagte Alban. »So was verkauft sich immer gut. Ich werde auch Besen machen aus Birkenreisig.«

Gegen Ende Februar, nach einer Zeit heftiger Stürme, die wieder einmal die Außenarbeiten zum Erliegen brachten, wurde das Wetter plötzlich viel milder. Eines Morgens wurden sie vom Rauschen des Regens geweckt und vom Plätschern des Wassers, das von den Dächern floß.

Stéphane und Raoul verbrachten den Vormittag damit, das Eis, das sich angehäuft hatte, aufzuhacken und mit Schaufeln wegzuschaffen. Dann hoben sie Abflußgräben zum Fluß aus, damit die Waschküche und das Wohnhaus nicht überschwemmt wurden. Sie trugen eine Art Umhang aus zusammengefalteten Säcken, doch Arme und Schultern waren völlig durchnäßt. Dreimal mußten sie während der Arbeit die triefenden Säcke wechseln. Sie hängten sie am Ofen in der Wäscherei auf, wo Catherine trotz des sintflutartigen Regens bei weit offener Tür ihre Arbeit tat.

Als sie mittags bei Tisch saßen, bemerkte Catherine: »Es wird immer wärmer.«

»Ja, jetzt fängt es wirklich zu tauen an.«

Sie sahen sich an, ohne ein Wort zu sagen, dann blickte Alban nach oben.

»Ich weiß«, sagte er, »wir dürfen nicht mehr lange warten.«

Als sie mit dem Essen fertig waren, kam Monsieur Ouimet zu Besuch. Er nahm seinen großen Regenumhang aus schwarzem Wachstuch ab und hängte ihn triefend, wie er war, hinter der Tür auf. Dann setzte er sich neben Raoul, zog eine kurze Pfeife aus der Tasche, nahm von dem Tabak des Trappers, stopfte sie und drückte mit seinen dicken Fingern kräftig nach.

»Es wird Zeit, ans Begräbnis zu denken«, meinte er.

»Ja«, sagte Catherine, »aber wo soll er beerdigt werden?«

Der Ingenieur starrte eine Zeitlang auf die Tischplatte, strich mit den Fingern bedächtig über ein Astloch und folgte der Maserung des Holzes. Dann blickte er Alban und Catherine an.

»Es wird das erste Grab hier sein«, sagte er. »Und da wir einen Friedhof brauchen, müssen wir den Platz sorgfältig aussuchen.«

Sie redeten eine Weile in aller Ruhe darüber; jeder sagte seine Meinung. Schließlich war es Monsieur Ouimet, der den besten Vorschlag machte. Da er genau wußte, wo einmal der Bahnhof und die wichtigsten Verwaltungsgebäude stehen würden, empfahl er einen Platz auf halbem Weg zwischen dem Haus der Robillards und der Waldlichtung.

Die ganze Nacht über hielten die starken Regenfälle an, zuweilen von Donnergrollen unterbrochen. Es war, als würden da oben riesige nasse Laken über der Erde ausgeschüttelt, dann wieder zurückgezogen und lange ausgewrungen. Als gegen zehn Uhr morgens der Regen etwas nachließ und der Himmel sich aufhellte, holte Hector Lavallée Raoul und Stéphane ab, die das Grab ausheben wollten. Sie nahmen eine Kreuzhacke, eine Axt und zwei Schaufeln mit. Die Baumstümpfe auf ihrem Weg waren von großen, vereisten Schneeklumpen bedeckt, die langsam schmolzen. In den Senken stand das Wasser bis zu den Waden, und an manchen Stellen mußten sie große Umwege machen und über

das niedergedrückte Brombeergestrüpp steigen, um nicht im Morast zu versinken. Hector Lavallée blieb stehen, blickte um sich und sagte: »Das ist die richtige Stelle.«
Sie standen auf einer leichten Anhöhe, wo die Erde nach dem Wegschmelzen des Schnees schon zu trocknen begann. Der Feldmesser sah noch zu, wie Raoul mit der Kreuzhacke die Umrisse des Grabes zog, dann verließ er die beiden.
Die noch halb gefrorene Erde klebte an ihren Äxten und Schaufeln fest. Aus den Wänden der Grube sickerte Wasser und sammelte sich auf dem Grund. Als sie mit ihrer Arbeit fertig waren, sagte Raoul: »Wir dürfen nicht zu lange warten, sonst läuft die Grube noch ganz voll Wasser!«
Inzwischen hatten zwei Holzfäller auf Anordnung von Monsieur Ouimet den Sarg heruntergeholt. Alle Männer, die zum ersten Bautrupp gehörten und den kleinen Georges gekannt hatten, waren zur Stelle. Nur der Koch fehlte – er hatte Louise mit in die Cookery genommen, um mit ihr Zuckerkuchen zu backen.
Zwei Männer trugen den Sarg. Gleich dahinter folgten Luc Chabot und Dollard Pichette; sie trugen einen Stuhl, auf dem Alban saß. Er hielt sich an ihren Schultern fest. Dahinter ging Catherine zwischen ihrem Bruder und ihrem Sohn. Die beiden stützten sie; sie hatten noch immer Erde an ihren Händen.
Zu zweit oder zu dritt folgten die Holzfäller nach. Niemand sprach. Das Geräusch der Schritte im schlammigen Boden erinnerte an den unaufhörlichen Regen der letzten Tage, doch als der Erdhügel sichtbar wurde, erschien am Himmel ein Lichtstrahl, streifte über den Wald, schien bis in unendliche Fernen zu schweifen und ließ sich zuletzt genau auf diesem Fleckchen Erde nieder.

Die Männer hatten einen Kreis um das Grab gebildet. Barhäuptig standen sie da, mit der Mütze in der Hand, und wußten nicht recht wohin mit ihren großen, ungeschlachten Händen. Es war nichts zu hören als das gelegentliche Scharren von Stiefeln.
Die Träger setzten den Sarg vor der Grube nieder, die beiden anderen stellten den Stuhl, auf dem Alban saß, auf den Boden und hielten ihn an der Rückenlehne fest, damit er nicht zu tief einsank. Albans Gesicht war aschfahl, sein Kinn zitterte.
Monsieur Ouimet trat vor; er hielt ein Meßbuch in der Hand. Kurz vor dem Sarg blieb er stehen und begann mit bebender Stimme: »Lieber kleiner Georges, wir alle haben dich geliebt. Die Herzen flogen dir zu. Du warst deinen Eltern ein gutes, folgsames Kind. Du bist der erste, der auf diesem Friedhof ruht. Du bist der erste Bewohner unserer zukünftigen Stadt, den der liebe Gott zu sich genommen hat. Wir wissen noch nicht, wie dieser Ort heißen wird, aber ich schlage vor, daß der Friedhof und die Kirche zum Andenken an dich dem heiligen Georg gewidmet werden ... Im Namen aller, die auf dieser Baustelle arbeiten, und im Namen der Gesellschaft, die ich vertrete, möchte ich den Menschen, die ihren Sohn, ihren Bruder und ihren Neffen beweinen, mein tiefes Beileid aussprechen. Ich bin kein Mann der großen Worte, aber sie sollen wissen, daß wir ihren Schmerz teilen. – Wir wollen jetzt alle für den Toten beten und das Ave Maria sprechen.«
In den Bäumen hörte man die Vögel singen.
Monsieur Ouimet begann zu beten, und bald erhob sich das leise Gemurmel der Trauernden, zog über den Wald hinweg und gelangte bis zum großen Harricana, dessen schlammige Fluten nach dem Eisbruch fast über die Ufer

traten. Entwurzelte Baumstümpfe und ein Gewirr von Zweigen und Ästen trieben vorbei und drehten sich mit den Eisschollen im Kreis.

Als die Gebete gesprochen waren, ließen die Holzfäller den Sarg an zwei Seilen herab. Man hörte, wie er auf dem Grund der Grube auf Wasser traf, und die Herzen zogen sich zusammen. Nun lag der kleine Georges nicht mehr im Schutz der Kälte, die zersetzende Gifte vom Menschen fernhält und ihn versteinert; nun war er ins Reich der Verwesung eingetreten.

Die Holzfäller zogen die triefenden Seile wieder hoch. Einer nach dem anderen gingen die Männer am Grab vorbei und schlugen das Kreuz.

Stéphane und Raoul wollten zurückbleiben, aber zwei der Arbeiter griffen nach den Schaufeln und sagten: »Geht nur, wir machen das schon.«

Onkel und Neffe gingen den Weg zurück, der durch die vielen Menschen in einen schlammigen Sumpf verwandelt war. Weit vor ihnen, an der Spitze des Zuges, trugen Chabot und Pichette auf seinem Stuhl den Vater des toten Kindes; an den Stuhlbeinen hingen noch Erdklumpen. Alban hielt sich an seinen Trägern fest und schwankte leicht. Sein Kopf verschwand fast im Kragen seines Fellmantels, der ihm jetzt zu groß zu sein schien.

3

Sommerfeuer

30

Überall im Land war jetzt, gleich einem berstenden Panzer, die Erde in Bewegung, einem alljährlich wiederkehrenden, unwiderstehlichen Gesetz folgend.
Plötzlich war das Frühjahr ausgebrochen, die kurze Jahreszeit, die in diesen Breiten eher grausam ist als lieblich und deren unbändige Kraft Furcht weckt.
Der abrupte Wechsel zwischen stürmischem Regen und glühender Sonne zerbrach allmählich die harte Schale des Winters und löste sie auf. Die hartgefrorenen Lehmschichten weichten auf und Gletscherspalten öffneten sich. Der schwarze Humus zerfiel, dampfende Schlammassen gerieten in Bewegung und nahmen ungeheure Steinbrocken mit sich. Natürliche und durch den Menschen geschaffene Lichtungen füllten sich mit blendender Helligkeit und schienen die Umklammerung des Waldes sprengen zu wollen. Im Schutz der Nadelbäume hielten sich noch Inseln von Frost, die sich still in den Schatten duckten. Die Wärme, die aus den Tiefen aufstieg, folgte dem Ruf des gleißenden Himmelsgestirns. Zwischen diesen beiden Wärmequellen in die Enge getrieben, zogen die schmutzigen Schnee- und Eismassen sich zurück, an den verrotteten Gräsern Halt suchend. Sie kehrten ihre erdverkrusteten Leiber nach oben wie verendende Tiere und suchten vergeblich, sich in kältere Zonen zu retten.
Ströme, Flüsse und Seen barsten mit ohrenbetäubendem Getöse auseinander, und plötzlich bedeckte Packeis mit seinen jadegrünen Bruchstellen in riesigen Brocken die Fluten. Ungeheure, bis zu hundert Fuß lange Erdstücke lösten sich langsam vom überhängenden Flußufer. Noch vom Gewirr ihrer tief im Boden wurzelnden Haare gehalten, schwank-

ten sie mitsamt den Bäumen und Büschen, die auf ihnen wuchsen, im Wasser auf und nieder. Wenn diese riesigen Erdbrocken herabstürzten, geriet alles ringsumher in Aufruhr; sie verschwanden unter Wasser, tauchten wieder auf und drehten sich triefend vor Schlamm um die eigene Achse; sie streckten Wurzeln und Zweige in die Luft, drehten sich erneut um sich selbst und brachen schließlich auseinander. Dann wurden sie von den Fluten mitgerissen, in denen Äste und Baumwurzeln aus fernen Wäldern trieben wie zerbrochene Knochen und wirre Haarschöpfe.

Je machtvoller der Strom vorwärts drängte, desto größer war seine Ausbeute. Die schlammigen Fluten des Abitibi, des Harricana und der anderen großen Flüsse wälzten sich reißend und brodelnd oder in riesigen, trägen Strudeln kreisend von den Höhenzügen des Landes der Hudson Bay entgegen. Nachdem die Seen, durch die sie hindurchkamen, sich ihren Teil zurückbehalten hatten, strebten die Wasser unaufhaltsam jener Meeresbucht zu, die sie seit Urzeiten mit ihren Ablagerungen mitgestalteten und die sich nun ebenfalls langsam von den Eismassen befreite. So wird seit Jahrtausenden alljährlich ein Teil des Kontinents dem Meer zugeführt.

Dieser Aufruhr von Erde und Wasser forderte unzählige Opfer.

Unterirdische Bauten und Gänge wurden zum Einsturz gebracht, Maulwurfshügel überschwemmt, Höhlen und Grotten mit Wasser gefüllt, Nester fortgerissen; was bisher als Behausung, als Unterschlupf gedient hatte, wurde von den wirbelnden Fluten fortgetrieben; überall herrschte Furcht und Schrecken. Ob Ameise oder Elch, ob Erdmaus oder Schwarzbär, ob Schneehase oder Wolf – sie alle flohen, zu Tode erschreckt, suchten fieberhaft nach einem sicheren

Fleckchen Erde, das nicht einstürzte, nicht unter ihnen nachgab.
Selbst die Larven verließen so rasch wie möglich die schwammige, poröse Schicht aus Moos und Flechten, die vom Wasser überspült wurde, und vergruben sich tiefer im Schlamm.
Zum Aufruhr der Elemente kam wie jedes Frühjahr ein anderer, ebenso gewaltiger Aufruhr hinzu: das große Liebeswerben, die Zeit der Brunft. Wie ein süßer Schmerz ergriff diese Urkraft der Schöpfung von allen Wesen Besitz, und ein Stöhnen, Klagen und Brüllen, ein Stampfen und Trampeln, ein Balzen und Lecken hob an. Getrieben vom allmächtigen Gesetz der Fortpflanzung, vereinigten sich die Geschöpfe zu Wasser und zu Lande. Im Liebesrausch fanden sie zueinander im schlammigen Boden, auf verrottendem Laub, zwischen Baumstamm und Rinde, im Schutz der Moose und Flechten, auf dem Grund der Seen und Flüsse. Der prachtvollen Glut der Sonnenuntergänge entsprach die hitzige Glut der Leiber, die schweißgetränkt, hechelnd und keuchend bis zur Erschöpfung Hochzeit feierten.
Im frischen Azur des Himmels hoch oben in den Lüften, unberührt von dem irdischen Treiben, das aus den Fugen geraten schien, waren die Zugvögel auf dem Rückweg.
Es war die Zeit, da die Säfte zurückströmten in die Glieder der Bäume. Die Knospen wurden voller und schwerer. Während in den Bodensenken vereinzelt noch Schnee lag, hüllten sich die ersten Weiden schon in zartgrüne Schleier. Die Menschen trugen zwar noch Stiefel, entledigten sich aber bereits ihrer warmen Fellmäntel. Sie zogen Gräben um Hütten und Häuser, damit das Wasser, das in Strömen von den Dächern rann, den schäumenden Flüssen zugeführt werden konnte. Ungeduldig hackten sie das Eis auf, um den

Winter ganz aus ihren Häusern zu vertreiben. Die Schneehaufen, die Wege und Eingangstüren säumten und die mit ihren Höhlen und Löchern immer mehr wie schwärzliche Schwämme aussahen, schmolzen während der langen Tage zusehends dahin, während sie in den kälteren Nächten noch einmal fest wurden. Selbst an den Ufern des Harricana, unter den zartbelaubten Bäumen, in denen Schwärme schwarzer Fliegen und Mücken hausten und wo sich der Winter immer etwas länger behauptete, hielt der Frühling seinen Einzug.

Mit Beginn der warmen Jahreszeit trafen große Bautrupps ein, die die Strecke fertigstellen, Bahnhöfe errichten und Brücken bauen sollten. Da die Schneise jetzt in beiden Richtungen offen war, kamen sie sowohl aus Québec als auch aus dem Westen. Auf beiden Seiten des Harricana wurden Blockhütten errichtet. Das sinkende Hochwasser ließ Treibholz auf den Böschungen zurück; die ruhiger gewordenen Fluten wurden von verschiedenen Booten und Kähnen bevölkert. Dicke Seile, die man von Ufer zu Ufer gespannt hatte, erleichterten das Überqueren des Flusses. Die Menschen, die zu beiden Seiten des Flusses lebten und durch die Zeit des Eisbruchs getrennt worden waren, nahmen wieder Verbindung zueinander auf. Die Cookery wurde um einen zweiten Bau erweitert, und Graillon bekam drei neue Gehilfen. Nun, da die Abende länger wurden, herrschte fröhliches Leben bis in die Nacht hinein; Singen und Lachen mischten sich in das Krachen und Knistern der vielen Feuer, die lästige Fliegen und Stechmücken vertreiben sollten.

Mehrere Ingenieure, später auch einige Arbeiter, ließen ihre Familien nachkommen. Eines Tages erschien ein Bischof, dessen prächtiges Gewand auf der Reise sehr gelitten

hatte, um den Platz zu bestimmen, an dem die Kirche stehen sollte. Er hielt eine Messe unter freiem Himmel für die Streckenarbeiter und die Männer vom Brückenbau. In seiner Predigt sagte er, der Herr erwarte von ihnen ein Gotteshaus; sie sollten es in ihren freien Stunden bauen. Die neue Pfarrkirche werde den Namen Saint-Georges-d'Harricana tragen zum Andenken an jenes Kind, das als erstes hier auf dem Friedhof begraben liege. Dieser tapfere junge Mensch habe zu Fuß die Wasserscheide überquert und sei mit dem Boot bis in diese nördlichen Gefilde vorgedrungen, die nun auf ihre Erschließung warteten. Der kleine Georges sei für eine große Sache gestorben. Er sei bis hierher gelangt, habe gelitten und schließlich sein Leben hergegeben für ein neues, vielversprechendes Land, das künftig Tausenden glücklicher Kinder eine Heimat bieten könne.
Wie der Bischof bekanntgab, sollten bis zum Bau einer richtigen Kirche zwei Baracken als Kapelle und als Pfarrhaus dienen; denn er hatte einen Priester mitgebracht, einen lebhaften jungen Menschen mit unruhigen Augen. Seine Eminenz kündigte auch die baldige Ankunft zweier Ordensfrauen an, einer Krankenschwester und einer Lehrerin, für die eine Unterkunft und ein Schulhaus zur Verfügung stehen müßten.
Auf einer Strecke von Tausenden von Meilen, in der Ebene, in den Tälern und im Bergland, entstanden weitere Baustellen, neue Bahnhöfe und neue Ortschaften. Nach und nach zog sich ein endloses Band des Lebens quer über das Land. Hunderte von Männern arbeiteten von früh bis spät, entrissen den Wäldern all das Holz, das sie für Wohnhäuser und Schuppen, Eisenbahnschwellen und Brücken, für Kirchen und Pfarrhäuser brauchten.
Die Strecke der Transkontinentalen Eisenbahn, die von ei-

nem Ozean zum anderen reichte, wurde zur längsten Baustelle, die die Welt jemals gesehen hatte. Die einzelnen Bautrupps hatten verschiedene Arbeiten zu bewältigen. Die einen fällten Bäume, die anderen schnitten sie zu, die nächsten machten Querschwellen daraus, und wieder andere verlegten sie. Letztere verstanden sich meisterhaft auf die Verbindung von Eisen und Holz, sie waren Spezialisten des Eisenbahnbaus, die nicht nur Hammer und Nägel, Schraubenschlüssel und Bolzen zu handhaben wußten, sondern auch komplizierte Weichenanlagen bauten und Signale installierten.

Wo immer sie waren, geriet der Wald in Aufruhr. Ein Dröhnen und Klopfen, ein Rattern, Stampfen und Hämmern, laute Rufe und Pfiffe störten den Frieden dieses Landes, das jahrtausendelang nur vom Rhythmus der Jahreszeiten geprägt worden war.

Je länger das glänzende Band der Gleise wurde, desto schneller trafen die Arbeitskräfte und notwendiges Material ein. Auf Schienenwagen mit Handbedienung gelangten sie in rascher Fahrt zu den Baustellen. Argwöhnisch beobachteten ein paar alte Indianer von weitem diese merkwürdigen Apparate, die Menschen und Lasten so schnell vorwärts trugen, ohne daß man sie ziehen oder anschieben mußte. Und dabei waren das nur die Vorläufer der Lokomotiven, dieser riesigen Ungetüme aus Kupfer und Stahl, in deren Innerem die Kraft von Feuer und Wasser sich vereinte.

So kam zum Erwachen der Natur die Betriebsamkeit der Menschen, die mit ihrem Werk Glück und Leid, Kummer und Hoffnung in das Abitibigebiet bringen sollten.

Nah beim Fluß, auf halbem Weg zwischen der neugegründeten Stadt und der Lichtung, fast verborgen hinter den jungen grünen Trieben, die aus den Baumstümpfen wuchsen, lag einsam ein Kindergrab. In einem Marmeladentopf, der fest in die Erde gesteckt war, standen ein paar Spiräen, deren weiße Blütenblätter der Wind forttrug.

31

Der junge Pfarrer besuchte die Robillards jeden Tag. Er sah kurz in die Waschküche hinein, deren Dämpfe er zu fürchten schien wie das Höllenfeuer, und erkundigte sich, ob alles in Ordnung sei, sprach noch ein paar ermunternde Worte und lief dann schnell zu Alban hinüber, um sich eine Zeitlang zu ihm zu setzen. Vielleicht war das die einzige Atempause, die sich dieser rastlose Mensch gönnte, dessen schwarze Soutane man von früh bis spät über die Baustellen flattern sah. Nur bei diesem Kranken, der an seinen Stuhl gefesselt war, hielt sich der Unermüdliche etwas länger auf.

Alban, der sein Leben lang auf dem Feld gearbeitet hatte, war nun zum Korbflechter und Schuhmacher geworden und setzte alles instand, was abgenutzt, durchlöchert oder schadhaft war. Um sein spärliches Werkzeug zu ergänzen, hatte Monsieur Ouimet aus Québec einen Schwanenhals, Leisten, Hämmer in verschiedenen Großen, einen Knieriemen, verschiedene Schustermesser und Ahlen sowie Pechdraht, Pech, Leder und mehrere Schachteln mit Nägeln für ihn kommen lassen. Schon von seinem Vater hatte Alban einst, als sich die Bauern auf ihren abgeschiedenen Höfen selbst zurechtfinden mußten, viele Fertigkeiten gelernt. Jetzt, da er sich nicht mehr von der Stelle rühren konnte, vervollkommnete er diese Fähigkeiten, und seine Hände wurden täglich geschickter.

Der Pfarrer sah ihm immer wieder voll Bewunderung zu. Er spürte, daß sich in der schmächtigen Gestalt dieses Mannes eine unbändige Lebenskraft verbarg und das Bedürfnis nach körperlicher Betätigung.
»Ich mache gern auch schwerste Arbeiten, so gut ich kann«, sagte der Priester oft zu Alban, »aber Feinarbeit ist nicht meine Stärke, ich hab nun mal zwei linke Hände. Aber Sie können ja die reinsten Wunderdinge vollbringen!«
An diesem Abend empfing Alban den Priester mit trauriger Miene, vielleicht weil es ein so strahlender Tag gewesen war, wie geschaffen für die Feldarbeit.
»Nicht mal um den Garten kann ich mich kümmern«, sagte er seufzend. »Wenn ich denke, was ich früher an einem einzigen Tag geschafft habe ...«
Der Priester legte ihm die Hand auf den Nacken und schüttelte ihn leicht.
»Nun, nun! Umgraben und hacken kann schließlich jeder, aber ich kenne hier weit und breit keinen Menschen, der Sie ersetzen könnte! Und es ist doch auch etwas Großartiges, Schuhe für gesunde Füße zu flicken, wenn man selbst nicht laufen kann.«
Er war ernst geworden. Alban wiegte nachdenklich den Kopf.
»Großartig nennen Sie das«, murmelte er schließlich. »Das sagt sich so leicht ...«
»Ich weiß, mein Freund. Das ist nicht das Leben, das Sie sich vorgestellt haben. Aber es hätte schlimmer kommen können. Sie hätten doch auch Ihre Hände verlieren können; dann wären Sie ganz auf Ihre Familie angewiesen. Ich bin kein Buchhalter, und Ihre geschäftlichen Angelegenheiten gehen mich auch nichts an, aber ich bin überzeugt, daß Sie mit Ihrer Schusterarbeit bald genausoviel verdienen wie

Ihre Frau mit der Wäscherei. Wenn der Laden erst mal eröffnet ist, werden Sie auch wieder unter Menschen sein. Dann können Sie sogar die Kasse führen, falls Sie keine Lust mehr haben, Schuhe zu besohlen.«

Am Fenster hatten Raoul und Stéphane für ihn eine Werkbank aufgestellt mit Regalen an beiden Seiten. Wenn Alban dort auf seinem niedrigen Schemel saß, auf dem zur größeren Bequemlichkeit ein zusammengefalteter Sack lag, herrschte er gleichsam über sein eigenes kleines Reich. Rechts hatte er alles untergebracht, was er für seine Schuhmacherei brauchte, links lagen die Weidenruten für die Körbe, und vor ihm war das Werkzeug ausgebreitet. Die Nägel lagen in einem Kasten mit vielen Fächern, den er selbst angefertigt und so auf eine Achse montiert hatte, daß er ihn drehen konnte. Auf diese Weise hatte er die verschiedenen Größen stets in seiner Reichweite. Louise besuchte regelmäßig die Schule, die seit kurzem eröffnet war. Außer ihr waren noch drei kleine Mädchen und zwei Buben dort, zu denen sich manchmal Indianerkinder gesellten, deren Familien gerade in der Gegend waren. Von seinem Fenster aus konnte Alban den Fluß sehen, auf dem es immer geschäftiger zuging. Er dagegen saß tagein, tagaus auf seinem Platz, inmitten der Gerüche nach feuchtem Leder, nach Pech und Leim, damit beschäftigt, Pechdraht festzuziehen oder winzige Samenkörner in Blumenerde zu senken, wobei seine groben, geschwärzten Finger mit erstaunlicher Behutsamkeit zu Werke gingen.

Der Priester sah ihm eine Weile zu. Als Alban aufhörte zu hämmern und eine Sohle in Wasser tauchte, um sie geschmeidig zu machen, sagte er. »Wissen Sie eigentlich, daß es nächste Woche schon soweit ist, Alban?«

»Was denn?«

»Können Sie sich's nicht denken?«
»Nein.«
»Der erste Zug wird einfahren, Alban, denken Sie nur! Der erste Zug!«
Wenn die tiefliegenden Augen des Priesters vor Freude strahlten, war es, als glimme ein Feuer darin.
»Das kann ich mir nicht vorstellen«, meinte Alban, »die Brücke ist doch noch lange nicht fertig.«
Von seinem Fenster aus konnte er den Stand der Arbeiten beobachten. Die beiden Teile der Brücke, die sich über dem Harricana treffen sollten, waren noch weit voneinander entfernt. Erst kürzlich war Alban Zeuge geworden, wie ein Werkmeister namens Gustave Courbière, den er kannte, vom Balkengerüst gestürzt und mit dem Kopf auf ein Boot aufgeschlagen war. Seitdem lag der kleine Georges nicht mehr allein auf dem Friedhof.
Es machte dem Priester sichtlich Vergnügen, Alban in Erstaunen zu versetzen; verschmitzt erklärte er, das letzte Stück der Brücke würden die Eisenbahnzüge selbst fertigbauen.
»Was sagen Sie da?«
»Auf unserer Seite des Flusses sind die Gleise schon fertig verlegt, und drüben ist es auch bald soweit. Heute morgen sind drei Trupps mit Zimmerleuten angekommen, einer vom Osten und zwei aus dem Westen.«
»Das hab ich gesehen.«
»Also: die Lokomotiven werden von beiden Seiten aufeinander zufahren und die Brücke fertigbauen. Riesige Maschinen wird man einsetzen, Kräne, Zugwinden und dergleichen mehr – ich kenn mich da nicht aus. Aber eines ist sicher: Ende nächster Woche wird zum ersten Mal ein Zug aus Québec und einer aus Cochrane hier einfahren, und so-

gar gleichzeitig! Das weiß ich ganz sicher, von Monsieur Ouimet. Sie sind der erste, dem ich das erzähle, Alban!«
Der Priester war ganz aufgeregt. Während seiner Rede fuhr er mit seinen mageren Händen heftig durch die Luft, als wolle er seine eigenen Worte beiseite fegen. Immer wieder beugte er sich über die Werkbank und blickte aus dem Fenster zur Brücke hinüber, als könne er sie wachsen sehen.
»Wir werden ein großes Fest feiern, Alban!«
Er hielt inne, warf einen Blick auf die offenstehende Tür, beugte sich zu Alban herab und fügte leiser hinzu: »Ein schönes, großes Fest! Und da ist mir ein guter Gedanke gekommen.«
Alban ließ seinen Schleifstein und das Schustermesser, das er gerade zur Hand genommen hatte, in seine sackleinene Schürze sinken und fragte neugierig: »Was haben Sie vor?«
»Wir könnten am selben Tag dreimal Einweihung feiern, dreimal, Alban, stellen Sie sich das vor!« Er lächelte, und die Sehnen an seinem dünnen Hals spannten sich vor Erregung. »Können Sie sich denken, was ich meine?«
»Meinen Sie Ihre Kapelle, Hochwürden?«
»Ganz recht. Bald ist es soweit, dann muß ich den Gottesdienst nicht mehr in der Baracke abhalten, dann habe ich meine eigene Kapelle, mit einem richtigen Glockenturm! Vielleicht wird meine Glocke sogar mit dem ersten Zug gebracht.«
Er freute sich wie ein Kind. Er lief zur Tür, sah hinaus und rief: »Raoul, Monsieur Raoul, haben Sie einen Augenblick Zeit?«
Wenn er laut sprach, überschlug sich seine Stimme ein wenig. Er ging wieder zur Werkbank hinüber und blieb neben Alban stehen, der gerade bedächtig ein wenig Speichel auf

den Schleifstein tropfen ließ und sich daran machte, sein glänzendes Schustermesser zu schärfen. Bei der Berührung von Klinge und Stein erklang ein melodisches Summen. Raoul trat ein.

»Was gibt's, Eminenz?« fragte er.

»Lassen Sie Ihre dummen Scherze, Raoul, und hören Sie mir gut zu: Sie werden Samstag in acht Tagen Ihr Geschäft eröffnen!«

»Was? Sie meinen Samstag nächster Woche?«

»Ja.«

Einen Augenblick schwieg Raoul verblüfft, dann erwiderte er lachend: »Das wird nicht nötig sein, es ist ja gar nicht geschlossen!«

»Wieso nicht geschlossen ...«

»Es hat doch weder Fenster noch Türen noch sonstwas! Soweit sind wir noch lange nicht. Wir sind schließlich keine Maschinen!«

Der schmächtige Pfarrer trat nahe an Raoul heran, packte ihn am Ärmel und schüttelte ihn.

»Nun hören Sie mir mal gut zu«, sagte er sehr energisch. »Am nächsten Samstag eröffnen Sie den Laden, so wahr ich hier der Pfarrer bin. Dann fährt nämlich der erste Zug hier ein, und meine Kapelle ...«

Weiter kam er nicht, denn Raoul hatte ihn an beiden Armen gepackt und wie ein Kind in die Höhe gestemmt.

»Was?« rief er. »Was sagen Sie da? Am Samstag kommt schon der Zug? Herrgott noch mal, ich muß unbedingt Leute finden, die mir helfen! Hol's der Teufel, wenn wir an dem Tag nicht aufmachen, bin ich erledigt, und meine Schwester redet kein Wort mehr mit mir!«

»Wie oft hab ich Ihnen schon gesagt, Sie sollen nicht so fluchen, Monsieur Raoul!«

»Ja, ja, schon recht, Herr Pfarrer, aber jetzt suche ich mir erst mal Männer, die mir helfen. Wie wär's mit Ihnen?«
»Das hab ich mir schon gedacht, daß Sie mich brauchen können, mein Sohn. Deshalb bin ich hier. Sagen Sie mir nur, was zu tun ist, ich stehe zu Ihrer Verfügung.«
Plötzlich war es mit der Ruhe im Haus vorbei. Raoul rannte hinaus und rief: »Catherine! Stéphane! Stellt euch vor, wir machen den Laden schon nächsten Samstag auf, da kommt nämlich der erste Zug! Die Zeit ist knapp. Der Pfarrer wird uns Leute zum Helfen schicken ...«
Seine Stimme wurde leiser, denn er war im Waschhaus verschwunden.
Als der Priester sich wieder Alban zuwandte, hatte dieser Schleifstein und Messer aus der Hand gelegt. Reglos saß er da, die Hände auf den Knien, und starrte verloren zum Fluß hinüber. Dicke Tränen rannen über seine hohlen Wangen und blieben in den Bartstoppeln hängen. Der Priester stellte sich hinter ihn und legte ihm die Hände auf die Schultern.
»Ihr kleiner Sohn wird leider nicht dabeisein«, sagte er mit sanfter Stimme. »Ich weiß, daß es schmerzt, wenn unsere Lieben unser Glück nicht mehr mit uns teilen können ... Aber denken wir an die anderen, Alban, an die Lebenden. Und Georges ist bei Ihnen, er liebt Sie und wird Ihnen helfen.«
Er hielte inne und drückte tröstend Albans Schultern. Dann setzte er sich wieder.
»Ich geh jetzt hinüber und seh zu, ob ich helfen kann. Nach Feierabend werden noch mehr Leute kommen. Die Menschen hier schätzen Sie und ihre Familie, Alban. Schließlich waren Sie die ersten. Die ersten, die sich hierher gewagt haben.« Er erhob sich. »So, und jetzt werde ich Ihrem

Schwager zur Hand gehen. Er ist ja wirklich ein verrückter Bursche, ein Besessener, dieser Raoul, aber seine Besessenheit ist irgendwie großartig. Ich verspreche Ihnen, daß Ihr Laden prachtvoll wird, Alban! Sie werden sich fühlen wie ein König in seinem Reich!«

32

Seit das baldige Eintreffen des Zuges angekündigt worden war, hatte helle Aufregung die ganze Gegend erfaßt; wie eine Epidemie griff sie um sich, und niemand konnte ihr entgehen.

Auf den verschiedenen Baustellen, an den Gleisen und Bahnhöfen und an der Brücke waren mehr als hundert Männer vom Morgengrauen bis tief in die Nacht am Werk. Ob am frühen Morgen, wenn der Tau noch auf den Wäldern lag, ob in der sengenden Mittagssonne oder in der kühlen, rotgoldenen Abenddämmerung, trotz der Schwärme von Mücken und schwarzen Fliegen taten sie unbeirrt ihre Arbeit. Nur unzureichend geschützt durch Tücher, die ihnen unter ihren breitkrempigen Hüten vom Kopf hingen, und triefend vor Schweiß, waren sie unaufhörlich damit beschäftigt, Lasten auf Karren zu laden, zu transportieren und wieder abzuladen, zu nageln, zu sägen, zuzuschneiden, festzuschrauben, einzufügen und zu verbolzen; unermüdlich richteten sie Pfeiler, Pfosten und Stützbalken auf, montierten Planken, Platten und Bohlen, Weichen und Streben und verlegten Schienen.

Alles wuchs in die Höhe, dehnte sich aus, nahm Gestalt an. Als die Gleise für die letzten Meilen verlegt waren, konnte endlich das Baumaterial auf Schienenwagen herangeschafft werden, und schließlich tauchte sogar eine richtige Lokomotive auf, die eine riesige Maschine bis zum Gleisende vor sich herschob; es war ein Ungetüm mit dickbauchigem Rumpf, das plötzlich Dampf aus seinem langen Schornstein und den Ventilen stieß, zu ächzen und zu beben und aus zahllosen Schlitzen zu spucken begann. Sein riesenhafter eiserner Arm reckte sich über die Fluten des Harricana und rammte mit seinem tonnenschweren Gewicht ganze Baumstämme in das Flußbett, so schnell und so leicht wie ein Bauer, der Zaunpfähle einschlägt. Der abgehackte, von dumpfen Schlägen unterbrochene Atem der Maschine erfüllte die Luft mit ungeheurem Lärm, der sich weithin über die verängstigten Wälder ausbreitete. Wenn er abbrach, war die Stille beklemmend, und nur langsam fand die umliegende Natur ihren eigenen Rhythmus wieder.

Von seinem Fenster aus beobachtete Alban das Ungetüm bei der Arbeit. Jede Bewegung, jedes Geräusch dort draußen machte ihm seine eigene Unbeweglichkeit noch stärker bewußt. Sein ganzer Körper vibrierte mit, wenn die Erde durch die stampfende Maschine bis in ihre Grundfesten erschüttert wurde. Unbändiger Tatendrang erfüllte ihn, aber er konnte ihm nicht nachgeben; er blieb ein Gefangener, ein Opfer des Winters, der seine Beine gelähmt hatte. Eine ganz neue Welt entstand rings um seine Behausung, in der er sein zurückgezogenes Leben lebte und winzig kleine Stifte ins Leder trieb, während da draußen ganze Baumstämme in den Boden gerammt wurden.

Raoul und Stéphane standen auf dem First des Gebäudes, das den zukünftigen Laden beherbergen sollte, und deckten das Dach. Hin und wieder unterbrachen sie ihre Arbeit und sahen zu den Zimmerleuten hinüber, die den Dachstuhl des Bahnhofs fertigstellten.

»Die kommen auch nicht besser voran als wir«, meinte Stéphane.
»Doch, die sind schneller!«
»Sie sind ja auch zu sechst, und außerdem ist das ihr Beruf!« Catherine kam aus der Waschküche.
»Gegen Abend wollen sie für zwei Stunden herüberkommen und uns helfen«, rief sie mit einem Blick auf die Zimmerleute. »Der Bauleiter hat's mir versprochen!«
Überall machte die Arbeit erstaunliche Fortschritte. Dennoch fanden die Männer Gelegenheit, Neuigkeiten auszutauschen, die in Blitzeseile von Ufer zu Ufer gelangten, über den großen Fluß, der von Booten durchkreuzt und von Seilen überspannt war.
»Habt ihr schon gehört, es soll sogar ein Minister kommen!«
»Und der Direktor der Eisenbahngesellschaft!«
»Bis morgen abend soll die Telefonleitung gelegt sein!«
»Der Bischof von Québec kommt zur Einweihung der Kirche!«
Die Ingenieure waren ständig unterwegs. Jedesmal, wenn einer von ihnen das Waschhaus betrat, um Wäsche abzugeben und frische abzuholen, fragte Catherine: »Wissen Sie, ob noch vor Samstag ein Zug mit Waren kommt?«
Die einen bejahten das, die anderen zweifelten daran. Monsieur Ouimet beruhigte sie. »Ich hab Ihnen doch gesagt, daß am Donnerstag die erste Lieferung kommt, und dabei bleibt's. Ich mache keine leeren Versprechungen.«
Er sollte recht behalten. Am Donnerstag nachmittag fuhren tatsächlich drei Güterwagen in den Bahnhof ein, die von einer rückwärts fahrenden Lokomotive angeschoben wurden. Das Läuten ihrer Glocke ließ alle aufhorchen.
»Ein Zug!« rief Alban aufgeregt.

Catherine stürzte aus der Waschküche.
»Meine Lieferung! Endlich kommt meine Lieferung!« rief sie.
Die kleine Louise, die gerade aus der Schule kam, rannte herbei.
»Mutter, Mutter, der Zug ist da!«
Raoul kletterte vom Dach und lief zu Alban hinüber. »Soll ich dich hintragen?«
»Nein, nein, bis Samstag werd ich's wohl noch aushalten, das ist schließlich nicht der erste Zug, den ich in meinem Leben sehe … Schau nach, ob unser Zeug dabei ist – ich hab Leder bestellt!«
Raoul hob die kleine Louise in die Luft, setzte sie mit einem Schwung auf seine Schultern und folgte langen Schrittes Catherine und Stéphane, die vorausgelaufen waren.
Die langersehnte Lieferung war wirklich da; sie nahm gut ein Viertel eines Waggons ein und bestand aus siebzehn schönen neuen Holzkisten von unterschiedlicher Größe. In schwarzen Riesenlettern stand »Seife«, »Leintücher«, »Geschirr«, »Schuhe«, »Werkzeug«, »Konserven«, »Teigwaren« oder »Schokolade« darauf geschrieben. Außerdem waren Säcke mit Zucker, Getreide und Mehl dabei sowie eine kupferne Waage, deren Umrisse unter der sackleinenen Verpackung erkennbar waren.
Inzwischen hatten die Arbeiter damit begonnen, das Baumaterial, das den größten Teil der Güterwagen füllte, abzutransportieren.
»Wieviel Zeit haben wir, um unsere Lieferung auszuladen?« fragte Catherine den Zugführer, der so rußverschmiert war wie ein Kaminkehrer.
»Die ganze Nacht, wenn du willst, meine Schöne. Aber dafür läßt du mich in deinem Bett schlafen.«

Alles lachte. Catherine wollte gerade etwas erwidern, als der Priester dazukam.
»Was sind denn das für Sitten?« empörte er sich. »Sie sollten sich schämen, mit einer Ehefrau und Mutter so zu reden!«
»Der Mann hat eben keine Manieren, Hochwürden!« rief der Mechaniker ihm zu.
»Also«, sagte der Priester, »wieviel Zeit haben wir zum Ausladen?«
»Etwa zwei Stunden. Wir müssen Wasser auffüllen.«
Noch war die Pumpe mit dem langen, schwenkbaren Arm nicht in Betrieb, und so mußten die Männer eine Kette bis zum Fluß bilden und das Wasser in Kübeln herbeischaffen.
»Los, beeilen wir uns«, sagte der Priester.
Schon lud er sich eine der schweren Kisten auf die Schulter und machte sich vornübergebeugt und mit kleinen, kurzen Schritten auf den Weg.
»Das schafft er nie, der gute Pfarrer«, spottete der Zugführer.
»Keine Sorge«, sagte Raoul, »dem greift der liebe Gott schon unter die Arme.«
»Hast du gesehen, was er da trägt? Ich habe gedacht, Völlerei ist eine Sünde!«
Tatsächlich trug die Kiste, die der Gottesmann schleppte, die Aufschrift »Feines Gebäck«.
Alle lachten.
Raoul schulterte die schwere Kiste mit dem Werkzeug, Catherine trug die Gewürze und Stéphane die Teigwaren; alle drei waren so fröhlich, daß sie ihre Last kaum spürten.
»Laß deine Maschine mal tüchtig rauchen«, riefen die Arbeiter dem Zugführer zu, »das vertreibt die Mücken.«
»Deshalb bin ich ja hergekommen!«

»Am Samstag kannst du schon über die Brücke fahren.«
»Hoffen wir, daß sie nicht zusammenbricht!«
»Die hält zehn Lokomotiven aus!«
An diesem Tag blieben die Robillards bis spät abends in ihrem Laden. Sie öffneten die Kisten und füllten die Regale mit Seifenstücken, Zuckerhüten, Pfefferbüchsen, Salzsäcken und derbem Schuhwerk, das nach neuem Leder roch. Alban, den sie auf seinem Stuhl hergetragen hatten, saß dort, wo die Kasse ihren Platz haben würde, und gab seine Anweisungen. Er hatte alles geplant und an alles gedacht.
»Das kommt hierher. Das weiter nach hinten. Die kleinen Sachen müssen in meiner Nähe stehen, damit ich drauf aufpassen kann. Das alles könnt ihr hinter den Ladentisch räumen. Nein, das Salz neben die Waage. Mehl und Zucker da oben, die dürfen nicht feucht werden.«
Schließlich rollte sich die kleine Louise völlig übermüdet auf dem großen hölzernen Ladentisch zusammen und schlief ein. Catherine deckte sie mit Vorhangstoff zu.
»Du kannst sie ruhig dalassen«, meinte Raoul. »Ich schlafe heut nacht sowieso hier. Solang wir nicht abschließen können, müssen wir vorsichtig sein.« Es war sehr warm in dem Raum. Die Hitze, die tagsüber eingedrungen war, staute sich jetzt unter dem mit Teerpappe gedeckten Dach. Um die vier Lampen kreisten Mückenschwärme. Große, gelb- und rostfarben gemusterte Nachtfalter mit bestäubten Flügeln brachten diese wirbelnden Wolken durcheinander und stießen leise klirrend gegen die Scheiben oder die Lampenschirme aus Weißblech.
Alle waren erschöpft, und ihre Schultern schmerzten, aber keiner dachte daran aufzuhören, bevor nicht die letzte Kiste ausgepackt war.

Der Pfarrer war dazugekommen, um mitzuhelfen; er war der schnellste und eifrigste von allen. Von Zeit zu Zeit scherzte er: »Gut, daß Seine Eminenz nicht weiß, daß ich hier für Ladenbesitzer arbeite. Das wäre ihm gar nicht recht!«

Mit großem Eifer schlug er Nägel in die Holzwand und hängte die Körbe auf, die Alban in den letzten drei Monaten geflochten hatte.

Die Schusterwerkstatt und die Utensilien für die Korbflechterei wurden neben der Kasse untergebracht.

»Dann hast du was zu tun, wenn mal keine Kunden kommen«, meinte Raoul.

»Hoffentlich geschieht das nicht zu oft.«

»Ich seh schon, du wirst von uns allen die meiste Arbeit haben«, sagte Catherine.

Alban saß zwischen Werkbank und Regalen und räumte Nägel und Werkzeug ein. Über seinem Kopf war eine große Lampe angebracht, deren starkes weißes Licht seinen Arbeitsplatz beleuchtete. Als der Pfarrer ihm das Leder brachte, das ebenfalls mitgeliefert worden war, sagte Alban: »Ich weiß schon, ich werd's gut haben hier. Aber die Feldarbeit fehlt mir trotzdem. Ich hatte doch gehofft, für meinen kleinen Georges später eine Siedlerstelle hier zu kriegen ...«

Er konnte nicht weitersprechen. Der Priester legte die Rolle mit dem duftenden Leder auf die Werkbank, setzte sich auf die Kante des Ladentisches und verschränkte die Arme.

»Sie haben zwei Kinder, Alban, und eine mutige, tüchtige Frau«, sagte er. »Für sie müssen Sie durchhalten. Sie werden hier mitten unter ihnen sein und ihr Leben, ihre Zukunft mit ihnen teilen, mein Sohn!«

Der Priester erhob sich und machte sich wieder daran, die Waren einzuräumen.
Raoul trat zu ihm und sagte leise: »Sie können das nicht wissen, aber der kleine Georges war genau wie er. Auch er hatte solche Freude an der Erde, an den Pflanzen, an der Feldarbeit!«
»Das hab ich mir schon gedacht. Die Menschen wünschen sich alle, unsterblich zu sein. Und wenn ein Kind ihnen besonders gleicht, hoffen sie, in ihm weiterleben zu können. Aber das ewige Leben findet man nicht auf diese Weise.«
Sie schleppten, räumten und ordneten wie die Besessenen in dem stickigen Raum inmitten der Insekten, die das helle Licht aus dem nahen Wald angelockt hatte. Manchmal fand sich dazwischen Gelegenheit für ein kurzes Gespräch, und sie lobten die Qualität der Fleischkonserven, diskutierten die Zukunft der Eisenbahn oder stellten fest, wie dringend die Bauarbeiter gutes Schuhwerk brauchten.
Je weiter die Nacht fortschritt, desto fieberhafter wurde ausgepackt, verteilt, eingeräumt, und die unzähligen Handgriffe, die sie machten, die Wege, die sie zurücklegten, begannen bereits unmerklich zur Gewohnheit zu werden. Längst waren ihre Glieder schwer und schmerzten von der Anstrengung; aber wichtiger als alles andere war, daß sie sich endlich ihren Traum erfüllen konnten, der sie so lange aufrechterhalten hatte, der sie den schrecklichen Winter hatte überstehen lassen. Diese Nacht voll Zuversicht und Arbeitseifer war Teil des Sommers mit all seinen Freuden, so wie der Tod des kleinen Georges Teil des Leids und der Grausamkeit der kalten Jahreszeit gewesen war.

33

Stéphane und Raoul trugen Alban auf seinem Stuhl nach Hause, und Catherine folgte mit der kleinen Louise im Arm. Nachdem sie den Vater hingelegt hatten, bat Stéphane, bei seinem Onkel im Laden übernachten zu dürfen.
Die Stille des Waldes schloß sich um die Häuser. Hier und da glühten noch Laubfeuer, doch ihr Rauch konnte das Ungeziefer, das sich aus dem feuchten Dunstkreis des Flusses erhob, nicht völlig vertreiben. Es war die Zeit, da die Nächte kurz sind und niemals vollkommen dunkel werden. Ein milchiges Licht lag auf dem Wald und drang bis ins Innere der Häuser, wo die Lampen längst gelöscht waren und der Petroleumgeruch sich mit dem beißenden Geruch geräucherten Fleisches vermischte.
Die zwei Männer hatten ihre Schlafsäcke auseinandergerollt, Stéphane auf dem Ladentisch, Raoul auf dem Boden mitten im Zimmer. Sie lagen unbeweglich, vertrieben nur dann und wann ein Insekt von Stirn oder Wange. In dem Halbdunkel konnten sie den großen Raum erkennen, in dem sie so viele Regale angebracht hatten, daß er auch jetzt noch, trotz der vielen Waren, fast leer wirkte.
»Wir werden eine Menge Zeug brauchen, um die Regale voll zu kriegen«, meinte Stéphane.
»Stimmt, aber das hat noch Zeit. Schließlich haben wir vieles auf Vorschuß bekommen, und die Zinsen sind nicht gerade billig.«
»Glaubst du, daß wir alle von der Gemischtwarenhandlung leben können?«
»Ja. Ihr habt ja noch die Wäscherei und die Schusterwerkstatt; und wenn du dich richtig um den Laden kümmerst, müßtet ihr ganz schön verdienen.«

Stéphane richtete sich halb auf und blickte zu seinem Onkel hinunter, von dem zwischen Schlafsack und Wollmütze nur die Augen zu sehen waren.
»Und du? Was wirst du tun?« fragte der Junge.
Raoul antwortete nicht gleich. Er drehte sich ein wenig zur Seite, die Holzdielen knackten unter seinem Gewicht. Die Tür war noch nicht eingesetzt worden, und so konnte man drüben unter der halbfertigen Brücke den Fluß schimmern sehen, in dem sich immer wieder Wirbel bildeten, die von der Strömung davongetragen wurden.
»Ich halte es nie lang an einem Ort aus«, antwortete der Trapper schließlich. »Ich werde so lange bei euch bleiben, bis das Geschäft gut läuft; dann mach ich mich wieder auf den Weg.«
»Hast du's gut!« Der Junge seufzte.
»Manchmal bin ich mir da nicht so sicher; aber so ist es nun mal.«
»Wohin wirst du gehen?«
»Hör zu, Junge, was ich dir jetzt sage, hab ich noch keiner Menschenseele erzählt. Es muß unter uns bleiben, nicht mal deine Eltern sollen was davon wissen.«
»Ich verrate nichts, ich schwör's.«
Raoul drehte sich auf die andere Seite. Er schwieg eine Weile, und beide schienen in die Stille der Nacht hinauszuhorchen, die sich über das Haus legte.
»Mit dem Pelzhandel ist nicht mehr soviel zu verdienen wie damals, als ich angefangen hab«, begann Raoul von neuem. »Ich glaub, ich hab was Besseres gefunden.«
Er hielt inne und zögerte. Unbeweglich lag Stéphane da, die Wange fest gegen das Holz des Ladentisches gepreßt, und wagte weder sich zu rühren noch Fragen zu stellen. Drüben, am anderen Ufer, ertönte der Schrei einer Eule.

Der Morgen dämmerte schon; im Norden zeigte sich ein blaßgrüner Schimmer. Endlich brach Raoul sein Schweigen.
»Erinnerst du dich an Jean-Baptiste?«
»Ist das nicht der Dicke, der dich im April hier besucht hast?«
»Ja, den mein ich.«
»Was der alles verdrücken konnte!«
»Trinken tut er auch nicht wenig. Aber ist ein guter Kerl, grundehrlich. Der würde dir sein letztes Hemd schenken. Wir haben damals, als junge Burschen, zusammen auf den Booten gearbeitet. Und im April ist er gekommen, um mich zu fragen, ob ich sein Partner werden will. Er hat Gold gefunden.«
Das Wort hing einen Augenblick in der Luft, leuchtend wie ein Stern.
»Wo denn?« fragte der Junge atemlos.
»Das weiß ich nicht genau. Ich konnte ja nicht gleich mit ihm losziehen, und da wollte ich's lieber gar nicht wissen. Außerdem war er nicht allein – der Mann, der mit ihm kam, gehört auch dazu. Ich weiß nur, daß es im Norden ist, gut einen Tagesmarsch von hier ... Offenbar hat noch nie jemand vorher dort Gold gesucht.«
»Und du glaubst wirklich, daß er dich mitmachen läßt?«
»Ja, er ist wie ein Bruder zu mir. Ich weiß, daß er warten wird, bis ich von hier wegkomme. Außerdem kann man nicht so mir nichts, dir nichts eine Mine ausbeuten. Das muß richtig vorbereitet werden, man braucht alle möglichen Papiere und so was.«
Raoul verstummte. Dann drehte er sich wieder um, als wollte er nun schlafen.
»Mein Gott, hast du ein Glück!« entfuhr es Stéphane,

und seine Stimme verriet Bewunderung und ein wenig Neid.
»Du kannst dich drauf verlassen, daß ich dich hole, wenn alles gutgeht, mein Junge. Ich kenn dich doch, du bist nun mal kein Krämer.«
Stéphane schlug mit der Faust auf den Ladentisch.
»Aber jetzt sitz ich fest in diesem verdammten Laden!«
»Du bist wohl nicht bei Trost!« Raoul lachte. »Vor einer Stunde hast du dich noch so drüber gefreut, und jetzt würdest du ihn am liebsten in Brand stecken. Wir wollen doch vernünftig sein! Ich kann mir auch was Schöneres vorstellen, als Nudeln zu verkaufen, aber du darfst jetzt noch nicht aufgeben. Deine Eltern brauchen dich. Später, wenn sich alles eingespielt hat, finden sich schon Leute, die deine Arbeit tun.« Er grinste. »Ich kenn doch deine Mutter, die will auch nicht ihr Leben lang Hemden waschen. Wenn sich der Laden so entwickelt, wie ich hoffe, dann kommandiert sie schon nächstes Jahr einen ganzen Schwarm von Verkäuferinnen! Und in zehn Jahren gibt's vielleicht schon genauso viele Robillard-Läden hier im Norden, wie es heute Eaton's-Geschäfte in ganz Kanada gibt.« Mit einem liebevollen Lächeln fuhr er fort: »Dann macht dein Vater nur noch ganz feine Krokodillederstiefel für Goldminenbesitzer wie uns.«
»Glaubst du wirklich, daß sie mich mit dir gehen lassen?«
»Ich bin sicher, mein Junge. Du bist ein Mensch, der draußen leben muß, nicht in geschlossenen Räumen. Und du bist auch deiner Mutter zu ähnlich, das kann auf die Dauer nicht gutgehen. Bald werdet ihr euch die Melassetöpfe an den Kopf werfen.«
Beide lachten. Allmählich brach der Tag an, und die Schlafenszeit war vorübergegangen, ohne daß sie es gemerkt hat-

ten. Raoul streckte sich wohlig, setzte sich auf und sah zum Fluß hinüber, dessen hellschimmernde Fluten das Halbdunkel teilten.
»Ich koch uns jetzt Tee, und dann mach ich einen Gang durch den Wald«, sagte er.
»Ich komme mit!«
Mit einem Satz war Stéphane auf den Beinen. Ein schöner Tag begann.

34

Um den Atlantischen mit dem Pazifischen Ozean zu verbinden, hatten die Eisenbahnschienen nur noch ein einziges Hindernis zu überwinden: den Fluß. Jenen berühmten Weg nach Westen, den nicht nur im 16. Jahrhundert Kanadas Entdecker Cartier, sondern vor und nach ihm noch viele Seeleute gesucht hatten, fanden die Männer der Eisenbahnlinie nun auf dem Landweg. Die Hacke ersetzte ihnen das Schiff, eiserne Bänder nahmen den Platz des Ozeans ein, und die gefällten Bäume wurden nicht zu Schiffen verarbeitet, sondern dienten dazu, die Wasserläufe zu überqueren, ein Ufer mit dem anderen zu verbinden. Und da nur noch eine einzige Brücke fertigzustellen blieb, konzentrierten sich nun alle Kräfte auf den Harricana.
Es waren Arbeiter von weit her gekommen. Die einen hatte die Freiheit in die Neue Welt gelockt, andere glaubten, hier ihr Glück machen zu können. Alle hatten schwer gearbeitet, nur wenige waren reich geworden, manche hatten es nicht überlebt.
Es wurde oft erzählt, wie sie gestorben waren. Vor allem die Geschichte des Sibiriers erregte die Gemüter. Er hatte

zu einer Gruppe von zwanzig Mann gehört, die von der »Foley Welsh and Stuart Company« angeworben worden war, um den Unterbau eines Viadukts zu errichten. Die Arbeit in dem lehmigen Boden, der unter jeder Last nachgab und noch unfertige Bauwerke wieder einstürzen ließ, war unmenschlich. Der Bautrupp bestand ausnahmslos aus osteuropäischen Emigranten, von denen nur wenige ein paar Brocken Englisch oder Französisch verstanden. Sie mußten im tiefsten Winter zu Fuß von Matheson aufbrechen und bei sechzig Grad Kälte den gewaltigen Abitibisee überqueren. Als sie das erste Arbeitslager erreichten, verweigerte man ihnen die Aufnahme. Niemand wird je erfahren, warum die Männer, die in ihren warmen Baracken saßen, die anderen dem eisigen Nordwind auszuliefern. Die Abgewiesenen, die zu Tode erschöpft waren, mußten weitere dreißig Meilen zurücklegen. Einer von ihnen erreichte das Ziel nicht. Er, der wie seine Gefährten vom anderen Ende der Welt hierhergekommen war, um sein Glück zu machen, fiel nur wenige Stunden vom Ziel entfernt vor Kälte erstarrt um und starb. Die Männer wollten ihn nicht den Wölfen überlassen. Um keine große Fläche im steinharten Boden ausheben zu müssen, begruben sie ihn stehend; aufrecht wie einen Zeltpflock steckten sie ihn in die Erde. Später entstand an dieser Stelle das Städtchen La Sarre.

Der Winter war vorüber. Die Arbeiter hatten ihn schon vergessen und schimpften jetzt über die Hitze und die Mückenplage. Trotz allem nahm der Bau seinen Fortgang. Die schweren Gerüste, die über die Flüsse gelegt wurden, waren keine endgültige Lösung, das wußten alle. Vorläufig vertraute man noch auf das Holz, das der Wald im Überfluß lieferte, doch eines Tages würde ein Gitterwerk aus Eisen und Stahl von einem Ufer zum anderen führen.

Jedesmal, wenn es einen Wasserlauf zu überqueren galt, mußten genaue Untersuchungen angestellt, mußte aber auch improvisiert und neu erfunden werden. In den Bergen mußte man sich gegen Felswände stützen, an Vorsprüngen Halt suchen, Nischen in den Stein hauen, Auswüchse abtragen. Manchmal wurde über Schluchten und gähnenden Abgründen gearbeitet, in deren Tiefe das schäumende Wasser toste. Wenn ein Fluß in der Ebene überquert werden mußte, rammte man starke Baumstämme als Pfeiler durch die nachgiebigen Mergelschichten des Flußbetts, bis man auf tragfähiges Gestein stieß. Dann drangen wie eine finstere Drohung aus der Tiefe trübe Schlammwolken an die Oberfläche, wurden aber bald von der Strömung fortgetrieben. Auf den gewaltigen Pfeilern ruhte ein Flechtwerk aus schlankeren Stämmen, aus kantig zugehauenen Balken, aus eingekerbten Planken, aus Trägern und Sparren, die mit riesigen Bohrern durchlöchert worden waren. Das Bauwerk, das auf diese Weise langsam, aber stetig in die Höhe gewachsen war, schwebte schließlich über seinem eigenen Spiegelbild, das gegen Abend zu immer länger wurde und einzustürzen schien, wenn Wirbel die Wasserfläche bewegten.

Die Brücke über den Harricana sollte stark und widerstandsfähig werden. Gestützt auf Eckpfeiler aus Felsgestein, mit ihrem ganzen Gewicht auf festen Widerlagern ruhend, vor den aufgebrachten Fluten geschützt durch Pfähle, die der Strömung flußaufwärts ihre Wucht nahmen, mit Sinklöchern versehen, durch die das Wasser in genau berechneten Bahnen abfloß, konnte dieses Bauwerk Jahrhunderte überdauern, wie Monsieur Ouimet versicherte.

»Sie werden mit dem Abriß genausoviel Mühe haben wie wir mit dem Aufbau!« pflegte er zu sagen.

Schon jetzt schienen die Männer, die diesen gigantischen Fluß zu bezwingen hatten, aufgebracht gegen jene Unbekannten, die eines Tages ihre Holzkonstruktion durch einen Viadukt aus Metall ersetzen würden. Ob Waldarbeiter, Zimmerleute oder Brückenbauer, es waren alles Männer, die mit Holz arbeiteten und seiner Kraft vertrauten.
Das Holz der Bäume, die in diesen Breiten gedeihen, kann es an Härte und Dauerhaftigkeit mit dem Eisen aufnehmen. Die Streckenarbeiter hatten im Schweiße ihres Angesichts erfahren müssen, welch ungeheure Kraft sich in den Leibern dieser nordischen Gewächse verbarg. Während ihre Äxte immer wieder zurücksprangen und ihre Sägen abstumpften, wuchs ihre Hochachtung vor dem Wald, in dem noch niemand vor ihnen Bäume gefällt hatte.
In der Abgeschiedenheit des Abitibigebiets lebten die Männer wochenlang ohne Nachrichten von außen. Wenn dann eine Postsendung eintraf, stürzten sie sich auf die Briefe, gaben dem Boten ihre eigenen mit, lachten und weinten auch manchmal, zeigten einander Fotografien und Postkarten. Später wurden die Zeitungen herumgereicht, in denen die Rede war von Wirtschaftskrisen und neuen Gesetzen, von Streiks und Verbrechen, aber all dies war für sie ohne Bedeutung. Bald legten sie die Blätter aus der Hand, um sie später zum Feuermachen zu verwenden. Ihre Welt war die Eisenbahnlinie, ihre Grenzen waren diese Wälder, in die sie nur eindrangen, um Bäume zu fällen. Alles, was anderswo geschah, war unwichtig. Die ganze zivilisierte Welt konnte getrost in Flammen aufgehen, zusammenbrechen, zu Staub und Asche werden, solange nur weiterhin Brücken über die Flüsse führten, hölzerne Bahnhofsgebäude emporwuchsen und die Querschwellen fest genug waren, um die stählernen Schienen zu tragen.

In Ontario und auch in den anderen Provinzen verlief das Leben der Eisenbahningenieure und -arbeiter nicht anders. Unter den Arbeitern, die mit dem Bau beschäftigt waren, gab es auch ältere Männer, die vom Bau anderer Brücken zu berichten wußten. Abends, wenn alle in den Baracken zusammensaßen, lauschten die Jungen ihren Erzählungen, während die Rauchschwaden, die vor jeder Tür aufstiegen, den Raum erfüllten. Eine ganze Welt entstand so vor den Augen der Zuhörer, eine Welt aus steilen Felsklippen und wilden Sturzbächen, wo Gischt und Fels tosend und brüllend aufeinandertrafen. Die alten Männer, die das Entstehen gigantischer Bauwerke miterlebt hatten, erzählten auch viele Geschichten vom Tod, von Menschen, die die mächtigen Flüsse herausgefordert hatten und ihrem Zorn zum Opfer gefallen waren.

35

Endlich war der große Tag gekommen. Nicht nur die Brücke, die Kapelle und der Bahnhof konnten eingeweiht werden, sondern auch der Gemischtwarenladen, dessen vier Fenster und zwei Türen inzwischen eingesetzt waren. Raoul und Stéphane hatten sogar Zeit gefunden, über dem Eingang eine Tafel anzubringen, auf der in großen Lettern mit brauner Farbe geschrieben stand:

»Gemischtwarenhandlung Robillard«

und darunter, etwas kleiner:

»Wäscherei, Schuhmacherei.
Alle Arbeiten werden sorgfältig ausgeführt.«

Raoul fragte seine Schwester scherzhaft, ob sie nicht noch »Restaurant« dazuschreiben wolle.
»In deinen freien Stunden könntest du doch kochen!« meinte er.
»Stell dir vor, daran hab ich auch schon gedacht. Aber warten wir lieber noch ab. Die meisten Männer, die an der Strecke arbeiten, werden wieder weggehen. Dafür kommen neue Leute, die in der Holzwirtschaft arbeiten und in den Sägewerken. Und da die Kantine irgendwann schließt, wird das Kochen vielleicht mal viel Geld einbringen.«
»Du kannst wohl nie genug bekommen!«
»Ich hab schon so viel durchgemacht in meinem Leben, jetzt nehme ich mir, was ich kriegen kann. Das geht sowieso nicht immer so weiter, man muß es ausnutzen.«
Die beiden standen vor der Tür des Geschäfts und warfen ab und zu einen stolzen Blick darauf. Männer, die auf dem Weg zum Bahnhof vorüberkamen, blieben stehen und fragten: »Wann macht ihr denn den Laden auf?«
»Gleich nach der Messe.«
»Habt ihr auch Tabak?«
»Natürlich! Wir haben auch Pfeifen, Zigarettenpapier, Zündhölzer, Kautabak, alles, was ihr wollt.«
Die Männer lachten und meinten, jetzt, wo es hier einen so schönen Laden gebe, wollten sie gar nicht mehr weg.
»Aber wenn alle weggehen … Vielleicht haben wir uns doch zuviel zugetraut?« meinte Alban, der in seinem Stuhl neben ihnen saß, etwas ängstlich. »Ob das Sägewerk …«
Aber die anderen brachten ihn zum Schweigen. Es war ein so heiterer, strahlender Tag, da durfte man nicht jammern.
»Wir müssen jetzt gehen«, drängte die kleine Louise. »Wenn wir die letzten sind, werden wir nichts sehen.«
»Du kannst auf meinen Schultern sitzen«, beruhigte sie

Raoul, »dann siehst du noch mehr als der große Luc.« Die Kleine nahm ihre Mutter bei der Hand und zog sie mit sich fort. Raoul und Stéphane bückten sich und packten den Stuhl, auf dem Alban saß, an den Querstangen und der Rückenlehne. Sie hatten sich daran gewöhnt, den Sitz leicht nach hinten zu neigen, wenn sie ihn hochhoben, und seitdem hatte Alban keine Angst mehr. Ruhig ließ er sich tragen, die Hände auf den Knien, die Beine locker herabhängend.

»Ich bin gar nicht so versessen drauf, einen Zug zu sehen«, sagte er. »Ich mach euch sowieso viel zuviel Mühe.«

Wie gewöhnlich, wenn er solche Dinge sagte, antworteten sie ihm nicht. Sie folgten Catherine und Louise, die schon auf dem Weg zum Bahnhof waren. Die Kleine hüpfte übermütig neben ihrer Mutter her.

Manchmal wurden sie von Leuten überholt, die einen Umweg über die Böschung machten, um sie nicht zu behindern.

»Sollen wir ihn mal nehmen?« schlugen einige vor.

»Danke, es geht schon. Wir sind's gewöhnt.«

Als sie etwa die Hälfte des Weges zurückgelegt hatten, schien ihnen der Stuhl plötzlich zu entgleiten und wie von unsichtbaren Kräften emporgehoben zu werden. Alban wandte sich nicht einmal um.

»Mach keinen Unsinn, Luc«, sagte er, »du wirst mir noch alle Knochen brechen!«

»Wie weißt du denn, daß ich's bin?« fragte der Dicke.

»Wenn ich den Arm des großen Krans da vorn sehen kann, dann mußt du es sein.«

Die anderen lachten. Der Koloß trug Alban mitsamt dem Stuhl in seinem Arm wie eine Amme ihr Kind.

»Du bist der stärkste Mann, den ich kenne«, sagte Alban. »Wenn ich gesund wäre und ein Stück Land hätte, bräuchte

ich keinen Ochsen, um die Baumstümpfe zu roden – ich würde dich nehmen.«
Der Dicke lachte so, daß Albans Stuhl zitterte.
Die Leute, die den Koloß und seine Begleiter kommen sahen, grüßten und machten Platz.
»Immer wenn ich heimkomme«, erzählte Luc, der heute seinen mitteilsamen Tag hatte, »gibt mir mein Vater die Arbeit, die das Pferd nicht geschafft hat.«
»Wenn die Lokomotive kaputtgeht, kannst du ja den Zug ziehen, Chabot«, rief ihm jemand zu.
Von der Brücke bis zum Bahnhof standen überall Männer entlang der Gleise und warteten. Auf der anderen Seite des Flusses war es dasselbe Bild. Die wenigen Frauen hatten sich zu den Kindern gesellt. Vor dem Bahnhof stand ein Mast, von dem die rotweiße Fahne, von keinem Luftzug bewegt, herabhing. Auf dem hölzernen Bahnsteig stand Monsieur Ouimet mit mehreren Ingenieuren und Leuten von der Eisenbahngesellschaft. Als er Luc mit Alban im Arm kommen sah, rief der Ingenieur: »Bring ihn hierher, Chabot!«
Der Bahnhofsvorsteher, der erst vor drei Tagen angekommen war und den die Robillards noch nicht kannten, trat vor.
»Monsieur Ouimet hat mir von Ihrer abenteuerlichen Reise berichtet«, sagte er. »Kommen Sie, als Pioniere dieser Stadt gehören Sie auf den Ehrenplatz!«
»So viel haben wir auch wieder nicht geleistet«, sagte Alban. »Aber einfach war es nicht.«
»Das kann ich mir denken«, antwortete der Mann.
»Immerhin haben wir den Friedhof eingeweiht«, bemerkte Catherine bitter.
»Wo steckt denn der Pfarrer?« fragte Hector Lavallée.

»Er bereitet sicher seine Messe vor.«
»Haben Sie die Kekse mitgebracht?«
»Ja, es liegt alles bereit.«
»Und das Bier?«
»Ich kümmere mich schon darum.«
»Ich glaub, die Züge werden gleichzeitig da sein.«
»Aber doch nicht auf der Brücke!«
»Wer weiß. Wir werden sehen.«
»Mutter, darf ich nachher auf den Zug steigen?«
Alle sprachen durcheinander. Es war eine Stimmung, in der Trauer und Freude dicht beieinander lagen. Freude, weil eine neue Zukunft sich auftat, und Trauer, weil etwas zu Ende gegangen war. Mit der Eröffnung und der Fertigstellung der Brücke war das Zeitalter der Eisenbahn endgültig angebrochen und die Zeit des Aufbaus vorüber. Die meisten Männer wußten noch nicht, was sie als nächstes tun würden. Dieses Land war ihnen ans Herz gewachsen, und es zog sie nicht in die Stadt zurück.
Doch in diesem Augenblick empfanden sie vor allem Stolz, den Stolz der Pioniere, der Erbauer der Eisenbahn. Sie konnten sagen: »Ich habe an der Transkontinentalen Eisenbahn mitgebaut. Daß es sie gibt, ist zu einem kleinen Teil auch mir zu verdanken, so wie die Reisenden es auch ein wenig mir verdanken, wenn sie so bequem in ihren Zügen über Land fahren können.«
Die meisten der Holzfäller hatten vor, hierzubleiben. Jetzt, da der Transport des Holzes gewährleistet war, wollte man im großen Ausmaß die Nutzbarmachung der Wälder betreiben. Denn mit der Dampfkraft erschlossen sich plötzlich ganz neue Möglichkeiten in diesem unzugänglichen Land, dessen Wasser alle dem Norden, dem Eismeer zufließen und das deshalb für die Holzbeförderung als ungeeignet ge-

golten hatte. Doch was sollte aus den anderen Männern werden, die an der Brücke gebaut oder Schwellen und Gleise verlegt, die Erdarbeiten verrichtet oder Steine behauen hatten? Sie alle würde die Eisenbahn, der sie mühsam den Weg gebahnt hatten, zurück in ihre Heimat bringen – die einen nach Westen, den Bergen zu, die anderen nach Osten, zur Mündung des Sankt-Lorenz-Stroms.

Zwei Stunden vergingen mit Warten, mit Stimmengemurmel und Füßescharren. Dann verebbten die Geräusche mit einem Mal wie auf Befehl, und schließlich herrschte vollkommene Stille.

In weiter, unendlich weiter Ferne, in Richtung Cochrane, hatte eine Glocke geläutet.

»Da, im Westen, er kommt aus dem Westen«, wurde geschrien, und alle drängten sich vor, um besser sehen zu können.

»Seid still! Ruhe! Ruhe!«

Noch einmal schwoll das Stimmengewirr an und verstummte dann von neuem.

Wieder war eine Glocke zu hören, diesmal im Osten. »Im Osten! Im Osten auch!«

Nun redeten und riefen alle durcheinander, bis ein Läuten, so hell und klar wie das Licht zu dieser frühen Mittagsstunde, alles übertönte.

Alle drängten, schoben und reckten die Hälse, um herauszufinden, woher dieses Läuten stammte, denn bisher trugen in diesem Land nur Lokomotiven Glocken.

Auf einen Baumstumpf am Ende des Bahnsteigs war ein großer Amboß angebracht, an dem die Schmiede der Baustelle gearbeitet hatten. Dort stand Luc Chabot, hatte den größten Hammer ergriffen und schlug drauflos. Mit regelmäßigen, weit ausholenden, runden Armbewegungen, die so gut zu den Rundungen seiner Gestalt paßten, führte er seine Schläge. Er, der immer so friedlich und ruhig wirkte, schien außer sich vor Freude und lachte aus vollem Halse. Rasch hatte sich ein Kreis um ihn gebildet. Holzfäller und Arbeiter klatschten im Takt in ihre großen Hände und ließen bei jedem Schlag jenen lauten, anfeuernden Ruf hören, mit dem sie sonst ihre Axthiebe begleiteten. Bald griff der Rhythmus auf die anderen über. Auch diejenigen, die gar nicht sehen konnten, woher die Klänge kamen, klatschten und riefen im Takt dazu.

Die Erde erzitterte, der Wald erbebte. Große Vogelschwärme waren erschreckt aufgestiegen, kreisten nun hoch oben in den Lüften und warteten darauf, daß wieder Ruhe einkehrte.

An den Gleisen versuchten Monsieur Ouimet, die anderen Ingenieure und Feldmesser und der Bahnhofsvorsteher, die Männer auseinanderzutreiben, die dort warteten, sich gegenseitig die Sicht nahmen und sich immer weiter vorbeugten.

»Paßt doch auf! Geht zurück! Zurück!«

»Das ist lebensgefährlich!«

»Weg da!«

Ihre Stimmen wurden übertönt vom Klang des Hammers und vom rhythmischen Klatschen der Umstehenden.

Unermüdlich, mit der Regelmäßigkeit eines Uhrpendels, schlug Luc Chabot auf das hellklingende Metall ein. Endlich näherte sich der Zug aus dem Osten und fuhr auf die Brücke zu. Und nun trat mit einem Mal Stille ein. Die Stimmen hatten aufgehört zu rufen, die Hände hatten aufhört zu klatschen, und auch der Amboß war verstummt. Nach all dem Lärm klang das schwache Bimmeln der Glocke, das in der Ferne vom zweiten Zug beantwortet wurde, fast armselig. Zu dem hellen Geläut gesellte sich das Schnaufen und Zischen des Dampfes.

Und dann stimmte auch die Brücke mit ein; die Brücke mit ihrem Baß, deren ernstes Lied anschwoll, in die Lüfte stieg, flußauf und flußab am Wasser entlanglief, von den Ufern zurückgeworfen wurde und wiederkehrte.

Es war das erste Mal, daß die Brücke ihr Lied anstimmte, und ein Zittern durchlief sie. Die Männer starrten auf die grauweißen Dampfwolken, die sich darübersenkten; andere suchten mit ihren Blicken bestimmte Träger oder Pfeiler, an denen sie gearbeitet hatten.

Auch das Wasser, in dem sich nie gesehene Bilder spiegelten, erzitterte durch die anhaltende Vibration.

Den Männern schnürte sich die Kehle zu. Mit angehaltenem Atem standen sie da und hatten für einen Augenblick den anderen Zug ganz vergessen.

Als die Lokomotive endlich das Ufer erreichte, liefen die Menschen auseinander, um die glänzenden Schienen freizugeben, und brachen in lautes Freudengeschrei aus. Lucs Hammer begann von neuem wie rasend zu schlagen, schnell und immer schneller, bis alle lachten. Jetzt näherte sich die zweite Lokomotive, und der Bahnhofsvorsteher stellte die Weichen um. Die Glocken der beiden Züge und das Hämmern Chabots verstummten, dichte Dampf- und Rauchwolken stiegen auf und legten sich über die jubelnde Menge.

Von vielen starken Armen getragen thronte Alban über allen Köpfen. Wie die Kinder, die von den Erwachsenen hochgehoben wurden, klatschte auch er in die Hände, und sein Mund lachte, aber aus seinen Augen rannen große Tränen.

36

Mit jedem der beiden Züge traf eine Gruppe offizieller Persönlichkeiten ein. Die wenigen Frauen der Gegend hatten sich, ebenso wie Catherine, große Mühe gegeben, die Kleidung ihrer Männer sorgfältig zu waschen und zu bügeln, und doch wirkten die Arbeiter recht armselig neben diesen wichtigen Herren mit ihren steifen Kragen, ihren schwarzen Hüten und makellosen Anzügen. Durch die Reise angeregt und durch das strahlende Wetter in bester Stimmung, zeigten sich die Besucher besonders redselig. Sie machten nach allen Seiten hin Komplimente und gaben sich Mühe, möglichst geistreich zu sein.

Nachdem sie sich während der politischen Auseinandersetzungen der letzten Jahre erbittert bekämpft hatten, konnten sie es jetzt kaum erwarten, sich in die Arme zu fallen; und so umarmten sich Ost und West. Zumindest für diesen einen Tag waren die Provinzen Kanadas vereint wie nie zuvor, zusammengeführt durch ein langes, eisernes Band und ein paar Brücken.

Aus dem Wald wehte ein sanfter Südwind herüber. Flußaufwärts kräuselte sich der Strom, flußabwärts kreiste das himmelblaue Wasser in trägen Wirbeln.

Der ungewohnte Lärm und die nahrhaften Düfte hatten auch einige Indianerstämme angelockt, die das Treiben beobachteten.

Zwischen den festlich gestimmten Menschen, die teils lebhaft plaudernd, teils ruhig abwartend herumstanden, eilte der junge Pfarrer mit flatternder Soutane umher und verkündete mit lauter Stimme, gleich werde die Messe beginnen. Er wirkte wie ein Marktschreier auf einer Kirmes, der das gaffende Publikum um jeden Preis in sein Zelt locken will. Doch hier mußte er die Menge nicht lange bitten; bereitwillig strömte sie hinter ihm auf die Kapelle zu, die mit Zweigen, Schleifen und Blumen geschmückt war. Der Schreiner hatte aus Birkenholz eine Marienfigur geschnitzt, und die Frau eines Ingenieurs hatte ihre weißen Vorhänge geopfert und ein Gewand für sie genäht. Doch nicht alle konnten die Statue bewundern; die Kapelle war viel zu klein, und viele Gläubige standen mit entblößtem Haupt davor.

Das Geläut der Andachtsglocke wiederholte fast wie ein Echo das Läuten der beiden Glocken auf den Zügen, die in diesem Augenblick aneinander vorbeifuhren und dann langsam in entgegengesetzter Richtung ihren Weg fortsetzten, nachdem sie eine Weile gemeinsam ihre dicken Rauchwolken über den Wald gebreitet hatten.

Nach dem Gottesdienst übernahm Monsieur Ouimet die Führung der Festgäste. Zunächst ging es zum Bahnhof, dem die hohen Herrschaften einen kurzen Besuch abstatteten; doch der Staub, den die vielen Menschen aufgewirbelt hatten, machte alle durstig, und man atmete auf, als es endlich zur Cookery ging. Die Köche hatten eine lange Tafel vorbereitet – Maisfladen, verschiedene Fleischgerichte, geräucherter Fisch, mit Ahornsirup getränkte Kuchen, Kekse und getrocknete Früchte standen bereit. Bier und Sodawasser flossen in Strömen, und es herrschte fröhlicher Lärm.

Nachdem sie in dem Gedränge rasch etwas gegessen und getrunken hatten, eilten die Robillards zu ihrem Laden zurück. Doch lange Zeit erschien niemand. Alban wirkte auf seinem Platz hinter der Werkbank wie ein Kapitän auf der Kommandobrücke. Catherine wartete hinter dem Ladentisch, auf dem die schwarze Waage mit den glänzenden Kupferschalen stand. Zum hundertsten Mal kontrollierte sie, ob die Waagbalken im Gleichgewicht und die Gewichte richtig aufgereiht waren. Zwischen Vater und Mutter stand diensteifrig die kleine Louise. Stéphane und Raoul saßen jeder in einer anderen Ecke des Ladens.

Die Zeit schien nicht vergehen zu wollen. Alban machte sich daran, ein Schustermesser zu schleifen, das ohnehin schon scharf wie eine Rasierklinge war. In der Ferne waren Stimmen zu hören; das feine, regelmäßige Schleifgeräusch klang in dem stillen Raum ungewöhnlich laut.

Alban hielt inne – die Stimmen kamen zweifellos näher. Die Robillards und Raoul sahen sich an; ein banges und zugleich hoffnungsvolles Lächeln lag auf ihren Gesichtern.

»Glaubst du, die Leute werden was kaufen?«

Kaum hatte Louise diese Frage gestellt, da stand Monsieur Ouimet auf der Schwelle. Er warf einen kurzen Blick in den Raum, als wollte er sich vergewissern, daß alles in Ordnung war, und trat dann beiseite, um den Ehrengästen den Vortritt zu lassen. Der junge Pfarrer hatte sich zu ihnen gesellt und pries nun lautstark wie ein Zeitungsverkäufer den Laden an.

Wieder wurden ein paar lobende Worte gesprochen, die aber im allgemeinen Stimmengewirr untergingen; man tauschte Komplimente aus, alle redeten gleichzeitig, und niemand hörte zu. Die Besucher, die ihren Frauen und Kindern Andenken mitbringen wollten, stürzten sich auf die verschiedenen Körbe und Körbchen, die Alban geflochten hatte. Sie kauften auch Biber- und Wolfsfelle, die von Raoul und Stéphane an den Wänden aufgespannt worden waren, und zeigten sich von den gefüllten Regalen so begeistert, als sähen sie Schinken, Speck, Mehl, Erbsen, Schiffszwieback, Reis, Salz, Pfeffer und Zucker zum ersten Mal. Beinahe hätten sie auch noch Lebensmittel mitgenommen, als

Erinnerung an den Gemischtwarenladen in Saint-Georges-d'Harricana.
Ein sehr beleibter Minister, dessen Augen fast in seinem fetten Gesicht versanken, wollte sogar einen Schusterhammer erstehen, den Alban auf seiner Werkbank hatte liegenlassen.
Raoul war verschwunden, doch sobald die Herrschaften sich verabschiedet hatten, erschien er wieder, und mit ihm die Bauarbeiter, die nun in den Laden drängten.
»Wo warst du denn?« fragte Catherine.
»Ich hab's nicht mehr ausgehalten. Am liebsten hätte ich einen von denen gepackt und kopfüber in den Melassetopf gesteckt. Was denken die sich eigentlich? Wir sind doch keine Wilden! ›Seht nur, die essen ja auch Brot und waschen sich sogar mit Seife!‹ Warum begaffen die uns wie Tiere? Diese fetten Schweine haben doch noch nie in ihrem Leben was geleistet!«
Die Männer, die mit ihren ungeschlachten Händen und abgenutzten Kleidern um ihn herumstanden, hörten ihm staunend zu.
»Immerhin sind sie bis hierher gekommen, um unsere Arbeit anzuschauen.«
»Die halten ja hier nur schöne Reden!«
»Tu doch nicht so, du hast vorher auch Beifall geklatscht, wie die andern.«
»Wir haben die Strecke gebaut, und die werden reich damit.«
»Wir haben aber auch nicht schlecht dabei verdient!«
»Dafür stehst du jetzt wieder ohne Arbeit da.«
»Viele werden ihre Arbeit verlieren.«
»Und wir sind schön dumm, wenn wir noch Beifall klatschen.«

»Und uns fürs Bier bedanken!«
Die Stimmen wurden immer erregter, alle sprachen gleichzeitig. Es hatten sich zwei Lager gebildet; die einen waren grundsätzlich bereit, die Autorität anzuerkennen, die anderen begehrten gegen sie auf, nachdem das Bier ihnen die Zunge gelöst hatte. Allmählich gewannen die Unzufriedenen die Oberhand und zogen die anderen auf ihre Seite. Die Gemüter erhitzten sich mehr und mehr. Raoul, der einige Flaschen geleert hatte, sah mit funkelnden Augen umher, als suche er jemanden, dem er an die Gurgel springen konnte.
»Er ist natürlich mit ihnen gegangen, unser lieber Herr Pfarrer! Der wird sicher wie ein Hündchen hinter ihnen herlaufen, bis sie wieder abfahren. Habt ihr sein Geschwätz gehört? ›Diese Familie ist damals mit dem Kanu hier angekommen, mit Sack und Pack. Ihr Junge ist im Winter gestorben, und der arme Alban hat sich die Beine erfroren …‹ Was denn noch? Soll ich ihnen vielleicht meinen Hintern zeigen?«
Lachen, Zustimmung, aber auch feindselige Rufe antworteten ihm. Manche Männer, die nichts verstanden hatten, fragten ihre Nachbarn. Ein paar Nachzügler drängten zur Tür herein. Catherine mußte bei dem Tumult um ihre Waren fürchten und schimpfte laut. Der arme Alban hielt mit beiden Händen seine Werkbank fest, die in dem Durcheinander bedrohlich wankte, und rief ein ums andere Mal: »Hört auf! Streitet euch nicht! Beruhigt euch doch!«
Niemand hörte auf ihn. Raoul gestikulierte immer heftiger, und Stéphane, der ebenfalls etwas Bier getrunken hatte, stimmte in das Geschrei seines Onkels mit ein. Ohne die geringste Erregung zu zeigen, ruhig und entschlossen, ging Catherine um den Ladentisch herum, drängte sich durch

die Menge und packte ihren Sohn am Arm. Als er sich losreißen wollte, gab sie ihm ein paar kräftige Ohrfeigen. Sofort war er wieder nüchtern. Nur die Männer in ihrer unmittelbaren Nähe hatten den Zwischenfall bemerkt, denn das Gedränge und das Geschrei wurden immer schlimmer und schienen sogar in Schlägereien ausarten zu wollen.

Catherine zog Stéphane in den hinteren Teil des Ladens, wo die Vorräte lagerten.

»Was soll denn das? Das kannst du doch nicht mit mir machen!« rief Stéphane wütend.

Sie standen einander gegenüber und starrten sich wortlos an. In ihren Augen spiegelte sich erst Fassungslosigkeit, dann Zorn; doch schließlich siegte die Liebe.

Beide mußten lachen. Catherine nahm ihren Sohn fest in die Arme.

»Verzeih mir, mein Junge, das hab ich nicht gewollt«, sagte sie leise. »Ich hatte Angst um dich. Ich will nicht, daß du trinkst, ich will nicht, daß du gewalttätig wirst. Darum bin ich erschrocken und hab die Beherrschung verloren ...«

Stéphane legte seine Arme um sie; eine Träne hing an seiner Wimper.

»Du hast ja recht, Mutter. Ich weiß selbst nicht, was über mich gekommen ist.«

»Komm, wir müssen aufpassen, daß dein Onkel keine Dummheiten macht. Ich kenne ihn – der fängt gleich eine Schlägerei an.«

Jemand hatte Monsieur Ouimet herbeigerufen, der jetzt verzweifelt versuchte, die erhitzten Gemüter zu beruhigen. Er war sehr bleich, sein Kinn bebte, und seine Stimme zitterte.

»Warum verderbt ihr uns allen diesen Festtag?« rief er den

Männern zu. »Seid doch vernünftig! Wer unzufrieden ist, kann morgen zu mir ins Büro kommen.«
Raoul, der immer noch laute Drohungen gegen die Obrigkeit und die Eisenbahngesellschaft ausstieß, versuchte, durch die Menge zum Ingenieur vorzudringen. Einige Männer wollten ihn beruhigen, andere stachelten ihn noch weiter an.
Catherine, die sich entschlossen einen Weg durch das Gedränge bahnte, war schneller als er und fing ihn ab. Kerzengerade, mit hocherhobenem Kopf stellte sie sich vor ihm auf, und trotz des Lächelns, das sie aufgesetzt hatte, war ihr Blick stahlhart. Sie packte ihn am Arm. Eine angespannte Stille entstand, in die sich die Geräusche von draußen mischten.
Catherines Stimme bebte unmerklich, als sie dem Ingenieur zurief: »Verzeihen Sie, Monsieur Ouimet, aber ich brauche Raouls Hilfe. Ich kann die Waren nicht finden, die er ausgepackt hat.«
Dann wandte sie sich ihrem Bruder zu und sah ihm fest in die Augen.
»Komm, die Kundschaft wartet«, sagte sie. »Du willst doch nicht, daß sie zur Konkurrenz geht.«
Man hörte die Männer aufatmen. Einige lachten. Jemand rief: »Nebenan macht schon Eaton's auf!«
Nun lachten alle. Raouls Gesicht verfärbte sich dunkelrot. Mit zornig blitzenden Augen sah er in die Runde, dann blickte er seine Schwester an. Catherine lächelte ihm zu. Im Stimmengewirr, das nun fröhlich klang, kam sie dicht an ihn heran.
»Komm, mein Lieber, ich brauche deine Hilfe«, sagte sie.
Raoul ließ sich mitziehen. Vor ihnen teilte sich die Menge und verstummte, als sei sie betroffen von der starken Aus-

strahlung der großen, blonden Frau. Nur die Männer, die weiter entfernt standen, fuhren fort, sich lautstark zu unterhalten.
Monsieur Ouimet wußte die Situation zu nutzen. Seine Stimme klang wieder fest und sicher, als er sagte: »Na, Steph, was ist? Ich hab doch Tabak bestellt. Wird man denn in diesem Laden nicht bedient?«
Dann wandte er sich an die Holzfäller.
»Hört mal zu, dies hier ist ein Geschäft!« rief er. »Diskutieren könnt ihr auch woanders. Holt endlich eure Geldbeutel hervor – die müssen ja zum Bersten voll sein! Schließlich habt ihr die ganze Zeit nur verdient, ohne was auszugeben!«
Als sie in der Vorratskammer angelangt waren, blickten sich Bruder und Schwester in die Augen. Im gleichen Augenblick dachten beide an ihre Kindheit und mußten plötzlich lachen.
»Du bist mir ja die Richtige!« sagte Raoul grinsend.
»Hilf mir jetzt lieber, du Nichtsnutz; die plündern uns noch aus.«
Drinnen drängten sich die Männer schwitzend und ungeduldig um den Ladentisch, jeder wollte zuerst bedient werden.
Alban saß hinter der Kasse und gab Wechselgeld heraus. Neben ihm verkaufte Louise, die kaum über den Ladentisch sehen konnte, Rasierseife und Kämme, deren Preise sie mit hellem Stimmchen ausrief.

37

Am Abend des festlichen Tages war eine Lokomotive mit einem einzigen Waggon eingefahren und hatte die Honoratioren abgeholt. Seither wurde die sommerliche Stille im Land in regelmäßigen Abständen von vorbeieilenden Zügen unterbrochen; täglich fuhr einer in jeder Richtung.
Das Geräusch der Eisenbahn war inzwischen allen vertraut geworden. Selbst für den Wald hatte es seinen Schrecken verloren. Wie früh man es wahrnahm, hing vom Wind ab, der den Rauch auf die Waggons, die Gleise und den umliegenden Wald niederdrückte. Wenn der Zug sich dem Bahnhof näherte, setzte sich die Glocke in Bewegung. Ihr helles Läuten, das Zischen und Fauchen der Dampfmaschine und das tiefe Summen der Brücke waren Teil des Lebens geworden.
Dank der Eisenbahn wuchs langsam die Stadt heran, die vom Fluß und vom Holzreichtum der Wälder lebte. Dicke Seile waren von Ufer zu Ufer gespannt, und eine Fähre überquerte regelmäßig das Wasser, so daß man ohne lange Wartezeiten – und ohne die nicht ganz ungefährliche Eisenbahnbrücke besteigen zu müssen – auf die andere Seite gelangte. Am rechten Ufer war eine große Sägemühle gebaut worden, und beständig stieg das Lärmen der Kurbelstangen, Riemenscheiben und Sägeblätter aus Dunst und Hitze empor.
Ein Teil der Arbeiter hatte das Abitibigebiet verlassen, die übrigen hatten sich um Siedlerstellen bemüht und machten nun ihr Stück Land urbar. Zunächst schlugen sie nur soviel Holz, wie sie brauchten, um kleine Blockhütten zu bauen, in denen sie zu zweit oder zu dritt hausten. Sie wollten ihre Familien nachkommen lassen, sobald sie ihr Grundstück

von dem dichten Gestrüpp befreit hatten. Andere waren schon aufgebrochen, um Frau und Kinder zu holen, die sie in eilig zusammengezimmerten Häusern oder in den Baracken der Baustellen unterbrachten.

Da all diese Leute in der Gemischtwarenhandlung Robillard kauften, blühte das Geschäft. Catherine, die zwei Frauen als Aushilfe für die Wäscherei gefunden hatte, leitete das Ganze. Sie thronte hinter ihrem Ladentisch oder ging von Regal zu Regal, vom Vorratsraum zur Wäscherei, gab Anweisungen und Ratschläge und hielt die Zügel fest in der Hand.

Ihr Bruder war der einzige, der sich ihrem Regiment nicht beugte. Er ging immer häufiger seine eigenen Wege und meinte, die Familie müsse sich allmählich daran gewöhnen, ohne ihn auszukommen.

Unter der sengenden Sonne erstreckte sich das glänzende Band der Schienen. In der Schneise staute sich die Luft, und es herrschte eine Gluthitze. Noch immer arbeiteten Männer dort im Schweiße ihres Angesichts, installierten Signale, stellten Telegrafenmasten auf und legten Kabel.

Die Tiere des Waldes hatten sich allmählich an diesen Eingriff in ihr Reich gewöhnt. Erst hatten sie sich, nach langem Zögern, nur nachts in die Nähe der Gleise gewagt und neugierig die Nasen aus dem Dickicht gesteckt, um vorsichtig zu schnuppern und die fremdartigen Gerüche nach Eisen, Kohle und Teer in sich aufzunehmen. Die Nagetiere waren am mutigsten. Sie bauten ihre eingestürzten Tunnels unter dem Bahndamm wieder auf und errichteten von neuem das Labyrinth ihrer Gänge, das unter den Spitzhacken und Schaufeln zusammengestürzt war. Es kostete sie viel Mühe, da immer wieder große Steinbrocken im Weg lagen, die eine fremde Macht dorthin getragen hatte. Unter den Mergel war Kies gemengt worden, doch die Lemminge, die Wühlmäuse, die Feld- und Spitzmäuse hatten sich bald daran gewöhnt und verwendeten das weiche, sandige Erdreich für ihre Nester. Der Donner, der zweimal täglich über ihre Köpfe hinwegbrauste und die engen unterirdischen Gewölbe erzittern ließ, wurde ihnen bald gleichgültig. Sie hatten schnell begriffen, daß sie sich nur zu gegebener Zeit verkriechen mußten.

Auch die Tiere, die nicht unter der Erde lebten, gewöhnten sich nach und nach an die Gleise und übersprangen das Hindernis; die fauchenden, stinkenden Ungetüme mit der metallischen Stimme konnten sie nur für wenige Augenblicke vertreiben. Auf der Flucht vor Wölfen, Füchsen oder Bären sah man Hirsche wie Pfeile über den Bahndamm fliegen. Vögel ließen sich auf den Drähten nieder, und furchtlose Eichhörnchen kletterten an den Masten hoch.

Langsamer als die Tiere wagten sich Gräser, Flechten und Moose vor. Sie glitten zwischen die Steine und unter die Schwellen und tranken das warme Wasser, das aus den Lokomotiven rann.

Die Wunden der verstümmelten Bäume begannen zu vernarben, neue, kräftigere Zweige wuchsen aus den Stümpfen, und langsam entstand ein dichter Vorhang aus dünnen Zweigen und Blattwerk zu beiden Seiten des Bahndamms. Der Wald schloß sich wieder und verbarg sein feuchtes, schattiges Inneres vor der Dampfmaschine und ihrem giftigen Atem.

Auch die umgeleiteten Bäche und Bächlein versuchten, ihren Weg wiederzufinden. Erst Tropfen für Tropfen, dann in dünnen Rinnsalen spürten sie tief unter der Erde jede kleinste Spalte auf, drangen durch jeden Sprung im Gestein und stellten auf ihre Weise eine Verbindung zwischen bei-

den Seiten des Bahndamms her. Die Menschen, die auf ihrem schnurgeraden, eintönigen Weg dahinfuhren, wußten nichts von alledem.
So wurde die Bahnstrecke mit ihrem Unterbau aus Schotter zu einer belebten Welt, die nicht minder bevölkert war als das Dickicht, das die Menschen zerstört hatten.
Als wollte sie diesen Sieg der Natur über das Menschenwerk feiern, brannte eine unbarmherzige Sonne auf das Abitibigebiet nieder. So eisig der unendlich lange Winter gewesen war, so sengend heiß war der Sommer, der sich lähmend auf Wald, Tiere und Menschen legte. Doch die Nächte blieben kühl, und selbst mitten im August war manchmal frühmorgens alles mit Rauhreif überzogen. Es war die Stunde, da die Siedler sich wie jeden Tag daranmachten, Gestrüpp zu entfernen und zu roden.
Die Männer, die jahrelang im Freien gelebt hatten, zogen prüfend die Luft ein und berieten sich.
»Windstille.«
»Das hält mindestens zwei Tage an.«
»Dann können wir also anfangen!«
Und dann machte das Feuer sich über das Holz her, das in riesigen Haufen mitten auf den gerodeten Flächen lag; die Flammen stiegen senkrecht empor, der Rauch breitete sich erst hoch oben in der Luft aus, und sein Schatten legte sich über die werdende Stadt.
Dort, wo jetzt Äste und Zweige in Flammen aufgingen, würde bald goldgelber Weizen stehen; der Samen war schon in der Gemischtwarenhandlung Robillard bestellt.

38

Vier lange Wochen hindurch dörrten die erbarmungslose Sonne und der heiße Wind den Wald aus. Dann senkte sich plötzlich im Lauf einer einzigen Nacht große Stille über das Land. Die Luft war reglos und klebrig wie Sirup. Von den Gesichtern und Händen der Menschen rann der Schweiß herab, auch wenn sie sich nicht rührten. Drei Tage und drei Nächte zogen sich unendlich dumpf und zäh dahin.

Trotz der unerträglichen Schwüle ging die Arbeit weiter. Von früh bis spät waren die Axthiebe und die klingenden Schläge der Kreuzhacke auf dem harten Erdreich zu hören. Mit langgezogenem Krachen stürzten die Bäume zu Boden und wirbelten riesige Staubwolken auf; die Arbeiter, durstig und mit trockenen Kehlen, fluchten vor sich hin.

Solange Wind wehte, hatten sie Äste, Zweige und Reisig zusammengetragen und aufgehäuft. Dann, als die Windstille eintrat, hatten sie mit dem Verbrennen begonnen, um den Boden freizumachen. Überall war das Krachen der Feuer zu hören, und Asche sammelte sich an, die bald die Äcker düngen würde. Tag und Nacht unterhielten die Männer abwechselnd die Feuer, die in gehörigem Abstand zu den Häusern und zum Waldrand entfacht werden mußten. Die Glut der Flammen verstärkte die Glut des Himmels. Der feine graue Dunstschleier, der über dem ganzen Land lag, hielt den Rauch lange zurück, der sich ausbreitete, auf die Bäume drückte und zuweilen die rötliche Scheibe der Sonne verbarg, deren beklemmende Kraft alles Leben zu ersticken schien.

Dann, am 17. August gegen fünf Uhr nachmittags, als die Windstille nie mehr enden zu wollen schien, entstand mit einem Schlag Bewegung.

Mit schneidender Gewalt fuhren plötzlich Licht und Wind in die reglose Wolke aus Dunst und Rauch und kehrten ihr Innerstes nach außen. Der Wald erschauerte und grollte dumpf in seiner Lethargie, bevor er zu sich kam. Die Erde lag in tiefem Schlaf, ihr war so wohl unter der staubigen, ausgebleichten Decke, daß sie sich eine Zeitlang mit aller Macht gegen das Erwachen wehrte. Aus der dicken Rauchschicht, die in wenigen Augenblicken auf einer Länge von vielen Meilen aufgerissen war, quollen zuckende Eingeweide, und Schwefelgestank verriet ihren Zorn. Ein Wirbelwind erhob sich, kreiste immer schneller um sich selbst, während er emporstieg. In seiner Raserei wand er sich und zuckte von einer Seite zur anderen wie ein gewaltiges, verwundetes Reptil. Dann änderte er die Richtung, stürzte sich auf den Wald, fegte wie ein Besessener durch die Schneisen und peitschte die Feuer, aus denen er hervorgegangen war. Die Männer wichen vor den wütenden Flammen zurück. Der heiße Hauch, der sich mit einem Mal erhob, schien aus den Tiefen der Erde zu kommen. Wie der sengende Atem eines Vulkans schleuderte er die Glut empor. Flammen, höher als hundertjährige Bäume, rissen in ihrem Ungestüm Ströme glühender Funken mit sich hoch, die sich ihren eigenen Weg bahnten. Sie breiteten sich aus, verzweigten sich und fielen wie knisternder Regen auf das strohtrockene Unterholz nieder.

Die Menschen stürzten aus ihren Häusern.

»Feuer! Feuer!«

Von dort, wo der Wirbelwind sich zuerst erhoben hatte, hörte man Hilferufe.

Innerhalb weniger Minuten brannte es an zwanzig verschiedenen Stellen. Der ganze Wald prasselte wie ein brennendes Reisigbündel.

Die Männer, die beim Abholzen gewesen waren, stürzten auf das Feuer zu; sie besaßen jedoch keine andere Waffe als die Äste, die sie abgeschlagen hatten und die so trocken waren, daß sie sofort Feuer fingen. Jeder Schlag, den sie damit ausführten, konnte das Übel vergrößern.
»Schaufeln her!«
»Schnell, wir brauchen Schaufeln!«
»Hierher, schnell, gleich ist es zu spät!«
Doch das Feuer hatte schon die Oberhand gewonnen. Es war schneller und wendiger als die Menschen, glitt an ihrer Seite unter das Buschwerk und wich jedem aus, der es bekämpfen wollte. Es sprang hoch ins Geäst der Bäume, um sich gleich darauf wie eine Raubkatze fallen zu lassen.
»Vorsicht, es dreht sich!«
»Lauft weg!«
»Schnell, weg hier!«
Angestachelt durch die Schreie und geschmeichelt durch seinen schnellen Erfolg, verdoppelte der Wind seine Heftigkeit und schlug mit geballter Kraft noch fester zu. Niemand wußte, ob er von Osten oder Westen kam – er schien aus allen Richtungen zugleich heranzubrausen. Ein Dutzend Winde schien sich vereint zu haben, um sich auf diesen einen Brand zu stürzen.
»Paßt auf, einer ist gefallen!«
»Wo denn?«
»Da vorn!«
»Man sieht ja nichts!«
Der Aschenregen machte sie blind. Das Feuer kam von überall her, es war in der Luft, stieg vom Boden auf, fiel vom Himmel herab. Unsichtbar bahnte es sich seinen Weg durch die Flechten, um plötzlich wenige Schritte hinter der Reihe der kämpfenden Männer hervorzubrechen, die jeden

Augenblick fürchten mußten, eingeschlossen zu werden. Unter ihren Füßen lebte das Feuer wieder auf und packte sie an den Beinen.
»Zum Wasser, schnell!« schrien sie, wenn die Kleider eines der Männer in Brand geraten waren.
Wer nahe am Fluß war, warf sich hinein, die anderen rollten sich am Boden oder rissen sich das Zeug vom Leib. Der Tischler war mit seiner langen Schaufel herbeigerannt und schlug sich tapfer. Sein nackter Oberkörper war schon mit roten Flecken und blutigen Striemen bedeckt.
Wenn die Balsamtannen brannten, die voller Harze und ätherischer Öle waren, krachte und knallte es wie Schüsse. Ganze Gruppen ausgedörrter Rottannen und Lärchen gingen mit gewaltigem Brausen in Flammen auf. Andere Bäume warfen einander in grausamem Spiel knisternde Funken zu.
Ein paar kleine Blockhütten, die gerade erst fertiggestellt waren und auf halb gerodetem Land standen, hatten die Flammen schon erreicht. Ihre Dächer aus Teerpappe zischten wie Öl in der Pfanne.
Bald wurde die Hitze unerträglich, und selbst am Fluß konnte man kaum noch atmen. Das Feuer schwoll an, die Flammen schlugen immer häufiger um, bedrohten die Männer und zwangen sie, zurückzuweichen. Immer mehr von ihnen sprangen in den Fluß. Diejenigen, die zur Verstärkung kamen, tauchten zuerst mitsamt ihren Kleidern unter. Als winzige, dampfende Wesen standen sie dann den riesenhaften Flammen gegenüber. Sie kämpften eine kurze Weile, doch aus dem glühenden Schlund des Ungeheuers, das in seiner Unersättlichkeit alles verschlingen wollte, schien der Gluthauch der Hölle zu dringen. Halb blind, dem Ersticken nahe, rannten die Männer ein Stück weit

fort, rangen nach Luft und stürzten sich dann von neuem in den ungleichen Kampf. Es war ein makabrer Tanz.
Der Wirbelsturm gab nicht auf, stieg in immer größer werdenden Spiralen empor. Plötzlich machte er kehrt und raste auf den Bahnhof und die Baracken der Baustelle zu. Die Männer bildeten keine einheitliche Front mehr, denn der beißende Rauch trieb sie auseinander. Jeder kämpfte für sich, ohne zu wissen, was um ihn herum geschah. Sie hörten nur die Hilferufe, Schmerzensschreie und Warnungen der anderen, was ihre Angst noch steigerte.
Diejenigen, die im Wald eingeschlossen waren, erstickten, andere wurden von umstürzenden Bäumen erschlagen. Manche, die nicht schwimmen konnten, wagten sich dennoch in den Fluß – sie waren zwar den Flammen und den wirbelnden Rauchwolken entkommen, wurden aber nun von den wirbelnden Fluten, die unter dem Feuerregen zu brodeln schienen, erfaßt und fortgerissen. Ihre furchtbaren Schreie wurden immer leiser und gingen schließlich im mächtigen Brausen des Brandes unter.
Am Bahnhofsgebäude, dessen eine Dachseite schon zu glimmen begann, stand Monsieur Ouimet und schrie: »Das Dynamit! Das Dynamit!«
Panischer Schrecken ergriff die Männer. Sie gaben den Kampf auf und flohen.
»Ich brauche drei Männer!« schrie der Ingenieur. »Die anderen sollen sich in Sicherheit bringen!«
Schon war der dicke Luc, den man zum ersten Mal rennen sah, auf dem Weg zum Geräteschuppen, wo noch vier Kisten mit Sprengstoff lagerten.
»Lauft weg, schnell!« brüllte Luc. »Ich schaff das allein!«
Monsieur Ouimet und ein junger Schmied folgten ihm und holten ihn ein, als er gerade den Schuppen erreichte. Zu

dritt stürzten sie hinein. Als sie gleich darauf wieder herauskamen, drang schon dichter, nach Kautschuk stinkender schwarzer Rauch aus dem Gebäude. Luc trug zwei Kisten, der Ingenieur und der Schmied je eine.
»Zum Fluß!« schrie Monsieur Ouimet.
Wenn der Wind die wirbelnden Rauch- und Aschewolken auseinandertrieb, sah man die drei Männer mit ihrer Last an der Bahn entlang auf die Brücke zulaufen, deren Aufbauten zum Teil schon brannten. Jedesmal, wenn ein Funkenregen niederging, warteten alle auf die Explosion. Einmal stolperte Monsieur Ouimet, der den Schluß bildete, und stürzte zu Boden. Das Gras war hier schon verkohlt und glimmte noch vor sich hin. Der Schmied beschleunigte seinen Schritt, Luc dagegen stellte seine beiden Kisten auf dem Bahndamm ab und rannte zum Ingenieur zurück. Er drückte mit seiner großen Pranke ein Flämmchen aus, das schon am welchen Holz der Sprengstoffkiste emporzüngelte. Monsieur Ouimet war inzwischen wieder aufgestanden; er blutete an Knien und Ellbogen.
»Lassen Sie die Kiste stehen, ich nehm sie alle drei«, meinte der Dicke, dem der Schweiß in Strömen vom Gesicht lief.
»Kommt nicht in Frage. Zwei sind genug!«
Das war ein Befehl. Luc half dem Ingenieur nur noch, seine Last wieder aufzunehmen, dann lief er zu seinen zwei Kisten, ergriff sie und rannte auf den Fluß zu.
Immer wieder hüllte dichter, von Funken durchsetzter Rauch die Männer ein. Einmal mußte der Ingenieur stehenbleiben und sein Hemd ausziehen, das in Brand geraten war, dann nahm er die Kiste wieder auf und folgte den anderen. Er schwankte vor Erschöpfung; ein paar Arbeiter liefen auf ihn zu, um ihm zu Hilfe zu kommen.

»Laßt mich, rennt weg!« schrie er.
Lange vor den anderen erreichte der Schmied die Brücke und warf die Kiste von einem Eckpfeiler aus ins Wasser. Sie verschwand sofort. Dann sprang er selbst in den Fluß und begann, von der Strömung getrieben, am Ufer entlangzuschwimmen. Der Dicke kam als nächster an, warf ebenfalls seine Last ins Wasser und rannte zum Ingenieur zurück, der schon taumelte. Er nahm ihm die Kiste ab, lief damit zur Brücke und warf sie in den Fluß. Einen Augenblick zögerten die beiden Männer, als wollten auch sie hineinspringen. Doch dann stiegen sie vorsichtig zur Uferböschung hinab und wateten langsam ins Wasser.

39

Als der Brand ausbrach, stand Catherine mit ihren beiden Helferinnen im Waschhaus. Die Frauen traten hinaus und blickten ängstlich zu den Rauchwolken hinüber, die sich zu ihrer Rechten über das Land legten. Dann drehte sich der Wind.
»Das kommt nicht hierher«, sagte eine der Frauen.
»Man kann nie wissen. Lauft zum Fluß«, befahl Catherine. »Ich komme nach.«
Sie lief zum Laden hinüber, aus dem gerade eine Kundin trat; hinter ihr folgte Stéphane, der seine Schwester an der Hand hielt.
»Was ist denn los?«
»Im Wald brennt's«, sagte Catherine.
»Kann's gefährlich werden?«
»Ich glaub nicht, aber wir gehen doch lieber zum Wasser. Du nimmst Louise mit.«

Ohne Eile ging sie in den Laden zu ihrem Mann, der hinter seiner Werkbank saß.
»Wo ist Raoul?« fragte sie.
»Weg. Beim Fischen.«
»Verdammt! Ich muß jemanden finden, der dich trägt.«
»Das ist doch nicht nötig, so schlimm wird's nicht werden.«
In der Ferne wurden die Schreie lauter. Catherine trat zur Kasse, zog die Schublade auf und schaufelte mit beiden Händen Münzen und Geldscheine in einen kleinen Leinensack, den sie einsteckte.
»Sicher ist sicher«, sagte sie.
Während sie auf die Tür zuging, wurde es plötzlich finster. Eine dichte Rauchwolke, in der unzählige Funken glühten, senkte sich auf die Häuser herab. Jetzt waren Schreie aus nächster Nähe zu hören.
»Es brennt!«
»Feuer!«
»Catherine!«
»Mutter!«
Catherine wandte sich kurz zu Alban um.
»Hab keine Angst«, sagte sie. »Ich komm gleich wieder!«
Sie lief schnell hinaus. Ihr Mann ließ seine Blicke durch den Laden wandern. Am Tag zuvor hatte der Zug acht Kisten und drei Säcke mit Waren gebracht. Alban bekreuzigte sich und murmelte. »Herr, erbarme dich!«
In seiner Stimme lag keine Furcht, er war ganz ruhig. Er packte einen Teil seines Werkzeugs in eine lederne Tasche, die neben ihm stand. Schon drang Rauch ins Zimmer, Alban mußte husten. Er sah zur offenstehenden Tür, dann zur Decke hinauf. Das Krachen und Knistern kam näher. Alban versuchte aufzustehen, sank aber wieder zurück.
Bald darauf war Catherine wieder da, gefolgt von Stéphane

und einem Zimmermann namens Reuillard, der sich am Tag zuvor den Arm verletzt hatte und deswegen nicht zum Roden auf sein Stück Land gegangen war.
»Wir tragen dich«, sagte Reuillard.
»Mit deinem Arm kannst du das doch gar nicht.«
»Natürlich kann ich das.«
»Ich helfe mit«, sagte Catherine.
Zu dritt hoben sie den Stuhl hoch, aber der Zimmermann konnte ihn nur mit einer Hand tragen, und ihre Bewegungen waren nicht gut aufeinander abgestimmt. Beinahe wäre Alban nach vorn gekippt. Sie setzten ihn wieder ab. Der Rauch wurde immer dichter. Hinter den Fensterscheiben sah man schon die Flammen hochschlagen.
Reuillard ging in die Hocke und sagte zu Alban: »Klammere dich an meinem Hals fest.«
Alban gehorchte, und der Mann erhob sich mühelos. »Nehmt seinen Stuhl mit«, sagte er noch.
Halb erstickt und hustend verließen die vier das Haus. Es war auch höchste Zeit: Ein Funkenregen war auf das Dach niedergeprasselt, und die Teerpappe fing schon an mehreren Stellen Feuer. Sie liefen zum Ufer, wo Louise verzweifelt brüllend und mit den Füßen stampfend auf sie wartete und immer wieder mit heiserer, sich überschlagender Stimme nach ihnen rief. Sie riß sich von der Hand der Wäscherin los und stürzte in die Arme ihrer Mutter. Andere Frauen und Kinder rannten schreiend herbei.
Stéphane stellte den Stuhl so nah wie möglich an die Uferböschung, und Alban wurde hineingesetzt.
»Gib mir meine Werkzeugtasche«, bat er.
Der Junge hob die Ledertasche auf, die seine Mutter hatte fallen lassen, um Louise hochzuheben. Alban drückte sie fest an sich.

»Alles geht zum Teufel«, sagte er müde.
»Kann man denn nichts mehr retten?« fragte Reuillard.
»Nichts.«
Als Stéphane zum Laden laufen wollte, hielt seine Mutter ihn zurück.
Das Dach stand schon in Flammen, und nebenan brannte der Giebel der Wäscherei. Nur das Wohnhaus war noch unversehrt. Catherine drückte ihrem Sohn entschlossen die kleine Louise in den Arm.
»Nimm du deine Schwester«, befahl sie.
»Wo gehst du hin?«
»Keine Angst, ich komm schon wieder.«
Catherine lief zur Anlegestelle. Sie stieg ins Wasser, hielt sich am Rand des Pontons fest und tauchte völlig unter. Dann kletterte sie heraus, rieb sich das Wasser aus den Augen und rannte triefend auf ihr Haus zu.
»Bleib hier!« rief Alban.
»Komm zurück, Mutter! Laß mich gehen!«
»Du weißt nicht, wo es ist!« schrie sie zurück.
Stéphane wollte Louise den Frauen übergeben, doch das Kind klammerte sich mit aller Kraft an ihn, und er mußte nachgeben.
»Was soll ich tun?« fragte Reuillard.
»Nichts«, sagte Alban. »Es ist noch Zeit genug. Sie will das Geld retten.«
Catherine war verschwunden. Manchmal wurden die Rauchschwaden so dicht, daß man nichts mehr erkennen konnte. Die Kinder schrien vor Angst. Auf der Fähre standen schon mehrere Frauen, und der Fährmann, der in seinem zerfetzten Hemd angerannt kam, schrie den anderen zu: »Los! Steigt alle ein!«
»Helft mir«, sagte Stéphane und zeigte auf seinen Vater.

Als der Fährmann auf die Anlegestelle sprang, riefen die Frauen: »Schnell, setz uns über!«
Ein Ascheregen ging nieder, und das angstvolle Geschrei wurde lauter.
»Laßt mich hier«, rief Alban. »Ich warte auf meine Frau.«
»Da kommt sie!«
»Mutter! Mutter!«
Louise, die von einer Wäscherin mit Gewalt auf das Floß gezerrt worden war, schrie ohne Unterlaß.
Der Schiffer nahm einen Eimer und spritzte erst die Frauen, dann auch Alban naß.
Stéphane und Reuillard stiegen neben der Anlegestelle ins Wasser und tauchten unter. Endlich war Catherine wieder da. Ihr Gesicht war rußgeschwärzt, die Haare versengt. Unter dem Arm trug sie eine Keksschachtel, in der Geldstücke klapperten, in der anderen Hand einen großem Korb, in den sie eilig ein paar Sachen geworfen hatte. Sie rannte als letzte auf die Fähre.
Das schwere Gefährt bewegte sich langsam am Seil entlang auf das gegenüberliegende Ufer zu.
Jedesmal, wenn die dichten Rauchschwaden sich teilten und die Sicht freigaben, sahen sie zu ihren Häusern hinüber. Als die Fähre fast in der Mitte des Flusses angelangt war, hörte man mehrere Explosionen. Die Fensterscheiben des Gemischtwarenladens flogen durch die Luft, und aus den Fenster- und Türöffnungen quoll schwarzer Rauch.
»Die Petroleumkanister«, stellte Alban fest.
Gleich darauf krachten Detonationen, schärfer und trockener als zuvor. »Die Patronen«, sagte Alban.
Seine Stimme klang so hoffnungslos, daß es schmerzte. »Es wird nichts übrigbleiben, gar nichts«, schrie ein Mann verzweifelt.

Gerade als die Fähre das andere Ufer berührte, brach drüben das Dach des Waschhauses zusammen. Langgezogene Funkengarben stiegen auf und wurden vom Wind aufs Wasser getrieben.
Weiter entfernt hörte man Gewehrschüsse, und dann folgte eine stärkere Detonation.
»Das ist das Haus meines Onkels«, sagte Stéphane. »Ja, eine Menge Munition hatte der.«
»Wenn er nur dagewesen wäre!« stieß Catherine zwischen den Zähnen hervor.
Als die Rauchschwaden von neuem aufrissen, sah man, daß der Laden schon halb zusammengestürzt war; blaue Flammen, die vom schmelzenden Zucker herrührten, stiegen daraus empor. Jetzt brannte das Vorratslager, der Wind trieb den süßen Karamelgeruch bis zu ihnen herüber.
»Herrgott, auf uns liegt wirklich ein Fluch!« Alban seufzte.
Mit unbewegtem, verschlossenem Gesicht stand Catherine da und drückte ihre Tochter an sich. Die kleine Louise weinte nicht mehr. Mit geröteten Augen, in denen noch Tränen glänzten, starrte sie unverwandt zum anderen Ufer hinüber, wo noch immer einige Männer vergeblich den Brand zu bekämpfen versuchten.

40

Der Kampf hielt die ganze Nacht und den darauffolgenden Tag an.
Die Helligkeit war so groß, daß man nachts genauso gut sah wie tagsüber, wenn einem nicht gerade dichte Rauchschwaden, die der wechselnde Wind vor sich hertrieb, die Sicht nahmen.

Wenn größere Teile des Waldes vom Feuer erfaßt wurden, stiegen Wolken weißglühender Tannennadeln in die Höhe, während unten Tausende von Tannenzapfen mit lautem Knall explodierten und in der Glut zerbarsten. Die Laubhölzer schienen zu weinen; wie Tränen quoll der Saft aus ihrer Rinde.

Die Wacholderbäume entzündeten sich, loderten hell auf und blieben dann rotglühend wie blutübergossene Skelette stehen.

Überall waren Tiere auf der Flucht. Ratten und Hasen, die der Rauch aus ihrem Bau vertrieben hatte, sprangen mit brennendem Fell davon wie irrwitzige Fackeln. In der Ferne hörte man Wölfe heulen und Hirsche brüllen. Große Vogelschwärme beobachteten aus sicherem Abstand die ungeheure, nie gesehene Wolke und flüchteten dann in Richtung der Seen.

Nach der anfänglichen Panik war unter den Menschen wieder eine gewisse Ordnung eingekehrt. Frauen, Kinder und Verletzte hatte man ans andere Ufer gebracht, das offenbar vom Feuer verschont blieb. Monsieur Ouimet hatte ein Dutzend Männer dort postiert, sie sollten die Brände unter Kontrolle halten, die durch herüberfliegende Funken entstanden. Die Männer waren ständig unterwegs, um jedes noch so kleine Rauchwölkchen mit ihren Schaufeln zu ersticken. Auf dieser Seite des Flusses gab es nur vier Häuser und die Sägemühle. Erst vor kurzem eingetroffene Familien, die hier ihr Stück Land urbar machen wollten, hatten sie gebaut. Bei diesen Menschen suchten nun alle Zuflucht. Die Schwerverletzten blieben im Inneren der Häuser, die anderen kampierten draußen und sahen dem verzweifelten Kampf zu, den die Männer auf der anderen Seite des Stroms führten.

Aus Ost und West kamen Trupps von Holzfällern und Erdarbeitern auf Schienenwagen zu Hilfe. Die Front gegen das Feuer verstärkte sich.
Mitten in der Nacht kehrte Raoul mit dem Kanu zurück. Sobald er sich vergewissert hatte, daß die Seinen in Sicherheit waren, stieg er wieder in sein Fahrzeug, um den Männern auf der anderen Seite zu helfen. Stéphane entkam der Obhut seiner Mutter und begleitete Raoul. Sie stießen zu dem Trupp, den der Ingenieur anführte und zu dem auch der große Luc gehörte. Der riß mit einer einzigen Bewegung junge Bäume mitsamt der Wurzel aus und schwenkte sie wie große Besen, um damit das Feuer zu löschen. Mit seinem Eifer und seiner Muskelkraft konnte er die Arbeit von fünf Männern tun. Dabei schnaufte er vor Anstrengung wie ein Walroß und schwitzte gewaltig. Die anderen lachten und neckten ihn freundschaftlich. Wenn der gutmütige Koloß mit gesenkter Stirn und funkelnden Augen auf die Flammen losstürmte, schien es, als stürzte er sich in den Zweikampf mit einem persönlichen Feind.
Zuweilen mußten die Männer vor den Flammen zurückweichen, dann wieder schien das Feuer auszugehen, loderte aber gleich darauf mit neuer Kraft wieder auf. Wenn ein Wirbelwind die Rauchschicht aufriß, konnte man für Augenblicke das Funkeln der Sterne sehen. Es war, als hätte der heiße Atem des Waldes seine Glut über das ganze Weltall verstreut.
Mehrmals wurden Männer von den tanzenden Flammen umzingelt. Man sah ihre Umrisse durch den feurigen Vorhang, sah, wie sie wild um sich schlugen und taumelten und schließlich aus Mangel an Sauerstoff zusammenbrachen. Manche liefen entschlossen durch die Flammen, um den Feuergürtel zu durchbrechen. Wenn sie der Hölle entkom-

men waren, wälzten sie sich am Boden, die Arme um den Kopf gepreßt. Ihre Kameraden rannten herbei und schlugen mit Zweigen auf sie ein, um die brennenden Kleider zu löschen, oder rissen sie ihnen in Fetzen vom Leib.
Viele wurden schwer verletzt, andere von Bäumen erschlagen, die mit furchtbarem Krachen umstürzten.
Eine Frau starb unter dem einbrechenden Dach ihres Hauses. Sie hatte versucht, etwas daraus zu retten, das ihr wohl wichtiger war als ihr Leben.
Zwischendurch liefen die Männer taumelnd vor Erschöpfung zum Ufer. Sie wälzten sich im Fluß wie Tiere, tranken in vollen Zügen von dem Wasser, prusteten und schnaubten. Die Frauen gaben ihnen Brot und Speck oder von den anderen Vorräten, die sie hatten retten können.
Dann brach das Gewitter aus. Schwefelgelbe Blitze erhellten zuckend den Ort des Unheils, und aus tausend Schleusen ergoß sich sturzbachartig der Regen.
Diese Sintflut dauerte die ganze Nacht an. In den vier Häusern und der Sägemühle schliefen dicht gedrängt die Menschen, die dem Feuer entkommen waren. Obwohl sie zu Tode erschöpft waren, rissen immer wieder Alpträume sie aus dem Schlaf.
Am folgenden Morgen traf, zusammen mit den Leuten von der Eisenbahngesellschaft, auch ein Arzt mit dem Zug ein. Man war darauf eingerichtet, alle Bewohner des verwüsteten Landstrichs entweder in Cochrane oder in Senneterre unterzubringen. Doch nur die Verwundeten und die Männer, die zur Verstärkung geschickt worden waren, wollten die Reise antreten. Die anderen waren entschlossen, in ihrer Stadt zu bleiben, bei den verkohlten und vom Gewitterregen aufgeweichten Überresten ihrer kleinen Stadt.

41

Die Züge hatten ihre täglichen Fahrten eingestellt. Die Brücke war zwar nicht ganz zerstört, aber an mehreren Stellen beschädigt. Schwellen waren verbrannt, und auf einer Strecke von fast zwei Meilen hatten die Schienen sich verzogen. Die Züge, die Lebensmittel und andere Vorräte brachten und Verwundete abtransportieren sollten, blieben in einiger Entfernung stehen, als halte eine merkwürdige Scheu sie von dem Ort des Unglücks ab.

Sobald der Regen aufgehört hatte, kam die Sonne wieder mit aller Macht hervor und brannte auf die Erde und den Fluß, auf die riesigen Wasserpfützen und die verkohlten Ruinen herab. Erschöpfte, unrasierte Männer irrten zwischen den eingestürzten Häusern umher, andere saßen apathisch am Ufer.

Wegen der großen Hitze mußten die Opfer so schnell wie möglich gefunden und begraben werden. Unter der Leitung des Pfarrers, Monsieur Ouimets und Hector Lavallées bildeten sich drei Trupps, die den Wald und die Umgebung des Ortes absuchten. Die verstümmelten Toten, die sie fanden, legten sie in die Särge, die aus Senneterre eingetroffen und über den Fluß gebracht worden waren.

Schließlich standen die schmalen weißen Kisten nebeneinander aufgereiht, ein heller Fleck inmitten von soviel Schwarz. Es war, als trage der Tod als einziger keine Trauer. Achtzehn Menschen waren vermißt, doch nur fünfzehn Leichen wurden gefunden. Die anderen hatte wohl der Fluß mit sich fortgenommen.

Obwohl die Kreuze verbrannt waren, fand man mühelos die Grabhügel des kleinen Georges und des Brückenarbeiters wieder. Die Männer gingen daran, daneben eine Reihe fri-

scher Gräber auszuheben. Dann versahen sie siebzehn Holzkreuze, die ebenfalls mit dem Zug eingetroffen waren, mit den Namen der Toten. Nun lagen auf dem neu angelegten Friedhof ein Kind, fünfzehn Männer und eine Frau. Der Winter hatte das erste Grab geschaufelt, der Sommer aber eine ganze Grabreihe gezogen.
Der junge Pfarrer, dessen Soutane verbrannt war, trug beim Begräbnis ein weißes Hemd, das am Rücken zerrissen war, und eine blaue, viel zu große Hose. Unermüdlich hatte er Seite an Seite mit den anderen Männern das Feuer bekämpft und sie dabei immer wieder ermahnt, Gott nicht zu verfluchen. Da auch sein Meßbuch den Flammen zum Opfer gefallen war, hielt er die Totenmesse aus dem Gedächtnis. Keines der Opfer hatte Angehörige am Ort, außer der Frau. Ihr Mann, der am Fuß verletzt war, stand, von zwei Kameraden gestützt, schluchzend an ihrem Grab. Monsieur Ouimet, der mit seinem dicken Kopfverband wie ein Fürst aus Tausendundeiner Nacht aussah, sprach mit bewegter Stimme ein paar Worte. Er lobte den Heldenmut derer, die im Kampf gegen das verheerende Feuer gestorben waren.
Als er geendet hatte, ergriff noch einmal der Priester das Wort und erklärte, Gott habe den Bewohnern von Saint-Georges-d'Harricana diese Prüfung auferlegt, um ihren Glauben auf die Probe zu stellen. Hier und da wurde Widerspruch laut, der aber bald im Gemurmel des gemeinsamen Gebets unterging. An keinem der Anwesenden war der Kampf gegen die Flammen spurlos vorübergegangen. Ihre Gesichter waren mit Brandblasen übersät, die Hände mit Wunden bedeckt, die Haare versengt und verfärbt.
Am meisten erschüttert zeigten sich die Männer, die erst vor kurzem als Helfer eingetroffen waren. Die anderen hatten schon so viel Furchtbares erlebt, so viel gekämpft und

gelitten, daß nur noch die Erinnerung an das Entsetzliche in ihren Augen lag. Sie hatten keine Tränen mehr. In kleinen Gruppen standen die rußgeschwärzten Gestalten und starrten in die offenen Gräber, als wollten sie sich fallen lassen in eine andere Welt voll Frieden und Vergessen.
Nur der wohltuende Wind, der sich gegen Mittag erhoben hatte, belebte die Trostlosigkeit dieser Stunde, und der Anblick der umgegrabenen Erde, die an frisch gepflügte Äcker erinnerte, weckte einen Schimmer von Hoffnung.
Nach der Beisetzung wurden die Gräber zugeschüttet, und die Trauernden gingen langsam flußaufwärts davon. Auf einer Lichtung, die vom Feuer verschont geblieben war, hatten die Rettungsmannschaften große Zelte aufgebaut, damit die Menschen auf ihrer Seite des Flusses bleiben konnten. Trotz des Windes hing noch immer der bittere, alles durchdringende Geruch nach Verkohltem, Verbranntem in der Luft.
Wie damals beim Begräbnis des kleinen Georges war Alban auf seinem Stuhl von Raoul und Stéphane zum Friedhof getragen worden. Auf dem Rückweg blieben die Robillards und Raoul eine Weile vor den Überresten des Hauses stehen, in dem das Kind gestorben war. Dann betrachteten sie schweigend die verkohlten Balken des Waschhauses und des Ladens.
Noch immer stiegen Rauchwolken aus dem schwarzen Gebälk. Ein Duft nach Karamel hing in der Luft, als sei hier im verborgenen ein Zuckerbäcker am Werk.

42

Sie traten in ein geräumiges grünes Zelt, das sie mit drei anderen Paaren teilen sollten. Eine Ordensschwester, die mit dem ersten Rettungszug eingetroffen war, stand am Eingang, um Wunden zu untersuchen und frische Verbände anzulegen. Hier hing ein strenger Geruch nach Arzneien und Tinkturen in der Luft. Die Schwester hatte ein gütiges Gesicht, rund und faltenlos. Mit ihrer gestärkten, grauweißen Haube wirkte sie zwischen diesen Menschen in ihren zerfetzten Kleidern wie eine Gestalt aus einer anderen Welt. Vor dem Nachbarzelt gaben zwei Angestellte der Eisenbahngesellschaft Wolldecken und Bettlaken aus. Später wurden Pakete mit Lebensmitteln geöffnet und umsonst verteilt. Raoul nutzte die Gelegenheit, um sich mit Tabak zu versorgen.

Als er genüßlich rauchend zurückkam, sagte Alban: »Ich hab nicht mal meine Pfeife gerettet.«

Der Trapper nahm die lange, elegante Pfeife aus dem Mund und hielt sie seinem Schwager hin.

»Da, ich habe nur noch diese. Sie war in meiner Tasche. Wir teilen sie uns ... Zigarettenpapier haben sie auch, Stéphane kann dir welches holen, und Tabak dazu.«

Alban tat einen tiefen Zug aus Raouls Pfeife.

»Die steht dir viel besser als deine kurzen Stummelpfeifen«, sagte Raoul lächelnd. »Mit der siehst du aus wie ein reicher Mann!«

»Reich? Arm wie eine Kirchenmaus!« sagte Catherine. Sie öffnete die Keksschachtel, die sie gerettet hatte und die ein paar Scheine und Münzen enthielt. Dann schüttete sie den Inhalt des Leinensacks dazu, den sie noch schnell an der Ladenkasse gefüllt hatte.

»Schaut her, das ist alles, was uns bleibt«, sagte sie.
»Das stimmt nicht ganz«, bemerkte Raoul. Er erhob sich, ohne auf Catherines Fragen einzugehen, faßte Stéphane am Arm und zog ihn mit sich fort. Die beiden schlugen den Weg zum halbzerstörten Bahnhof ein.
Hier war unter der Leitung Hector Lavallées ein Trupp neu eingetroffener Arbeiter damit beschäftigt, die noch rauchenden Reste wegzuschaffen. Sie zogen Balken unter den Trümmern hervor, schichteten sie auf der anderen Seite der Gleise auf und rissen die verkohlten Platten heraus, aus denen der Bahnsteig bestanden hatte. Neben den verbogenen Signalstangen lag Werkzeug. Raoul ergriff eine Kreuzhacke und eine Schaufel.
»Nimm du auch eine Hacke«, forderte er Stéphane auf. Sie verließen den Bahnhof und gingen auf die Lichtung zu, auf der Raoul seine Hütte gebaut hatte. Die wenigen Balken und Rundhölzer, die noch aufrecht standen, glimmten. Von den umliegenden Baumstümpfen stieg Rauch auf. Vom Innenraum waren nur verkohltes Holz und Reste gräßlich stinkender Häute und Felle übrig. Raoul ging geradewegs auf eine bestimmte Stelle zu und begann, sie von den schwelenden Trümmern zu befreien. Stéphane half ihm und zog mit der Hacke die halb verschmorten, aufgeweichten Felle hervor, deren beißender Rauch ihm den Atem verschlug.
Bei einem Eckpfeiler, von dem nur noch ein Stumpf übrig war, riß Raoul mit der Kreuzhacke ein paar Bohlen aus dem Fußboden, lockerte die darunterliegende Erde und räumte sie mit der Schaufel beiseite. Bald stieß er auf Metall und zog schließlich eine runde Blechdose aus dem Versteck, auf der in roten und gelben Buchstaben auf blauem Grund »Feiner Tabak« geschrieben stand.

»Das sind gute Büchsen«, meinte er anerkennend. »Die rosten nicht so schnell.«
»Warum hast du sie hier vergraben?«
»Das tu ich immer. Falls es mal brennt.«
Sie sahen sich an und lächelten.
»Eine alte Gewohnheit von mir«, fuhr Raoul fort. »Bis jetzt war's ja nie nötig, aber diesmal ...«
Er hielt inne, legte seine Hand auf den Nacken des Jungen und hob die Schultern, als wollte er sagen: besser als nichts.
»Morgen kommen wir noch mal her«, sagte er. »Wir finden sicher ein paar Sachen, die wir noch brauchen können.«
Mit der Dose und dem Werkzeug unter dem Arm brachen sie wieder auf. Inzwischen war die Sonne untergegangen und hatte den Fluß in purpurnes Licht getaucht, das sich ein wenig blasser im zarten Dunst des Himmel wiederholte.
Auf dem Heimweg machten sie beim Laden halt. Mitten in dem verwüsteten Raum fanden sie auf dem Holzklotz, der nicht völlig verbrannt war, den Schwanenhals, den Alban immer für seine Schusterarbeiten verwendete, und gleich daneben den Hornamboß. Sie nahmen beides mit und machten sich auf den Weg zum Zelt.
Hier ging das Leben schon wieder seinen geregelten Gang. Die Leute hatten sich aus Konserven ihr Abendessen zusammengestellt, andere brieten Eier auf kleinen Spirituskochern. Auf einer leeren Kiste hatte Catherine mit neuen Tellern den Tisch gedeckt. Brot und Speck waren schon aufgeschnitten. Ein großer Kuchen, auf dem kandierte Früchte glänzten, lag auf einem Stück Papier bereit.
»Verhungern werden wir jedenfalls nicht«, meinte Alban.
Raoul reichte seiner Schwester die Tabakdose. Sie enthielt einen dicken Packen eng zusammengerollter Geldscheine. Catherine sah ihn fragend an.

»Das ist für den Neuanfang!« sagte der Trapper.
Dann wies er auf den Schwanenhals und den Hornamboß, die er neben Albans Werkzeugtasche gelegt hatte. »Mir scheint, du wirst der erste sein, der wieder arbeiten muß, lieber Schwager«, meinte er lächelnd.
Da kam der große Luc auf sie zu, hielt ihnen seinen versengten Schuh entgegen und wackelte mit den nackten Zehen, die daraus hervorschauten.
»Und laß dir nicht zuviel Zeit damit«, sagte er zu Alban. »Es gibt genug zu tun!«
Die anderen sahen sich an und mußten lachen.
Alban seufzte tief auf.
»Noch mal ganz von vorn anfangen, das wird nicht leicht sein«, sagte er leise.
»Man wird euch helfen«, erklärte Luc. »Monsieur Ouimet sagt, daß der Staat euch entschädigen wird.«
Sie setzten sich zu Tisch. Eine ganze Weile aßen sie schweigend. Neben ihnen unterhielten sich andere Gruppen.
Schließlich sagte Catherine zu ihrem Bruder: »Du wirst das Geld ja selber brauchen, wenn du von hier fortgehst.«
Raoul sah sie an. »Ich gehe nicht fort. Ich werd euch doch jetzt nicht im Stich lassen!«
Catherines Augen leuchteten auf. Niemand sagte ein Wort, doch aus ihren Gesichtern sprach Dankbarkeit. »Diesmal richten wir den Laden aber anders ein …«, sagte Raoul schließlich.
Er machte einige Vorschläge, Catherine äußerte ihre eigenen Vorstellungen, und bald beteiligten sich alle an der Unterhaltung.
Sie waren in dieses Land gekommen, um etwas Neues aufzubauen, und nichts konnte sie davon abbringen. Sie waren fest entschlossen, hierzubleiben. Eine Stadt, der man das

eigene Kind geopfert hat, gibt man nicht auf. Die Nacht war schon weit fortgeschritten, als Raoul seine Mundharmonika aus der Tasche zog. Er klopfte damit ein paarmal gegen die Handfläche, bevor er sie an die Lippen führte. Erst ganz leise, dann ein wenig lauter erklang eine alte, wehmütige Weise, und alle summten mit.